कोयला भई न राख

राजेन्द्र राव

राजपाल

स्थापित 1912
100 वर्षों की
श्रेष्ठ प्रकाशन परम्परा
राजपाल

₹ 250
ISBN : 9789386534514
प्रथम संस्करण : 2018
KOYALA BHAI NA RAKH (Stories)
by Rajender Rao
मुद्रक : जी.एच. प्रिन्ट्स प्रा.लि., दिल्ली

राजपाल एण्ड सन्ज़
1590, मदरसा रोड, कश्मीरी गेट, दिल्ली–110006
फोन : 011–23869812, 23865483, 23867791
e-mail : sales@rajpalpublishing.com
www.rajpalpublishing.com
www.facebook.com/rajpalandsons

राजेन्द्र राव

9 जुलाई,1944 को कोटा (राजस्थान) में जन्मे राजेन्द्र राव शिक्षा और व्यवसाय से भले ही मैकेनिकल इंजीनियर रहे हों मगर उनका मन सदैव साहित्य और पत्रकारिता में रमता रहा है।

लघु उद्योगों से कैरियर की शुरुआत करने के बाद कुछ अत्याधुनिक और विशिष्ट गैर सरकारी और सरकारी संस्थानों में तकनीकी और प्रबंधन के प्रशिक्षण में कार्यरत रहते हुए आपने कहानियाँ और रिपोर्ताज तो लिखे ही, विभिन्न पत्र-पत्रिकाओं में नियमित स्तंभ लेखन भी किया।

पहली कहानी 'शिफ़्ट' *कहानी* पत्रिका में प्रकाशित हुई। उसके बाद *साप्ताहिक हिन्दुस्तान, धर्मयुग, सारिका, कहानी, रविवार* आदि पत्रिकाओं में कहानियाँ, धारावाहिक उपन्यास, कथा शृंखलाएं, रिपोर्ताज और स्तंभ लेखन का ऐसा सिलसिला शुरू हुआ जो अब तक जारी है।

अभी तक राजेन्द्र राव के बारह कथा संकलन,दो उपन्यास और एक कथेतर लेखन का संकलन प्रकाशित हो चुका है।

संप्रति : *दैनिक जागरण* में साहित्य संपादक।

क्रम

भूमिका

सदी फलांगती उनके लेखन की इक्कीसवीं शताब्दी यानी आज के वरिष्ठ और लब्ध प्रतिष्ठ कथाकार राजेन्द्र राव तथा उनका विलक्षण कथा लेखन। राजेन्द्र राव की, इस संग्रह की कहानियों की कहानी जानने के लिए आइये चलते हैं बीसवीं शताब्दी के सत्तरवें दशक में। यहाँ यह भी जानना चाहिए कि निरे बचपन से मामा, नानी व घर के बड़ों से अभंग किस्से-कहानियाँ सुनने वाले राजेन्द्र राव की कथानुभूति विद्यालयी व नगरीय पुस्तकालयों की पठनीय पुस्तकों से संपुष्ट होती रही। कल कारखानों की ऑफ़िसरी तक आते-आते तो राव साहब बहुपठित ही नहीं, बहुश्रुत भी होने लगे थे। तभी तो उनकी पहली कहानी पढ़कर वरिष्ठ कथाकार गिरिराज किशोर ने कहा था, "पढ़ने का अध्यवसाय व ज्ञान का लाभ आपको इस कहानी में मिला है।"...और यह पहली कहानी कमलेश्वर ने अपनी *सारिका* के लिए पहली बार में ही स्वीकृत कर ली! यही वह समय था जब 'सूली ऊपर सेज पिया की' न केवल धारावाहिक के रूप में आया, वरन् इसकी अपार सफलता और ख्याति से आश्वस्त *साप्ताहिक हिन्दुस्तान* के तत्कालीन सम्पादक मनोहर श्याम जोशी ने कथाकार से आग्रह किया कि वे अपने आस-पास के परिवेश से मानवीय संबंधों की जटिलता पर आधारित कथानकों पर कहानियाँ लिखें। इन कहानियों को शृंखला के रूप में निकालने की उनकी योजना थी, और राजेन्द्र राव ने कृतसंकल्प हो क्रमशः कहानियाँ प्रेषित कीं। इस शृंखला का नाम रखा गया—'कोयला भई न राख'। प्रकारान्तर से ऐसे कथापात्र जिन्हें 'न तो खुदा मिला, न विसाले सनम! (यार) यानी त्रिशंकुवत् अधर में रह जाने की जीवन भर की पीड़ा का अभिशाप।'

बता दूँ कि इस शृंखला के साथ *आवारा मसीहा* भी धारावाहिक रूप में *साप्ताहिक हिन्दुस्तान* में आ रहा था, उस समय की इस बड़ी पत्रिका

में लक्ष्मीनारायण लाल, अमृतराय, काका कालेलकर, सुमित्रानंदन पंत जैसे साहित्यकार लिखा करते थे।

कथा शृंखला 'कोयला भई न राख' धारावाहिक रूप में *साप्ताहिक हिन्दुस्तान* में प्रकाशित होने लगी! प्रेम के विप्रलंभ पर लिखी इन कहानियों पर अनायास ही यह दोहा खरा उतरता है—

लकड़ी जल कोयला भई, कोयला जलकर राख।
मैं विरहन ऐसी जली, कोयला भई न राख!

वास्तव में इस शृंखला की कथाओं को पढ़कर आप भी यही दोहरायें तो अस्वाभाविक नहीं।

इस शृंखला की परिणति जो होनी थी, वही हुई। पाठकों की कथा और कथालेखक के प्रति दीवानावार अनुभूति! एक मुलाकात में सुदर्शना सुलक्षणा श्रीमती राजेन्द्र राव, जिन्हें जब पहली बार देखा था तो फ़ौरन पहचान गयी थी कि ये हीरोइन सी दिखने वाली वही उमाजी हैं जो *रचना-समय* के कथाकार राजेन्द्र राव केन्द्रित विशेषांक में 'भद्रपुरुष' मोशाय राजेन्द्र जी की सहधर्मिणी के रूप में चित्र में चित्रित थीं...

उमाजी ने बताया था, "उन दिनों दोनों समय (सुबह, शाम) डाकिया 'पत्रों के बंडल' लेकर आता था...।" मुझे सहज जिज्ञासा हुई! 'कोयला भई न राख' संग्रह लेने के लिए जब आदरणीय राजेन्द्र जी के यहाँ गयी तो अनायास ही मुझे पत्रों की याद हो आयी, जैसे ही मैंने देखने की बात की, उन्होंने मेरे कौतूहल का मान रखते हुए 'फ़ाइलें' मेरे आगे कर दीं।

मेरे लिए इतने सारे, हज़ारों की संख्या में पत्र! कई फ़ाइलों में! देखना अप्रत्याशित था। 'सैलेब्रिटी' क्या ऐसे लेखकों को ही कहा जाता है। पोस्टकार्ड, अंतरदेशीय तथा लैटरपैड से लेकर सादा पन्नों में बिखरे पत्र। पत्र क्या पाठकीय भावनाएँ, अपने प्रिय लेखक से अन्तरंगता जोड़ती हुईं सम्बोधन में—मेरे राजन, प्रिय राजन, राव साहब...। साढ़े चार दशक से अधिक पुराने पत्र! कइयों की स्याही उड़कर उन्हें धूमिल बना गयी है! लेखक-लेखिकाओं, कवियों, सम्पादकों की भरी पूरी उपस्थिति से युक्त इस पत्र सम्पदा को देख अचानक इन पत्रों पर शोध कार्य कराने का विचार मेरे मन में पूरे पुख्तासंकल्प के रूप में घर कर गया।

वस्तुतः इन पत्रों को देख जो तीन बातें मन में आयीं, उनमें से एक तो यह कि उस समय मोबाइल फ़ोन, टी.वी. चैनल्स नहीं थे, दूसरे *साप्ताहिक हिन्दुस्तान* व *धर्मयुग* देश की ऐसी पत्रिकायें थीं, जिनका प्रसार लाखों में था। उन्हें रखना प्रत्येक वर्ग में सम्मानजनक माना जाता था। तीसरे अनुपम कथारस व अभंग संप्रेषणीयता से युक्त राजेन्द्र जी की कहानियाँ! वे भी, ऐसे शिल्प विन्यास के साथ उपस्थित जो एक तरफ़ एकदम मौलिक, अछूता है तो दूसरी तरफ़ एक ही घटना की कई-कई (एकाधिक) अनुभूतियाँ कराता, कथारस को द्विगुणित कर जाता है। 'विदेह पौरुष' ऐसी ही शिल्प प्रधान कथा है। एक घटना को पुरुष—अफ़सर पति, व्यक्ति, स्त्री—पत्नी, माँ—किस प्रकार से अपने भावी जीवन के निर्णायक के रूप में देखती है यह प्रतिपाद्य इस कथा के कई पाठ प्रस्तुत करता है! भरपूर संप्रेषणीयता रिश्तों, रूपों और व्यक्तियों के व्यक्तिगत जीवन को किस प्रकार से खोलती, बाँचती है, अपनी परिणति में किस प्रकार से सम्बद्ध तानों-बानों के लिए भिन्न प्रभाव/प्रवाह/स्थितियाँ लेकर आती है, इस वस्तुस्थिति की बानगी कथा को सशक्त और विशिष्ट तेवर प्रदान करती है। आश्चर्य होता है, यह अनुभव करके कि लेखन के शैशव में ही जिस कथाकार की परिपक्व जीवनदृष्टि, मँजी हुई लेखनी से निकली सशक्त, सिद्धहस्त कथाएँ—साहित्य, साहित्यकारों व बड़ी पत्रिकाओं, पत्रों में प्रतिष्ठित होने लगी थीं।

इन प्रेम कहानियों को लेकर राजेन्द्र जी ने सोचा कि शीर्षक क्या हो? इस बारे में जब गिरिराज किशोर जी से पूछा तो उन्होंने अत्यंत सटीक शीर्षक सुझाया—'कोयला भई न राख।' तब गिरिराज जी का घर बहुत दूर नहीं था राजेन्द्र जी के घर से। राजेन्द्र जी के पिताजी को भगवतदासघाट स्थित जो सरकारी आवास मिला था, वह अंग्रेज़ अफ़सरों के बंगलों में से एक था! पुण्यसलिला गंगा की पावन जलराशि का संस्पर्श करती शीतल वायु ने राजेन्द्र जी की कथाओं में जो सरस संजीवनी भरी है, वह इन कथाओं को कालजयी निर्माल्य अपरूपता प्रदान करती है। भगवतदासघाट से सूटरगंज स्थित गिरिराज जी का घर बमुश्किल एक डेढ़ मील की दूरी पर है। अपनी साइकिल से यह दूरी चंद मिनटों में तय करके जब प्रथम बार राजेन्द्र जी उनके आवास पर गये, तो द्वार खोला आदरणीया सत्या जीजी ने। गिरिराज जी के आने पर उन्होंने कहा—"ये आए हैं, आपसे मिलने।" जीजी के परिचय के पश्चात् जिस आत्मीयता,

स्नेह व मित्रभाव से गिरिराज जी ने वार्तालाप किया, वह आज भी यथावत् है। अक्सर ही राजेन्द्र जी वहाँ जाते थे, वहीं उन्होंने शैलेश मटियानी, अज्ञेय, यशपाल और राजेन्द्र यादव को देखा, मिले व भेंट की। राजेन्द्र यादव अक्सर आते-जाते थे। एक बार जब अपनी साइकिल से राजेन्द्र राव जी गिरिराज जी के यहाँ गये, तब वहाँ दिल्ली से राजेन्द्र यादव आए हुए थे। साइकिल देखी तो राजेन्द्र यादव ने कहा—"क्या यार, तुम लेखकों की नाक कटाते हो, साइकिल से आकर, कोई स्कूटर खरीदो...उसी से चला करो...। इन्हीं दिनों 'सूली ऊपर सेज पिया की' धारावाहिक का पारिश्रमिक आया था। घर में सलाह-मशविरा हुआ और उस पारिश्रमिक से राजेन्द्र जी का लैम्ब्रेटा स्कूटर आ गया...।

'कोयला भई न राख' सीरीज़ की कहानियाँ लोकमानस पर जिस तरह से अधिकार जमा रही थीं, उसी अधिकार से बड़ी पत्रिकाओं के सम्पादकों को भी आकृष्ट कर रही थीं। प्रकाशकों (बड़े) की दृष्टि भी इन कथाओं और कथालेखक पर थी। राजपाल एण्ड सन्ज़ ऐसे ही बड़े और प्रतिष्ठित प्रकाशन समूहों में से एक है। वहाँ के मालिक विश्वनाथ जी का पत्र आया, पत्र में कथाओं की भूरि-भूरि प्रशंसा थी साथ ही यह अनुरोध कि वे इन कथाओं को संग्रह के रूप में प्रकाशित करना चाहते हैं...। एक बार अपने दिल्ली प्रवास के दौरान राजेन्द्र जी दरियागंज हंसाक्षर प्रकाशन आए हुए थे, बातों-बातों में उन्होंने राजेन्द्र यादव से राजपाल एण्ड सन्ज़ से आए पत्र के विषय में बताया, उन्हीं के कहने पर वॉकिंग डिस्टेंस पर स्थित राजपाल एण्ड सन्ज़ के मालिक श्री विश्वनाथ जी से मुलाकात हुई। राजपाल एण्ड सन्ज़ ने इस धारावाहिक शृंखला को कहानी संग्रह के रूप में प्रकाशित करने की बात की और परस्पर सहमति से कथासंग्रह *कोयला भई न राख* प्रकाश में आया, ऐसे रहे हैं प्रकाशक, जिनमें गज़ब की जौहरी की सी परख की निगाह थी। आमंत्रण देकर लेखकों को प्रकाशित करते रहे हैं। और रॉयल्टी! जब कथासंग्रह का पहला संस्करण प्रकाशित होकर समाप्त हो गया, तब धनराशि का जो चैक आया वह था आठ सौ रुपये! उस समय स्वर्ण डेढ़-दो सौ रुपये तोला था! बाद में एक चैक और भी आया था...। संग्रह की पहली कहानी, ज्यों मानसरोवर के मध्य हंस! ज्यों अभ्यारण्य में विहार करता मयूरदल, नृत्यलीन हो विलक्षण पंखों का सौन्दर्य बिखेरता सा! सौन्दर्य तो सबमें है! अपना अपना।

सौन्दर्य किसी भी व्यक्ति, संज्ञा, अव्यक्त अदृश्य भाव, सकार या कि

नकार में ही क्यों न हो, अपनी ओर खींचता है! आकर्षित करता है, कभी-कभी तो सम्मोहन भी! सर्प में भी सम्मोहन, आकर्षण होता है! दीपक की जलती लौ के सम्मोहन से भला पतंगा कब बच सका है...।

विप्रलंभ का, वियोग का, उदासी का अपना सौन्दर्य है, इस उदास मौसम पर लिखी कहानियाँ अपनी विविध विषय सामग्री से उसी तरह सौन्दर्यानुभूति की प्रतीति कराती हैं, जिस तरह से एक ही धातु के विविध रूप-कर्णफूल, बाजूबंद, कंगन...अपनी विविध छवियों में चमत्कृत आनंदित करते हैं। विरह की धातु से निर्मित इन कथाओं की पच्चीकारी और गढ़न इन्हें एक से बढ़कर एक साबित करती है। राजेन्द्र जी अव्यक्त को व्यक्त करने वाले अप्रतिम भाषा शिल्पी हैं, उनकी भाषा, कथाओं में अपनी मौलिक अर्थवत्ता के कारण 'चार चाँद लगाने वाला' मुहावरा चरितार्थ करती है! पहली कहानी—सिंदूर की मोरपंखी डिबिया', प्रेम की पराकाष्ठा का निदर्शन कराती विरह के उन्माद की शास्त्रीय दशा का चित्रण करती है। मीनाकुमारी और गुरुदत्त, वहीदा रहमान, अभिनीत एक क्लासिक फ़िल्म की भी स्मृति करा जाती है। भाषा बिम्ब देखने लायक है—"चाँदनी की परत ओढ़े बैठी वह।" या "लू के झोंके बेरोकटोक इस बरामदे में खेल रहे हैं। धूल की तहें तहा रहे हैं...।" सबसे बड़ी बात यह कि एक-एक कहानी अपने समय के मूल्यमानों, प्रचलनों, परम्पराओं व सामयिकता/तात्कालिकता को लेकर चलती है, उनके बनने, बिगड़ने, सँवरने तथा संवर्द्धित होते रूप को भी द्योतित करती चलती है। कई कथाओं में कला, संगीत, संगीतकारों व कलाकारों तथा उनके प्रति जनमानस के विचारों, विकारों के उद्घाटन के साथ ही उनकी विषम जीवन स्थितियों का गहराई से विश्लेषण है। 'एक फालतू आदमी'—कलाकार के जीवन पर आधारित इस कहानी से अनायास ही गीतकार गुलज़ार की एक कहानी की याद हो आती है। कलाकार की संवेदना, निश्छलता, तल्लीनता, अजीबोगरीब सनक को द्योतित करती इस कहानी का दिलचस्प पहलू वह भी है, जहाँ स्त्रीवर्ग/पुरुषवर्ग समान दृष्टि से कथानायक 'नंदन' को किस प्रकार से किन अर्थों में 'निरापद' समझते हैं, मानते हैं।

'चौंतीस नंबर क्वार्टर' उस बंगाली परिवार की पुत्रियों के जीवन का चित्रण है, जहाँ देखकर अनुभव करने और सीखने, निर्णय लेने के रूप में यथास्थिति से विद्रोह करने के स्वर मुखरित होते हैं। कला व संगीत प्रेमी, संगीत

शिक्षक बंगाली समाज की गहराई में जाती यह कथा, प्रेम के साथ ही अन्यान्य संचारी भावों—ईर्ष्या, द्वेष, प्रतिस्पर्द्धा, घृणा आदि की अनुभूति कराती है। बेहद सशक्त कथाएँ हैं—'आदमकद बिल्ली' व 'बाल्डी गोल्डी'। कहानी किस तरह से विवाह संस्था के कई पक्षों का उद्घाटन करती है, किस प्रकार से छीजते संबंधों को ढोते व्यक्ति की मृगतृष्णा का चित्र खींचती है, किस तरह से जीवन की जिजीविषा को यथार्थ की तह पर उकेरती है, यह देखना कि व्यक्ति कैसे तिल-तिल मरता, परिवर्तित होता है बेहद मार्मिक है। पीड़ा 'आदमकद बिल्ली' का जैसे स्थायी भाव है। दो विवाहों की यंत्रणादायी परिणति के बीच पिसता व्यक्ति—समाज व्यवस्था को कहीं-न-कहीं बुरी तरह प्रश्नांकित भी करता है। अकेलेपन की विभीषिका से जूझता 'बाल्डी गोल्डी' का कथानायक व्यवस्थाओं के विद्रूपों का प्रतिरूप दृष्टिगत होता है।

स्त्रीमन की, अनादृत वर्ग की जितनी घनी परतों का उच्छेदन 'कोयला भई न राख' शृंखला की कहानियों में है, वह अन्यत्र दुर्लभ है। अपने जीवन से, परिवार, समाज व रिश्ते-नातों से सामाजिक प्रचलनों से चोट खाए हुए कथा पात्रों की विभिन्न स्थितियाँ, घटनाक्रम पाठक को क्षणभर के लिए भी अन्यमनस्क नहीं करते, पूरी एकाग्रता के साथ पाठक इन पात्रों व चरित्रों से ऐसे साधारणीकृत हो जाता है, जैसे ये उसके आस-पास के ही व्यक्ति, वस्तुस्थितियाँ हों। तभी तो कानपुर के एक वकील साहब तो बाकायदा कथालेखक को धमकी भरा पत्र लिखते हैं कि...कहानी में आपने मेरी पत्नी के अतीत को विवृत्त किया है, जब से उसने आपकी कहानी पढ़ी है, तब से गुमसुम और उदास है, खाना-पीना छोड़ दिया है... ।...उसकी इस दशा के ज़िम्मेदार आप हैं। मैं आप पर केस करूँगा...मुकदमा दायर करूँगा... ।

एक सत्याभासी चित्रण! जिसमें पाठक स्वयं को उपस्थित पाए!

क्या ऐसा लेखन ही कालजयी कहलाता है? और इन्हें लिखने वाला लेखक!

धमकियों, भभकियों की परवाह न करके उनसे अविचलित हो सतत् रचनात्मक सर्जना में तल्लीन! क्या बड़े कद के लेखक इतने निर्भय मन से रचनारत रहते हैं!

अपने समय के ऐसे अप्रतिम कथाकार पर भला क्यों न नज़र पड़ती धर्मवीर भारती की! धर्मवीर भारती बहुत बड़ा नाम। *धर्मयुग*! पूरे देश में लाखों

की संख्या में इस बड़ी पत्रिका के पाठक थे! जिनके घरों में *धर्मयुग* और *साप्ताहिक हिन्दुस्तान* जैसी पत्रिकाएँ आती थीं, उन्हें अनायास ही सम्मान और महत्त्व प्राप्त हो जाता था। भारती जी ने पत्र लिखा, कथाकार राजेन्द्र राव को जिसका आशय था—"आप जैसे युवा कथाकार को *धर्मयुग* के लिए कहानियाँ लिखनी हैं, इन्हें कथा शृंखलाओं में निकालने की योजना है।"

स्वाभाविक था पत्र और अनुरोध ने युवा कथाकार को अत्यंत उत्साहित किया। प्रसन्नता तो दी ही! उन्हीं दिनों कानपुर के बृजेन्द्रस्वरूप पार्क में 'जैमिनी सर्कस' आया हुआ था। कथाकार को तीव्रता के साथ यह विचार आया कि क्यों न सर्कस से, उसके परिवेश से कहानियाँ उठाई जायें...। यह विचार जितना मौलिक और महत्त्वपूर्ण था, उतना ही जोखिम भरा भी! एक लेखक को भला सर्कस के 'अंदरूनी हिस्सों' में क्योंकर सर्कसवाले प्रविष्ट होने देंगे? बहुत सोच-विचार के पश्चात् हमारे लेखक ने धर्मवीर भारती जी को पत्र लिखकर न केवल मंतव्य लिखा वरन् यह भी कि यदि आप सर्कस मैनेजर को इस आशय का पत्र लिखें तो संभव है, मुझे वहाँ प्रवेश की अनुमति मिल जाये।

और अविलंब धर्मवीर भारती ने एक पत्र जैमिनी सर्कस के मैनेजर के लिए लिखा। उस पत्र ने सर्कस की रोमांचक दुनिया का द्वार युवा कथाकार राजेन्द्र राव के लिए खोल दिया। लेखक ने किस तरह से आश्वस्त किया होगा उन लोगों को, कैसी अंतरंगता स्थापित की होगी सर्कस कर्मियों से, यह अनुमान के परे की बात है! किस तरह स्वयं को विश्वस्त बना, उनका विश्वास जीता होगा! एक लेखक कितनी लगन, मेहनत, कठिनाई से, रचनात्मक लेखन के लिए अध्यवसाय करता है, अग्निपरीक्षा जैसे गृहकार्य/होमवर्क को सम्पन्न करके सृजन करता है। राजेन्द्र जी का जीवन उनका लेखकीय समर्पण, साहित्य जगत में सदा सर्वदा अनुकरणीय, संप्रेरक और उपलब्धिपूर्ण रहेगा।

सर्कस जीवन पर आधारित ये पाँच कहानियाँ भी इस संग्रह को सर्वथा अलग रूप प्रदान करती हैं।

एक तरफ़ प्रेम की चित्र-विचित्र कथाएँ, तो दूसरी ओर रहस्य, रोमांच, जीवन-मृत्यु के बीच खतरों से पल-पल दो-चार होते कथानकों की कहानियाँ।

जीवन के राग-विराग का फ़लसफ़ा लिए इन द्विध्रुवीय कहानियों में समानता यदि कहीं है तो वह, यह कि दोनों ध्रुवों की कथाएँ व उनके कथापात्र

इसी दृश्य जगत के सामाजिक परिदृश्य की घटनाओं, व्यक्तियों व वस्तुस्थितियों का रेखांकन करती हैं। शब्दबिम्ब और संतुलित मौलिक कल्पनाएँ तो लेखक की हैं ही।

सर्कस जीवन के पात्र! दुखी, पीड़ित, भूख व गरीबी से संतप्त, परितप्त, पूँजीवादी समाज में बेरोज़गारी का दंश भोगते अनादृत, हाशिये के लोग! निरे बचपन में ही बेच दिये वे बच्चे या दे दिये गये वे अभागे बच्चे जिनके 'वेतन' भी उनके लिए नहीं, उनके परिवार, माँ-बाप के नाम हो जाते हैं। अत्यंत दर्दीली मगर जीवट व जोखिमों से खेलती ज़िन्दगियों के सुख, दुखों, पीड़ाओं, वंचनाओं, कुंठाओं, उम्मीदों, उमंगों को चित्रित करती ये कहानियाँ सर्वोपरि जो संदेश देती हैं, वह है—अशेष अपराजय, जिजीविषा युक्त केवल और केवल 'वर्तमान में जीना।' हमारे सम्पूर्ण वेदशास्त्रों का निचोड़ ही यह है कि श्रेय, प्रेय, भूत, भविष्य, प्रवृत्ति निवृत्ति...आदि मार्गों में न भटककर 'वर्तमान में जीना' सदा सर्वदा आनन्ददायक है। आनन्द भी कैसा! सत् चित आनन्द से युक्त।

वर्तमान में जीना!

प्रतिदिन, प्रत्येक 'शो' में शेर की गुर्राहट को, उसकी आँखों की आक्रामक हिंस्र भाषा को उपेक्षित करते, प्रसन्नता का अभिनय करते, उसकी पीठ पर सवारी करते, सर्कस के कथापात्र! इन सब स्थितियों से परे, आनन्द में निमग्न ताली बजाते, करतबों पर प्रसन्न होते दर्शकगण! मौत के कुएँ में मोटर साइकिल चलाते, अपने शरीर पर पटरा रखवाकर हाथी को गुज़ारते लोग, रिंग मास्टर, जोकर, स्टार युवतियों की लोमहर्षक सत्य घटनाओं पर आधारित यह कथा शृंखला दस भागों में *धर्मयुग* में प्रकाशित हुई। यह वह दौर था जब एक तरफ़ *धर्मयुग* में अमृतलाल नागर की कृति *एकदानैमिषारण्ये* की समीक्षा आयी थी, तो दूसरी ओर कथाकार शिवानी की कथा शृंखला 'कैंजा' के प्रकाशन की भी उद्घोषणा हो रही थी। सर्कस जीवन पर आधारित इस कथा शृंखला का नाम है 'हम विषपायी जनम के', बालकृष्ण शर्मा नवीन की एक रचना शीर्षक पर आधारित है यह शीर्षक! यही कथा धारावाहिक पाँच कहानियों के रूप में आप इस संकलन में पढ़ेंगे।

कितना दिलचस्प होगा यह पढ़ना कि एक कुरूप बौने की सीरत ने किस तरह परीचेहरा सर्कस तारिका का दिल ही नहीं जीता...सब कुछ जीत लिया! उस रिंग मास्टर की कथा, जिसे नामी विदेशी फ़िल्म अभिनेत्री ने दी क्योंकर एक बेहद खास अनुबंध की पेशकश! लिजा के लिए हेलेना की

रूमानी समलैंगिक प्रणय प्रतीति और परिणति! वाकई परस्पर भिन्न घटनाओं पर आधारित ये रोमांचक कथाएँ कथाकार की एक अलग रचनाधर्मिता को हमारे समक्ष उपस्थित करती हैं। विगत शताब्दी के सातवें दशक का समय देश में सर्कस का स्वर्णयुग है। कई बड़े और नामी सर्कस उस समय अपनी चकाचौंध से अपने जोखिम भरे करतबों, कलाबाज़ियों से भारतीय जनमानस में छाये हुए थे। एक ही सर्कस में कई-कई हाथी, शेर, बबरशेर, भालू, बंदर हुआ करते थे। कुत्ते, बिल्ली जैसे पशु भी कम नहीं थे। स्त्री-पुरुष तथा बाल कलाकारों व जोकरों की संख्या सौ-सौ डेढ़ सौ तक होती थी। कमला सर्कस, मेट्रो सर्कस, कैपिटल सर्कस तथा जैमिनी सर्कस—ये अपनी धूम मचाए हुए थे। कहीं-कहीं तो हफ़्तों नहीं महीनों चला करते थे। इन्हें देखने स्कूल के छात्र ही नहीं छात्रों के साथ पूरा स्टाफ़ भी जाता था...। सर्कस स्थल पर मेले की सी चहल-पहल रहती थी। लोग कई-कई बार कलाकारों के करतब देखने जाया करते थे। जिस तरह आज टी.वी. चैनल्स के धारावाहिकों की बात होती है, ठीक वैसे ही उन दिनों सर्कस की बातें होती थीं। अमुक कलाकार बेंजो बहुत अच्छा बजाता है, अमुक बहुत सुंदर है, अमुक की देहयष्टि देखते ही बनती है...इनके शरीर हैं या रबड़ के खिलौने! हाथी ने किस तरह से घण्टी बजाकर आरती की थी...। ऐसे इस दौर में *धर्मयुग* में प्रकाशित सर्कस की ज़िन्दा कथाओं ने कितनी धूम मचाई होगी, यह सहज ही समझा जा सकता है। कहानियाँ भी कैसी? अभेद्य समझे जाने वाले स्त्री कलाकारों के गढ़ में भी कथाकार ने युक्तिपूर्वक अपना 'इन्फ़ॉर्मर' बना ही लिया, भले ही इसके लिए उस इन्फ़ॉर्मर को कुछ देना पड़ा हो, पर गोपनीय बातें तो जान लीं, 'कुक' जैसे अंदरूनी पैठ वाले खबरी से ही उन्हें ज्ञात हुआ वह रजिस्टर जिसमें प्रत्येक स्त्री/युवती का ब्यौरा खानपान, पहनने ओढ़ने से लेकर उनकी माहवारी तक पर निगरानी रखी जाती थी। कुछ पर लाल निशान लगाए जाते थे जिनका खास अर्थ था...। ऐसे ब्यौरों से कहानियों में जहाँ नयापन आया, वहीं उनकी विश्वसनीयता व प्रभावान्विति भी बढ़ी। हाँ इसके लिए कथाकार को अथक कार्य करना पड़ा। बेहद महत्त्वपूर्ण रक्षा प्रतिष्ठान की अभियांत्रिकी में सतत् कार्यरत राजेन्द्र जी ने किस प्रकार से सर्कस के लोगों से सम्पर्क किया होगा, किस प्रकार से 'रात-रात भर जाग कर' तय समय सीमा में कथालेखन किया होगा, यह तो सिर्फ़ राजेन्द्र जी ही जानते होंगे! हमारे लिए इसका अंदाज़ा लगाना अचरज से कम नहीं!

तीन दिनों में दो कहानियाँ लिख डालीं! उसी तरह, जिस तरह से भगवतीचरण वर्मा ने एक दिन में कविता संग्रह लिखकर प्रकाशक को दे दिया था! उन्हें अपने भाई के इलाज के लिए पैसे चाहिए थे, प्रकाशक ने दे दिये, इस शर्त के साथ कि कुछ कविताएँ ही लिखकर दे दें। अस्तु! सर्कस के कलाकार! देश के कई हिस्सों से आए हुए ऐसे लोग जिनमें बहुत कम शायद एकाध ही हिन्दी बोल-समझ सकते हों, वर्ना तो अलग-अलग भाषा, बोली बानी! एक दुभाषिया होता था जो राजेन्द्र जी की बात का आशय सर्कस के संबंधित कलाकार को तथा कलाकार की बातें, जिज्ञासायें अनूदित करके राजेन्द्र जी को बतलाया करता था। ऐसी तरकीबों से प्राप्त विवरणिकाओं को कथा रूप में प्रस्तुत करने वाले राजेन्द्र राव शतशः प्रणम्य हैं। प्रणम्य है उनका लेखकीय दायित्वबोध!

कानपुर
30 जनवरी 2018
माघ चतुर्दशी शुक्ल पक्ष

—डॉ. दया दीक्षित
एसोसिएट प्रोफ़ेसर (हिन्दी)
डी.ए.वी. कॉलेज, कानपुर

सिन्दूर की मोरपंखी डिबिया

फिर एक बार—उस बन्द दरवाज़े के सामने।

कितने दिन, महीने, बरस यूँ ही बीत गए। मई-जून की हर तपती-झुलसती दोपहर को यह ठंडा बंगला याद आया है।

मेरे चेहरे पर पसीने की धारें बह निकली हैं। गला पूरी तरह खुश्क है। लू के झोंके बेरोकटोक इस बरामदे में खेल रहे हैं। धूल की तहें तहा रहे हैं। मैंने अभी तक दरवाज़ा नहीं खटखटाया है। ज़रा भी उत्साह नहीं है। मुझे मालूम है यह दरवाज़ा खुलकर भी नहीं खुलेगा। उस अँधेरे कमरे में रोशनी अव्वल तो जाएगी नहीं और गई भी तो उल्टे पाँव लौट आएगी।

बगीचे का हाल देखकर जी अनमना हो गया। मुझे मालूम है आशु दा यहीं हैं, कहीं बाहर नहीं गए। फिर बगीचे की यह हालत! आशु दा के लगाए पौधे जड़ तक सूख गए हैं। गुलाब के पौधे सूखकर काँटेदार झाड़ बन गए हैं। उनकी देह अपनी कमनीयता और लचक खोकर काली और बदरंग हो गई है। आशु दा! तुम्हारी खूबसूरत शामें यूँ ही कुर्बान गईं। कितने शौक से रोपा था एक-एक कलम को तुमने!

धूल-भरा एक बवण्डर भँवर की तरह आकर घेर लेता है। मैं खुद को भँवर की लपेट में आए सरकण्डे की तरह चक्कर काटता हुआ और डूबता-उतराता पा रहा हूँ।

कभी-कभी लगता है मन के किसी सूने कोने में एक ठंडा अँधेरा कमरा है। अगरबत्तियों की खुशबू से भरपूर। वैसा ही, ठंडा बंगला। मीरा दी का ठंडा बंगला! चोरी-चुपके, घर के लोगों की नज़रें बचाकर लू के थपेड़े खाता मैं यहाँ पहुँच जाता हूँ।...मुझे न पाकर माँ बड़बड़ाती है—"गया फिर उसी रेडियोवाली

के कने! ये तो किसी की सुनता ही नहीं!''

मैं किसी की नहीं सुनता था। मीरा दी के पास जाए बगैर मुझे नहीं सरता था। उनके यहाँ एक छोटा स्टूलनुमा खटोला नियत था। उस पर मज़े से बैठे हुए मुझे ऐसा लगता था मानो किसी झूले में झूल रहा हूँ।

~

मीरा दी कहतीं, ''राजन! कल क्यों नहीं आए? देखो तो कितनी अकेली हूँ मैं! तुम्हें छोड़कर कोई आता है यहाँ? बोलो! फिर क्यूँ नहीं... ?''

मैं तुनककर कहता, ''क्यों, ढेर सारी लड़कियाँ नहीं आतीं। रोज़ाना शाम को?''

वह हँसकर कहतीं, ''अरे, वो सब तो आती हैं अपने मतलब से। नाच सीखने। तुम्हारी तरह मिलने थोड़े ही आती हैं!''

उन नाच सीखने आने वाली लड़कियों से मुझे बेहद चिढ़ थी। उनके बीच मीरा दी एकदम खो जातीं। मुझे ज़रा भी अच्छा नहीं लगता। कभी-कभी तो मैं मन-ही-मन रूठ जाता। बिना बताए चल देता। मगर दूसरे दिन डाँट पड़ती तो मैं अपने-आप ही मान जाता।

उन दिनों मुझे दीदी की 'मेरा अकेलापन' वाली बात पर बहुत ताज्जुब होता था। समझ में नहीं आता था, आशु दा के साथ रहते हुए भी उनको अकेलापन क्यों महसूस होता! मगर आशु दा तब भी अकेले-अकेले-से लगते थे। वह बहुत कम बोलते। अपने शब्दों को बहुत सहेजकर रखते। उनकी आँखों में बेपनाह वीरानापन था, जिसे कोई भी पढ़ सकता था।

दीदी को मैं ज़रा भी नहीं जान पाता, अगर उस रात वह सब नहीं गुज़रा होता। उन हमेशा शान्त झील-सी बनी रहने वाली बड़ी-बड़ी आँखों की सतह पर उभरा वह तूफ़ान कितना भयावह था! मेरा तो दिमाग खराब हो गया था। लग रहा था, जाने क्या हो जाएगा। मगर गुस्सा नहीं आया था। उल्टे, जैसे उनके इशारों पर नाचता गया था।

होली का दिन था वह।

शर्मा अंकल को लेकर दीदी का मन कितना दुखी है—यह मैं शायद ज़िन्दगी-भर नहीं जान पाता।

इतने अच्छे लगने वाले शर्मा अंकल कैसे निष्ठुर हैं, बेरहम हैं—यह भी नहीं जान सकता था। पहले-पहल इन्हीं के साथ तो गया था मीरा दी के यहाँ।

उस दिन भी मीरा दी अपनी शीतलपाटी पर तानपूरा लिए बैठी थीं। शर्मा अंकल ने उन्हें मेरे बारे में बताया। वह मुझे देखकर खुश हुईं और देर तक तरह-तरह की बातें पूछती रहीं। मैं जाने क्या उल्टे-सीधे जवाब देता रहा। ऐसा बेहोश लड़का मैं था तो नहीं, उनके सामने पड़कर हो गया। उन्हें देखते हुए जी नहीं अघा रहा था। मुझ पर जादू-सा हो गया। एकटक देखता रहा। उन्होंने ज़रूर इस बात को पकड़ा होगा, तभी तो रोज़ आने का वचन लिया था, मुझसे।

उसके बाद वे दोनों अपने काम में लग गए। मीरा दी तानपूरा लेकर गा रही थीं और शर्मा अंकल तबला बजा रहे थे।

वह गाना मेरी समझ से बाहर ज़रूर था, मगर अच्छा लग रहा था। वजह, वो गा रही थीं इसलिए। मैं कुतूहल से बीच-बीच में शर्मा अंकल की चढ़ती हुई त्योरियाँ और मीरा दी का सँभला अंदाज़ देखे जा रहा था।

मैं अपने-आप बाहर बगीचे में चला आया था। इतनी समझ थी। शर्मा अंकल ने तबला अलग रख दिया था। मीरा दी के सामने तानपूरा रखा था और वह सिर झुकाए हुए बातें कर रही थीं।

बाहर आशु दा पौधों को सींच रहे थे। दुबले-पतले, गोरे-चिट्टे आशु दा पाजामा-बनियान पहने अपने काम में जुटे थे। एक कोमल निगाह देखकर मानो उन्होंने मेरा स्वागत रस्मी तौर पर कर दिया।

मैं देर तक तरह-तरह के गुलाब देखता-सूँघता रहा। वह हौज-पाइप को इधर-उधर रखते रहे।

उस दिन के बाद मैं बिला नागा वहाँ पहुँचने लगा था। मगर शर्मा अंकल को वहाँ फिर कभी नहीं देखा। उस समय मुझे क्या मालूम था कि...। कभी-कभी मीरा दी पूछा भी करतीं, ''शर्मा साहब तुम्हारे यहाँ आते हैं?'' मैं गर्व से गर्दन सीधी करके कहता, ''हाँ, रोज़ाना आते हैं।''

वह धीरे से कह देतीं, ''अच्छा! यहाँ तो अब भूले से भी नहीं आते।''

मैं झट से पूछता, ''आप कहें तो मैं उन्हें बुला लाऊँ, दीदी?''

''नहीं-नहीं। मैं तो यूँ ही कह रही थी। तुम मेरा नाम लेकर उन्हें कभी

नहीं बुलाना। समझे! नहीं तो मैं तुमसे नाराज़ हो जाऊँगी।'' और वह अपने खुले बाल बाँधने लगतीं।

सनसनाती हवाओं वाली होली की वह रात मुझे भुलाए नहीं भूलती। उस दिन मैं उनके यहाँ मिठाई देने नहीं जाता तो मेरा भरम जाने कब तक बना रहता।

भरम! हाँ, मुझे मीरा दी से प्यार हो गया था। मैं उनके प्यार में दुखी होने लगा था। सबसे बड़ा दुख तो यह था कि वह मुझे अबोध बालक समझकर उपेक्षा-सी किए रहती थीं। भला किस तरह मैं अपनी लगन को उन पर ज़ाहिर करता?

उस दिन 'लव-लैटर्स' वाली किताब को लेकर उन्होंने मुझे कितना ज़ेर किया था कि मैं आपादमस्तक सिहर उठा।

उस समय मैं नाइंथ क्लास में था। लव-लैटर के माने अपनी समझ से निकाले थे और मन-ही-मन मीरा दी को अपराधिनी ठहरा दिया था मैंने।

बात यूँ हुई कि दीदी के कमरे में एक अंग्रेज़ी की किताब दिखाई दी। टाइटिल था, 'लव-लैटर्स'। मुझे बहुत बेचैनी-सी हुई। दीदी ऐसी किताबें पढ़ती हैं। इसके माने कि किसी को लव-लैटर्स लिखती भी होंगी। छिः, भले लोगों को यह सब शोभा देता है!

मैंने पूछा, "दीदी, आप ऐसी किताब क्यों पढ़ती हैं?''

"क्यों, क्या है किताब में!'' कुछ हैरान होकर उन्होंने कहा। मैं चुप रहा। मेरे कान सुर्ख हो गए थे। कहना तो चाहता था, मगर मुँह से एक बोल नहीं फूटा।

"अच्छा! तुम लव-लैटर के माने लगा रहे हो। बुद्धू लड़के! ये खाली प्रेमी-प्रेमिकाओं के लैटर्स नहीं हैं। इसमें माँ-पिता, भाई-बहन, सबके लिए लिखे जाने वाले लैटर्स होते हैं। इन सबसे लव होता है न!'' और उन्होंने किताब मेरे हाथ से लेकर ताक पर रख दी। मैं पानी-पानी हो गया। अपने अज्ञान और मूढ़ता पर। अंग्रेज़ी ठीक से पढ़ूँगा—मन-ही-मन प्रतिज्ञा करता रहा।

न जाने क्यों, मीरा दी को लेकर मैं इतना संवेदित होने लगा था। उनकी छोटी-छोटी बातों में मुझे खुशी और खिन्नता मिलती रहती। मेरे मन में उनके प्रति कोई तीव्र अनुभूति थी, जिसको व्यक्त करना मेरे बस से बाहर की बात

थी। उनके द्वारा की गई तिल-भर उपेक्षा भी मुझे तिलमिला देती। उस रात मुझे नींद नहीं आती।

गर्मियों के दिन थे। दीदी का कमरा इतना शीतल रहता था कि जैसे चन्दनवन हो। आशु दा दोपहर को हौज-पाइप फ़र्श पर छोड़ देते। सीमेंट का फ़र्श पाइप की धार से नहाता रहता। मीरा दी को तीन गुलाब छाप अगरबत्तियों की खुशबू अच्छी लगती। हर समय बत्तियाँ जलती रहतीं। ऐसे में दोपहर को ऊँघते हुए लोगों के बीच घर में टिकना मेरे लिए असम्भव ही था। मैं लंच के बाद एक मिनट नहीं रुकता।

दोपहर को जाने का सबसे बड़ा आकर्षण था दीदी का एकान्त। शाम को तो वह लड़कियों से घिरी रहतीं।

उस दिन ऐसी ही एक दोपहर थी। मैंने एक ऐसा काम कर डाला था कि बाद में आत्महत्या करने को बहुत मन हुआ।

आशु दा शाम तक दफ़्तर में रहते थे। लंच में जैसे ही उनके जाने का समय होता मैं वहाँ पहुँच जाता।

उस दिन मीरा दी के सिर में दर्द था। हमेशा की तरह लिखने की कॉपी या तानपूरा लेकर वहीं बैठी थीं, बल्कि लेटी हुई थीं। दरवाज़ा खुला था। आशु दा जाते हुए मिले। उन्होंने बताया कि मीरा दी एस्प्रो की गोली खाकर लेटी हुई हैं। लौट जाने को मन नहीं हुआ। दबे पाँव जाकर उनके सिरहाने बैठ गया।

मीरा दी को सचमुच नींद आ गई थी।

मैं उनके सिरहाने स्टूल पर बैठा उनके चेहरे को देखता रहा। कैसा सुन्दर मुखड़ा था। हालाँकि उस पर दर्द की एक लकीर-सी खिंची हुई थी।

धीरे-धीरे उस मुखड़े का सम्मोहन मुझ पर छाता गया। उन्हें मुक्त रूप से देखने का यह पहला अवसर था। उनसे मैं काफ़ी खुल गया था, मगर संकोचवश निगाह ऊपर करके कभी देख नहीं पाता था।—उनके पास एक बड़ी नारी-देह है, ऐसा एहसास-भर था।

इससे पहले किसी भी नारी-देह को मैंने देखा नहीं था। सिर्फ़ माँ को देखा था, मगर माँ तो बस माँ ही होती है।

एक अजब बेचैनी मेरी रग-रग में दौड़ने लगी। मेरे शरीर पर चारों ओर से दबाव पड़ रहा था। पसीने-पसीने हो उठा।

यूँ तो कमरा अँधेरा था, मगर मैं उस अँधेरे का अभ्यस्त हो गया था।

देखता रहा, देखता गया। मुझे ज़रा भी सुध नहीं थी, कब मैं उठकर खड़ा हो गया, उनके ऊपर झुक गया, कुछ खबर नहीं थी। लग रहा था बहुत तेज़ धारा में मेरा शरीर बहा जा रहा है—हाथ-पाँव मारने की भी गुंजाइश नहीं है।

तकलीफ़ की वजह से अधर किंचित् दबा हुआ था। उनके ओठों का रंग फीका गुलाबी था और उस पर बेहद खूबसूरत डिज़ाइन की बारीक सिलवटनुमा रेखाएँ थीं, विभिन्न दिशाओं में, जो कि बहुत करीब से ही दिखाई पड़ती थीं। उन्हें देखते-देखते पाँवों तक जा पहुँचा।

सफ़ेद कबूतरों के जोड़े की तरह दो उजले पाँव मेरे सामने थे। छोटे-छोटे। उनके पग-तल सपाट और चिकने थे। मेरा मन हुआ उन पाँवों में सिर रखकर हमेशा-हमेशा के लिए सो जाऊँ।

उनके ऊपर झुके हुए जाने कितना समय बीत गया। मेरा शरीर बुरी तरह काँप रहा था। मेरे अन्दर भयंकर हलचल मची हुई थी। चीख-चीखकर कोई मुझे डाँट रहा था। काँपते हाथों से मैंने उन्हें छूना चाहा, परन्तु हाथ जहाँ का तहाँ जमकर रह गया। मुझमें इतनी ताकत नहीं बची थी कि अपनी उँगलियों से उनका स्पर्श कर पाता।

मुझे जब होश आया तब मैं उनके चेहरे पर झुका बैठा था। शरीर किसी विषम ज्वर से तप रहा था। उनके चेहरे पर एक भटकती हुई लट आ गई थी और मुझे बहुत नागवार गुज़र रही थी। मेरा हाथ उसे हटाने के लिए बढ़ गया।

जैसे सीपियों के मुँह खुल जाएँ, मीरा दी की आँखें खुल गईं। खुली पलकों से कुछ देर मुझे देखती रहीं। मैं जड़ होकर रह गया था। भय से पीला पड़ गया, मेरी चोरी पकड़ी गई।

"अरे राजन! कब आए तुम?" उन्होंने सहसा उठकर पूछा। मानो जानकर अनजान बन गई हों। मैं अपने को अपराधी तो अनुभव कर ही रहा था, उनकी इस उदारता ने मुझे गला दिया। मेरी आँखों से आँसू बह निकले।

मीरा दी कुछ देर सोचती रहीं, फिर मुझे खींचकर अपने वक्ष से लगा लिया उन्होंने। मुझे ज़ोरों से रुलाई आ गई।

मेरे बालों में उँगलियाँ फिराते हुए वह बोलीं, "अरे, तू तो एकदम पगला है। मेरी तरह ही...इसमें रोने की क्या बात है! मुझे ही तो देख रहा था तू! ले..."

ठीक कहा था मीरा दी आपने! पागल ही तो हूँ। नहीं तो आज क्यों खड़ा होता आपके द्वार पर! छह साल पहले जो कुछ हो गया था, उसके बाद क्या बचा था यहाँ आने को! और कोई होता तो आता? कभी नहीं!

परन्तु वह सब तो नाटक था। मुझे अपने यहाँ आने से आपने थोड़े ही रोका था। क्या मैं इतना भी नहीं समझता?

बन्द दरवाज़े के सामने खड़े होकर मुझे कितना सुख मिल रहा है! इसे कोई और जान सकेगा सिवाय आपके?

मीरा दी! आपके इस ठंडे बंगले में मेरा निरीह बचपना भी तो बन्द है। वह कच्ची उम्र वाली टूटन है, जो आपने कभी मुझे, न देना चाहते हुए भी दी थी। आपको क्या मालूम, ठंडे बंगले की तलाश में मैं दोपहर-दोपहर कितना भटका हूँ। असहनीय गर्मी में पिघल रहे कोलतार वाली सड़कों पर। नहर के किनारे, मछली-शिकारियों और चरवाहों के साथ। सिर्फ़ आपकी आवाज़ सुनने के लिए आकाशवाणी के...केन्द्र को पूरी-पूरी शाम सुनता बैठा रहा हूँ।

पिछले छह बरसों में आप कितनी बदल गई होंगी! ज़रा भी नहीं—मैं जानता हूँ। आपके चारों ओर वहाँ अँधेरे का कोहरा छाया होगा। आप अकेली होंगी, आशु दा भी। पहले से ज़्यादा अकेले होंगे आशु दा। उनकी क्यारियाँ सूख गई हैं। अब किताबों में ही खोए रहते होंगे।

मीरा दी! देखो, मैं लौट आया हूँ। खाली हाथ नहीं, मेरे पास समझ है, दुनियादारी का बोध है। जिसका अभाव मुझमें होना तुम्हें हमेशा खलता था। मेरे पास डिग्रियाँ हैं। क्या अब भी मेरी वैसी अवहेलना कर सकोगी?...नहीं न! तो दरवाज़ा खोलो!

रुको, जल्दी क्या है। जहाँ इतने बरस बीते वहाँ कुछ पल और सही। पहले यह बता दूँ कि उतना नासमझ मैं उस समय भी नहीं था। क्या आपके मन को, मन के दुख को नहीं पहचान लिया था मैंने?

उस रात, होली के दिन, जब मुझे साथ लेकर आप निकल पड़ी थीं, शर्मा अंकल की शादी के बाद—कितना डर गया था अपने मन में मैं!

~

शर्मा अंकल ने कार्ड मेरे हाथ भिजवाया था। उस समय मुझे क्या मालूम था, मैं उनके लिए इतना तकलीफ़ का सामान ले जा रहा हूँ।

कार्ड देखकर आशु दा अपने कमरे में चले गए थे। दीदी कार्ड हाथ में लिए बैठी थीं। थोड़ी देर बाद आशु दा खुरपी लेकर बगिया में निकल गए। उस दिन मीरा दी वैसे ही बैठी रहीं।

बारात से आकर मैंने पूरा आँखों देखा हाल उन्हें सुनाया था। मुझे क्या मालूम था, ऐसा करके मैं उन्हें कितना कष्ट पहुँचा रहा हूँ। उन्होंने कुछ ज़ाहिर भी तो नहीं होने दिया।

होली से एक दिन पहले शर्मा अंकल लौट आए थे हनीमून मनाकर। हमारे घर भी जोड़े से आए तो मैंने कहा, "अंकल! मीरा दी के यहाँ नहीं जाइएगा?"

यह सुनकर उनकी त्योरियाँ चढ़ गईं। मुझे लगा, मुझसे कोई गलती हो गई है।

सवेरे बहुत रंग खेला गया। सब लोग लाल-नीले हो गए। मीरा दी ने बहुत सख्ती से मना कर दिया था। नहीं तो उनको रंगने का बहुत मन था। उनकी नाराज़गी के डर से उनके यहाँ नहीं गया।

दोपहर-भर नाच-गाना होता रहा। मैं जा नहीं पाया। शाम को मैंने माँ से कहकर एक रूमाल में गुझिया और पापड़ियाँ बँधवाईं—मीरा दी के लिए। माँ के शब्दों में रेडियोवाली के लिए।

आशु दा शायद बाज़ार गए थे, सुबह तो निकले नहीं होंगे।

कमरे में मैली चिमनीवाला लैम्प जल रहा था। पहली बार मैंने उस घर में बिना साफ़ की गई चिमनीवाला लैम्प जलता देखा। आशु दा ऐसे कामों के बहुत पाबन्द थे। मैंने दरवाज़ा खोला तो लैम्प भभकने लगा। मैंने बत्ती कुछ कम कर दी। मीरा दी कमरे में नहीं थीं। रसोई में होंगी—सोचकर अन्दर गया।

रसोई भी अँधेरे में डूबी थी। आँगन में निकल आया। वह वहीं थीं। अमलतास के नीचे, ज़मीन पर प्रतिमा की तरह बैठी थीं। मैं ठिठककर रह गया।

आसमान में पूरा चाँद निकला हुआ था। हल्के-गहरे रंगों वाले कुछ ताज़ा धुले हुए बादल भी थे।

चाँदनी की परत ओढ़े बैठी उस बेजान-सी प्रतिमा को देखकर मेरे मन में जाने क्या पिघलने-सा लगा। मुझे लगा कि यह बेहद उदास हो जाने का मौसम है।...मैं उनके पास जाकर बैठ गया।

रूमाल में बँधी मिठाई उनको देने का उत्साह नहीं रहा था।

जाने कितनी देर तक हम यों ही बैठे रहे। मुझे लगा यह बड़ा-सा चमकीला चाँद बहुत अकेला है। बेहद अकेला।

वह शायद अपने को कुरेद रही थीं।

मौन उन्होंने ही तोड़ा, "राजन! एक बात बताओगे?"

"............"

"शर्मा साहब क्या शादी से बहुत खुश हैं?"

"............"

"उनकी बहू को देखा है तुमने? क्या बहुत सुन्दर है?"

"............"

"क्या मुझसे बहुत ज़्यादा सुन्दर है?"

"............"

मुझे ज़रा भी याद नहीं, मैंने उन्हें क्या जवाब दिए थे। उन्होंने कुछ देर मौन साधकर फिर पूछा, "ठीक से बताओ ज़रा, शर्मा साहब सचमुच खुश हैं?...ज़रा भी दुखी नहीं हैं?"

मैंने उन्हें बिना सोचे-समझे कुछ कहा। वह फिर से सोच में डूब गईं। मैंने होली की मिठाई उन्हें थमा दी और कुछ करने के मूड में कमरे में चला आया। मैं लैम्प की चिमनी को साफ़ करके लगाना चाहता था।

तभी लैम्प की तरह भभकती हुई मीरा दी कमरे में आईं। आते ही उन्होंने शॉल उठाकर कन्धों पर डाल ली और चप्पलें पाँवों में। मैं उनका वह रूप देखकर स्तम्भित रह गया था।

चिमनी साफ़ हो जाने से कमरे में छाया पीलापन काफ़ी कम हो गया था। फिर भी बत्ती के ऊँचा होने की वजह से एक ओर धुआँ ज़्यादा उठ रहा था। मीरा दी ने लैम्प उठाकर ड्रेसिंग टेबल पर रख लिया और शीशे के सामने बैठकर...एक-दो बार शॉल को माथे पर ओढ़कर, आड़े-तिरछे देखा, फिर सिर से हटा लिया। बाल बाँधने लगीं।

मैं शीतलपाटी पर बैठा उन्हें देख रहा था। लैम्प के प्रकाश में उनका तमतमाया हुआ मुखड़ा दमक रहा था। उन्होंने कहा, "तुम्हें अभी मेरे साथ चलना पड़ेगा। मुझे साथ ले चलोगे न?"

"कहाँ दीदी?" मैंने पूछा।

"अरे! कहाँ पूछ रहे हो। मुझे मेरी ससुराल तक नहीं पहुँचाने चलोगे। तुम तो मेरे भाई हो न!"

"ससुराल! कहाँ दीदी?" मैं चकरा गया। दीदी मज़ाक बहुत कम करती थीं।

उन्होंने ढेर-सा सिन्दूर चुटकी में भर माँग में डाल लिया तो मुझे आभास हुआ, कोई अनहोनी होने जा रही है।

"चलो!" शीशे में अपने रूप को एक बार गर्व से देखकर उठते हुए उन्होंने कहा। मैं उठ खड़ा हुआ।

मैं उन्हें रोकना चाहता था। मुझे मालूम था, उनकी शादी नहीं हुई है। कुछ कह नहीं सका। उन्होंने मेरी ओर देखकर रहस्यमय ढंग से मुस्कुराते हुए कहा, "क्यों, कैसी लग रही हूँ मैं? अपने दूल्हा को अच्छी लगूँगी ना?"

मैंने गम्भीरतापूर्वक कहा, "दीदी! आपकी तबीयत ठीक नहीं है। आप आराम कीजिए।"

"छिः? तबीयत क्यों खराब होगी मेरी...चलो चलें।"

"क्या कह रही हैं आप! कहाँ जाएँगी, कहाँ जाएँगी आखिर?" मैंने परेशान होकर कहा।

~

बड़ी मुश्किल से उन्हें इस बात के लिए तैयार किया कि मैं शर्मा अंकल को बुलाने जाऊँ और वह बाहर ही खड़ी रहें। नहीं तो वह ज़िद पर थीं कि सीधे घर ही चला जाए। उन्हें सड़क किनारे, पुलिया के पास छोड़कर मैं शर्मा अंकल को बुलाने गया।

वहाँ ढेर सारे मेहमान इकट्ठे थे। सजे-सँवरे मर्द, औरतें और बच्चे। वह उन्हीं लोगों से घिरे थे। खाना-पीना और ठहाके चल रहे थे। आखिर होली वाली शाम थी, उस पर शादी की खुशी।

देखते ही मैं पुकार लिया गया। जबरन मिठाई का एक टुकड़ा मुँह में ठूँस दिया गया। एक-एक पल भारी गुज़र रहा था। और कोई वक्त होता तो मैं शर्मा अंकल के पास भी नहीं जाता। पीनेवालों से मुझे डर लगता था। मगर उस समय मीरा दी का तमतमाया हुआ चेहरा और एक अदृष्ट अनहोनी रह-रहकर मेरे मस्तिष्क में कौंध रही थी।

"कहो न बेटे, क्या बात है। यहीं कह दो। यहाँ सब अपने ही लोग बैठे हैं," उन्होंने कहा था। मगर मैं उन्हें बाहर ले जाकर ही माना।

मीरा दी को सामने पाकर वह पत्थर होकर रह गए। शायद नशा टूट गया हो।

मैं पुलिया पर बैठा रहा। एक युग बीत गया। जिस समय बुरी तरह सिसकती हुई मीरा दी को लेकर वह लौटे तो मेरा मन जाने कैसा हो आया। जी हुआ कि खूब रोऊँ।

शर्मा अंकल बहुत प्यार-भरे स्वर में बोले, "राजन बेटे, दीदी को घर ले जाओ! मीरा? यह सब क्या है! तुम हिम्मत हार जाओगी तो मैं कैसे अपने पर काबू रख पाऊँगा। छिः, रोते नहीं..."

~

मीरा दी ही दरवाज़ा खोलती हैं। मुझे लगता है, मैं उनके बन्द दरवाज़े के सामने खड़ा सूखे हुए पौधों वाली कोई बगिया देख रहा हूँ। मुझे पहचानने में गिनती के कुछ सैकेण्ड उन्हें लगते हैं। और फिर उनके चेहरे पर कोई साफ़ की हुई चिमनीवाला कैरोसिन लैम्प जल उठता है।

"अरे राजन्! तुम! बहुत दिन बाद आए, भैया!...आओ, आओ न! कितने दिन बाद आए हो इस ठंडे बंगले में तुम?"

कमरे में वही अँधेरा है, वही खुशबू है—तीन गुलाब अगरबत्तियों की। मीरा दी अपनी शीतलपाटी पर बैठ गई हैं। तानपूरा कोने में रखा है, उनकी चिकनी त्वचा और चमकदार हो गई है।

देख रहा हूँ कैरोसिन लैम्प भी रखा है। क्या अभी तक यहाँ बिजली नहीं आयी? पूछना चाहता हूँ, मगर नहीं पूछता। दीदी कुछ पूछ रही हैं। मैं हैरत से उन्हें देख रहा हूँ। चाँद जैसे चेहरे पर अब सिर्फ़ आँखें ही दीख रही हैं, "क्या दीदी पिछले दिनों बीमार रही हैं?"

"अरे, अब मेरा बुढ़ापा आ रहा है। क्या हमेशा ही जवान बैठी रहूँगी। देखो, ज़रा आशु दा को भी तो देखकर आओ। तब पता चलेगा, कौन ज़्यादा बूढ़ा हुआ है। अपने कमरे में हैं।" उनकी मुस्कान फीकी-फीकी लगती है।

मेरे दाखिल होते ही वह जाग जाते हैं। उठकर बैठ गए—मैं जानता हूँ, वह कुछ कहेंगे नहीं। शब्दों को बहुत किफ़ायत से बरतते हैं आशु दा।

उनके बाल खिचड़ी हो गए हैं। उनके गोरे-चिट्टे रंग पर यह भी अच्छा लगता है। धीरे से पूछ बैठते हैं—"कैसे हो?"

"ठीक हूँ मैं तो, आशु दा। मगर आप कितने बदल गए हैं!"

"क्यों?" मुस्कुराकर वे पूछते हैं।

"देखिए आपकी बगिया सूख गई है। आपने पानी देना बन्द कर दिया होगा...और मीरा दी के ठंडे बँगले में हौज-पाइप नहीं लगाया है आपने। फ़र्श सूखा पड़ा है।..." मैं हँसी में कह उठता हूँ।

"पानी का प्रेशर कहाँ है अब! जब देखो टैप सूखा पड़ा रहता है," अपनी उसी गम्भीरता से कहते हैं आशु दा।

थोड़ी देर बैठकर मैं फिर ठंडे बँगले में लौट आता हूँ।

मीरा दी ड्रेसिंग टेबल के सामने बैठी हैं। शायद बाल बाँध रही हैं। मेरे पहुँचते-पहुँचते उठ जाती हैं।

फिर एक फीकी हँसी हँसकर कह उठती हैं, "अरे लाख अपने को सजा लूँ, पर तुम्हें अब पहले जैसी नहीं लग सकती। है न?"

मेरे बहुत मना करने के बावजूद वह चाय बनाने के लिए उठ गई हैं। मैं कमरे में अकेला बैठा हूँ। सोच रहा हूँ, 'क्या आँगन में लगा अमलतास भी सूख गया होगा?'

कमरे के तीसरे कोने में तबलों की जोड़ी और घुँघरू बदस्तूर रखे हैं। अभी भी नाच सिखाती हैं लड़कियों को दीदी।

तभी मेरी नज़र ड्रेसिंग टेबल पर जाती है। सिन्दूर की मोरपंखी डिबिया वहाँ रखी है। मुझे ध्यान हो आता है, मीरा दी की माँग सूनी नहीं है। बेपनाह बेचैनी होती है मन में।

सिर्फ़ अकेली मैं हूँ। अकेली मैं...

5 सितम्बर

सुबह से ही बहुत डिप्रेशन है। काली-फास की डोज़ दो बार ली है।...आज मेरा पैंतालीसवाँ जन्मदिन खूब मना।

ये लोग बिलकुल नहीं समझते। या समझना नहीं चाहते। इन सब बातों से कितनी तकलीफ़ होती है! अच्छा ही हुआ, केक पर मोमबत्तियाँ नहीं जमाईं। कैसी भीड़ लग जाती तब!

बच्चे तो खैर बच्चे हैं, वह भी नहीं समझता। कैसा खुश था केक काटते समय। सिगरेट से गुब्बारे बर्स्ट कर रहा था। उसे मेरी हालत का ज़रा भी एहसास नहीं हुआ! तो फिर औरों से क्या उम्मीद रखूँ। दीदी की ज़िन्दगी के पैंतालीस साल कट गए। है न ख़ुशी की बात! उस समय कैसा जी घबरा रहा था! मन कर रहा था, सबको खूब डाँटूँ और फिर...फिर अपने कमरे में आकर, दरवाज़ा बन्द करके बहुत रोऊँ। जी भरके रोऊँ।

रोने का मौका ढूँढ़ते-ढूँढ़ते रात हो गई। शाम तक तो मन दरवाज़े पर घंटी में अटका हुआ था। पोस्टमैन पाँच बजे से लेकर साढ़े छह तक कभी भी आ जाता है।...उनका ग्रीटिंग आया होता तो सचमुच रोना आ जाता।

भई, हमें मालूम था—नहीं आएगा, नहीं आएगा, मगर आ जाता तो! तब क्या एकदम से सब उदास नहीं हो जाते? इसीलिए प्रिकॉशन के तौर पर पोस्टमैन को कवर किए थी।

जन्मदिन वाली रात को अजीब-अजीब-सा लगता है! यहाँ तो वैसे ही नींद नहीं आती, ऊपर से यह बरसों का बण्डल और सिर पर लद गया। सब खुश हैं—निरुपमा पैंतालीस, नहीं डॉ. निरुपमा शर्मा पूरे पैंतालीस बरस की हो

गई हैं।...नींद आएगी नहीं। सवाल ही नहीं उठता। सोच रही हूँ, गोली खा लूँ। क्या फ़ायदा! रोज़ाना गोली चलती रही तो यह डायरी कमबख्त भरेगी कैसे!

दद्दा यहाँ हैं नहीं। होते तो उन्हें भी मेरी तरह नींद नहीं आती। जागते पड़े रहते। मेरे बारे में सोचते। जैसे कि मैं खुद सोचती होऊँ। क्या उन क्षणों में दद्दा निरू हो जाते हैं? क्या वो अपने ऊपर लेकर सोचने लगते हैं? बहुत भारी हो जाता होगा, उनका मन।

लो वही हुआ ना! दद्दा को याद करने के बहाने मैं फिर अपने-आपसे पूछने लगी हूँ। वही एक सवाल, जो मुझे देखकर हर अजनबी के मन में उठता है—क्यों किया इसने ऐसा? मैं भी अपने-आपसे पूछ रही हूँ—क्यों किया तुमने ऐसा? क्या मिला इसमें?

जवाब उसी ढंग से—जैसे क्लास में लड़कियाँ पूछती हैं कोई टिपीकल सवाल तब...यह बहुत विशद प्रश्न है। इसका उत्तर एक पंक्ति में नहीं दिया जा सकता। इसके लिए...से गुज़रना पड़ेगा। वैल्यूज़ का महत्त्व समझना पड़ेगा। वगैरह।

दरअसल इसका कोई जवाब नहीं है मेरे पास कि निरू शादी क्यों नहीं की तुमने? क्या मर्द की ज़रूरत नहीं...पछताती नहीं हो अब? यह तो पूछने से अधिक खुद समझ लेने की बातें हैं।

मर्द किस औरत के नहीं होते? मेरे भी हैं। उनका होना अनहुआ हो गया तो मैं क्या करूँ? करती तो हूँ—कभी-कभी सेंटीमेंटल होकर रो लेती हूँ।

अब बत्ती बुझाकर सो जाना चाहिए। आज का भारीपन कल तक क्यों बना रहे। सोचने के लिए तो उम्र पड़ी है।

पुनः

नहीं सो सकी। हाँ, एक घंटा ज़रूर बीत गया।

बत्ती बुझा देने के बाद कैसा लगता है। नहीं, डर नहीं है। अब नहीं लगता डर। हाँ, खून जमने लगता है।

शरीर अभी तक बुझा नहीं है। खा जाएगा मुझे इस तरह। कसूर सिर्फ़ इतना कि गुलामी को नहीं स्वीकारा मैंने।

बीस साल हो गए। कैसे बह जाता है समय! लग रहा है जैसे कल ही की बात हो। दद्दा ने लड़का ठीक कर लिया था। उस समय सूरज तो छोटा ही था। चचा-ताऊ को भी पसन्द आया था लड़का।

दद्दा की हिम्मत नहीं पड़ी थी मुझसे सीधे बात करने की। ताई आई थीं फ़ोटो लेकर। कैसी पत्थर हो गई थी मैं उस समय।

सचमुच बहुत सीधे रहे हैं दद्दा। नहीं तो कोहराम मचाकर थोड़ी हाय-तौबा करके मुझे धकेल सकते थे। मैं बहुत टूट ज़रूर जाती मगर ज़िन्दा रहती। उन्हें यही डर था—कहीं मैं कुछ कर न बैठूँ।

कितने डरे हुए थे वे उन दिनों। चौबीस घण्टे मेरे गिर्द बने रहते। सूरज मुझसे चिपककर सोता था। ताई ने उस दिन के बाद कभी भी सीधे मुँह बात नहीं की।

कभी-कभी सोचने लगती हूँ—दद्दा ज़बर्दस्ती कर देते तो घर भर की औरतें क्या मेहंदी-हल्दी लगाने नहीं बैठ जातीं! शन्नो दाई उन दिनों कैसी बलैया लिया करती थी, 'हाय-हाय! सोने की देह है बिटिया की। नज़र न लगे मेरी राजदुलारी को।'

कहती थी, 'राजा-महाराजाओं के काबिल रूप-रंग है बिट्टो का।'...क्या होता तब! मैं चूड़ा पहनकर, मंगलसूत्र गले में डालकर डोली में बैठ जाती। दद्दा के गले लगकर खूब रोती। ताइयाँ-चाचियाँ बुक्का फाड़-फाड़कर रोतीं।

(अपने-आप पर हँसने को मन हो रहा है।)

फिर वही सब चक्कर चलता... फ़र्स्ट नाइट। सिरहाने रखे दूध के भरे हुए गिलास। लिसलिसी बातें।...हनीमून। पन्द्रह दिन हिल स्टेशन पर, पौरुष और स्त्रीत्व की गरिमा के।...अभी तक एक-आध जवान लड़की-लड़के की माँ ही बन गई होती। और क्या होता!

छिः! क्यों सोच रही हूँ ये घृणित बातें मैं! शायद गुलामी के संस्कार मजबूर कर रहे हैं। तब निरू मर नहीं जाती! न ही घुट जाता उसका दम? तिल-तिल जलने का सुख कहाँ मिलता—एकदम से जल जाना पड़ता। उन ओवरसियर महोदय को तन बेचकर अगर यह सब पा भी लेती तो क्या रीतेपन के एहसास से मुक्ति मिल सकती थी? नहीं।

~

मस्तिष्क बहुत बोझिल हो उठा है। मुझे इसी तरह नींद आती है। बस—कोई हलचल नहीं है मन में।

फुल स्टॉप से पहले एक बात और—इतनी देर तक डायरी लिखती रही सोच-सोचकर, मगर एक दफ़े भी उसका ज़िक्र नहीं आया। मेरा मतलब है

उनका। (भई जब ज़िन्दगी के बेहतर हिस्से में उन्हें आप कहती रही हूँ तो अब 'उस' और 'तू' पर क्यों उतरूँ—हालाँकि इसमें कोई हर्ज नहीं है)।

तो निरू, चल सो जाएँ अब!

6 सितम्बर (सुबह 2 बजे)

रात न सही, तारीख तो बदली। कुछ तो बदला। वैसे मेरी समझ में आज तक यह नहीं आया कि एक ही रात में दो तारीखें क्यों होती हैं।

कोई ज़रूरी नहीं कि बेसुध होकर पड़े रहने को ही सोना कहा जाए। डॉक्टरों के हिसाब से अपने पूरे शरीर को ढीला छोड़कर बिना किसी तनाव के पड़े रहना, पूरी तरह विश्राम कहलाता है। बड़े-बड़े आदमी तो पन्द्रह मिनट ऐसे ही पड़े रहते हैं और फिर तरो-ताज़ा। मैं तो करीब पौन घण्टे इस तरह पड़ी रही हूँ।

मुँह धोने वाश-बेसिन तक गई तो लगा 'एलिस इन वण्डरलैण्ड' की तरह किसी सोते हुए शहर में आ गई हूँ। सूरज, भाभी, बच्चे, आया सभी तो सो रहे हैं। वह भी शायद सो रहे हों।

हो सकता है सोए न हों। लिखने की मेज़ पर कोहनियाँ टिकाए कुण्ठित बैठे हों। कुण्ठित! हाँ, कुण्ठित ही। उनको इतना तो जानती ही हूँ। वह ज़्यादा भुगतान करने वाला बैंक है।

(उन्होंने) अपने पिछले उपन्यास में किस तरह पेंट किया है मुझे। छिः, इस तरह के लेखन से विरक्ति हो आती है। इतना बेईमान हो जाना ठीक नहीं। कोई ज़रूरी नहीं था कि उस जोगन टाइप करेक्टर में मुझे ही फ़िट करते। और किसी को ले लेते। खैर, कर तो गए हैं, मगर भुगतते होंगे।

ज़रूर जाग रहे होंगे। पुरानी आदत है; जो भी लिखने-पढ़ने का काम हो रात में करने की। हो सकता है, पत्नी ने यह आदत छुड़वा दी हो। मगर वह शख्स किसी पत्नी-वत्नी के बस का रोग नहीं है। उसे तो...

पन्द्रह साल हो गए उन्हें लिखते। बहुत लिखा। सब कुछ लिखा। मगर वह नहीं लिख सके जो लिखना चाहिए था। हर बार एक ही नायिका को लेकर लिखना फितरत बन गई है। हो सकता है दूसरे इस बात को न पकड़ पाते हों, परन्तु मुझसे कहाँ छूट सकती है!

और कोई होती तो शायद प्रतिवाद करती। केस कर देती या कम-से-कम मुँह पर जाकर बक-झक कर आती। इतना खेलना, किसी के चरित्र को लेकर, क्या हरेक को सह्य होता है!...खुद भी सोचते हों कि मैं इसी बहाने गिला-शिकवा करने जाऊँ। हुँह, खाक समझा है तब उन्होंने मुझे!

अच्छा, उन दिनों इन हज़रत को देखकर कोई कह सकता था कि सीधा-सा दीखने वाला यह दुबला-पतला लड़का बड़ा लेखक बन जाएगा! सीधे तो खैर जैसे थे मुझे ही मालूम है—शक्ल-सूरत शरीफ़ाना ज़रूर थी। ऊपर से मालूम नहीं पड़ता था कि अन्दर इतने तूफ़ान भरे हैं।

बहुत दिक करते थे। कोई बात मन में आई नहीं कि रट लग जाती। 'नहीं' सुनने को तो कभी तैयार नहीं। और मेरी आदत ऐसी कि हर बात पर 'नहीं' कह बैठती थी। कितनी बार मार खाई उनके हाथों मैंने। क्या कोई ऐंठू देहाती भी अपनी बीवी को ऐसा हाथ देता होगा। बहुत कसकर मार बैठते थे।—बहुत मज़ा आता था, जब मार चुकने के बाद घण्टों मुँह लटकाए-पछताते-से बैठे रहते, तब मैं झुँझला उठती थी...

~

इस मार को लेकर एक बार दद्दा कितना गलत समझ गए थे! उन्हें इतने गुस्से में कभी नहीं देखा मैंने। मेरे गाल पर उभरी चार लाल लकीरें देखकर मरने-मारने को उतारू हो उठे थे। बड़ी मुश्किल से राम-राम करके जान बची।

वैसे दद्दा बहुत मानते थे उन्हें। आज भी मानते हैं। उनके स्नेहशील मन ने पहली नज़र में ही हम दोनों के रिश्ते को पढ़ लिया था। कभी हल्की नज़र से नहीं देखा। काश! उनकी तरफ़ भी ऐसा होता।—विजातीय विवाह क्या हमारे पक्ष को नहीं अखरता? आखिर ऊँची जात तो हमारी ही थी। ऊपर से भारी-भरकम कुनबा। मगर दद्दा जैसा दिल हर किसी के पास नहीं होता।

देखा, मैं कैसी सेल्फ़िश हूँ! दिल की बात कितने गलत सन्दर्भ में उठा रही हूँ!

...उस दिन। पहली बार उन्हें असहाय और निरुपाय होते हुए देखा था। उनका रोना देखकर कैसा मर जाने को जी हुआ था। अपने-आपको कितना कोसा था मैंने—मेरी वजह से वह रोए।

"निरू! छह बहनें हैं। सबके माथे पर कलंक की मुहर लग जाएगी।

उनको जीवन-भर दुख पाते नहीं देख सकूँगा मैं।...तुम्हीं बताओ क्या करूँ मैं?''

जाने कहाँ से इतनी शक्ति आ गई थी मुझमें। मैंने हँसते हुए मुक्त कर दिया था अपने...उन्हें। क्षणांश भी नहीं लगाया, निर्णय लेने में। ऐसा निर्णय जो जीवन-भर का बोझ बन गया है। मैं तो उस समय त्याग और उत्सर्ग की अनुपम आभा से दीप्त हो रही थी, लेकिन दद्दा ने कैसे सहा होगा इसे! इस निर्णय को!...सिर्फ़ इतनी याद पड़ती है कि उनके ब्याह के दिन सज-सँवरकर जाने को हुई थी तो दद्दा की आँखों में आँसू थे।

उस समय तेईस की हो चुकी थी मैं। दद्दा ने किसी न आने वाले कल की प्रतीक्षा धैर्यपूर्वक की थी।...उसके बाद भी लड़का न ढूँढ़ते तो क्या जीने देते नाते-रिश्तेदार उन्हें?

उन दिनों तुम पर नाराज़ होने के लिए अभी तक पछताती हूँ, दद्दा! बहुत मन पिराता है। तुमने माफ़ तो कर दिया होगा मुझे—दुनियादारी का अलिफ-बे तक नहीं मालूम था मुझे।

उठूँ। रेकॉर्ड-प्लेयर पर गिरजादेवी का वह रेकॉर्ड रख दूँ—बाबुल मोरा नैहर छूटो जाय...

सोना तो अब हो नहीं सकेगा। कॉफ़ी बना लूँ!

बाबुल, मोरा...बाबुल मोरा रे...मोरा, मोरा नैहर छूटो जाय। लोग क्या सोचते होंगे। जब-तब इस रेकॉर्ड को बजाया करती हूँ।

सोचते होंगे—डॉ. निरुपमा शर्मा को (जो पैंतालीस की हो चुकी है) नैहर न छूटने का बड़ा गम है।

कैसी निगाह से देखते हैं लोग बिनब्याही औरतों को! कई बार मन विद्रोह कर उठता है। समाज के प्रति, इसकी व्यवस्था के प्रति।

मैं ही नहीं, यह विद्रोह तो जाने कितने नारी-मनों में उपज रहा है। 'वीमेन लिब' को लोगों ने दिलचस्प लतीफ़े के तौर पर लिया है; परन्तु इसकी गम्भीरता को समझने का भी समय आएगा ही कभी-न-कभी।

उस दिन एक ज़ोरदार किताब खरीदी थी जर्मन ग्रीअर की *दि फ़ीमेल यूनख* । बड़ा मज़ा आया उसे पढ़ने में। निस्संदेह पश्चिम की नारी अतिवादी है। अति साहसी।

जी कर रहा है, निकालकर पढ़ने बैठ जाऊँ। काश, ग्रीअर मेरी दोस्त होती तो समर्पण वाले पृष्ठ पर लिलियन, कैरोलीन, जाय और मार्सिया के साथ-साथ मेरा भी नाम होता!

बहुत ही तेज़-तर्रार किस्म की, मगर प्यारी-सी लड़की होगी ग्रीअर। बहुत जल्दी लिख बैठी ऐसी किताब। कम से कम पैंतालीस तो पार कर लेती। मगर लिखा खूब है—'हेट' वाला चैप्टर छोड़कर। उसमें ज़्यादती की गई है। वहाँ, जहाँ वह कहती है, "जिस लड़की के साथ ज़बरर्दस्ती की गई हो, कभी उससे पूछिए। कितना हास्यास्पद लगता है पुरुष का यह कहना कि मैंने यह सब प्यार में किया है। पुरुष नारी के प्रति अपनी घृणा की गहराइयों को स्वयं नहीं जानता।"

एक-एक करके उनकी लगभग सभी बहनों के विवाह के निमन्त्रण-पत्र आते रहे—मेरे नाम। कुल मिलाकर यही छह पत्र थे जो आए। क्या ये पत्र ही थे या इनकी आड़ में लगातार कैफ़ियत देते रहे हैं।—इस किताब में 'मैनली हेट' का चैप्टर न चाहते हुए भी पढ़ा है। डर लगता है, कहीं वे भी घृणा न करने लगे हों—पैदायशी गुलामों की इस कतार से। छह बहनों को ब्याह देना कितना मुश्किल गुज़रा होगा!...सुना है उनके भी लड़कियाँ ही हुई हैं। राम जाने फ़र्क मालूम पड़ता होगा या नहीं।

और मैं जो औरत होने के नाते एक ज़िन्दा सवाल बनकर रह गई हूँ। खाहमखाह रहम खाते हैं लोग मुझ पर। असल में मेरी जात पर। चारों तरफ़ देखती हूँ, खटती-पिसती हुई औरतों को। दबती हुई, पिटती हुई, ढोती हुई, बिछौने की तरह बिछती हुई औरतों को। नफ़रत हो आती है। हर जगह एक ही बात साबित होती रहती है—कूट-कूटकर पाप भरा है इनकी देह में।

इसी देह से या स्टीरियोटाइप रूह से मर्द प्यार करता!

ग्रीअर लिखती है, ...all her love is guided by the search for security, if not for her offspring, then for her crippled and fearful self. She cannot expect to find it in her own kind, whom she knows to be weak and unsuitable. (उसका (स्त्री का) संपूर्ण प्रेम वस्तुतः तलाश है, हिफ़ाज़त (सुरक्षा) की, अपने बच्चों के लिए, नहीं तो अपने खुद के अशक्त और भयग्रस्त अस्तित्व के लिए जिसे वह कभी भी अपनी जैसी स्त्रियों से पाने की अपेक्षा नहीं कर पाती क्योंकि उसकी समझ में स्त्रियाँ कमज़ोर और नाकाबिल होती हैं।)

नहीं, इसे साधारण औरतें भले ही स्वीकार लें, मैं नहीं स्वीकारती। मैंने मर्द को प्यार किया है, उसका प्यार चखकर देखा है। मैं औरत होने की वजह से पैसिव रही, ऐसा कतई नहीं था। शुरू की बातें छोड़, मैं कह सकती हूँ मैंने बराबर लीड ली।...वे तो घबराते थे। उनके बेहद खूबसूरत होंठों ने मुझे मजबूर कर दिया। प्रथम चुम्बन मैंने ही लिया था। उस दिन कितने नर्वस और उखड़े-उखड़े रहे थे!

उनके सम्पर्क में आने के पहले मैं मेच्योर्ड हो चुकी थी—शायद यही वजह रही हो।

उफ-ओह! कॉफ़ी के लिए रखा गया पानी जलकर बादल बन गया होगा।...

पुनः

दूध ढूँढ़े नहीं मिला। फिर वही ब्लैक कॉफ़ी!

उन दिनों ब्लैक कॉफ़ी क्रेज़ बन गई थी। कुछ तो यह गैरअखबारी खबर कि ब्लैक कॉफ़ी से काम्प्लेक्शन फ़ेयर होता है। हर लड़की...बस ब्लैक कॉफ़ी।

अब तो महीने-दो महीने में कहीं जाना होता है उस तरफ़। उन रेस्तराँओं में। सब साथ होते हैं। अँधेरे कोने अब नहीं मिलते। किसी बड़ी-सी मेज़ पर बैठते हैं। सूरज-भाभी-मिटू-विनती-राखी...जैसे किसी व्यूह में बैठी रहती हूँ मैं।

उस समय आज का यह जाना-माना लेखक मेरे साये में इन्हीं अँधेरी मेज़ों से सटकर बैठा रहता था। बहुत कम बोलने की आदत रही है मेरी। वही बराबर बोलता रहता था। उस समय वह बेहद परेशान और अधीर रहता था। यह सब फ्रस्ट्रेशन उसे घर से मिलता था और वह मुझको कह कर मुक्त होता रहता था—आजकल रचनाओं के माध्यम से कहता है।

मेरे साये में बैठा रहता तो कभी लेखक के रूप में नहीं उभर सकता था।...यह भी अच्छा ही हुआ।

मगर निरुपमा! तुम क्या हो पाई हो? सब कुछ-न-कुछ होते जा रहे हैं और तुम!

भोर होने जा रही है। पहले कौए शोर मचाएँगे, फिर सारी चिड़ियाँ भी शामिल हो जाएँगी। ठहरा हुआ आसमान खुद तो रंग बदलेगा ही, पेड़ों को भी विवश कर देगा। छायाकृतियाँ खो जाएँगी। सन्नाटा टूट जाएगा। सुबह का होना बहुत डिस्टर्ब कर जाता है।—इससे तो गोली लेकर सो जाना बेहतर है। सो कहाँ पाती हूँ! सुबह को होते हुए देखना मेरे जीवन की त्रासदी बन चुका है।

रेकार्ड खत्म हो जाने पर डिस्क क्यों अपने-आप रुक जाती है! घूमती क्यों नहीं रहती, चक्कर खाती!

तो, पैंतालीस साल और एक दिन ऊपर हो गया!

6 सितम्बर (शाम सात बजे)

बिलकुल सूना घर। सब लोग गए। भाभी के पिता सख्त बीमार हैं। सूरज सबको ले गया है। मैं हमेशा की तरह सूने घर वाली सुहागिन हो गई हूँ। अपने को इस रूप में लिखने को मन हो आया है। तभी तो ड्रेसिंग टेबल के सामने बैठी हूँ।

हाँ, सारे ज़ेवर पहनकर बैठी हूँ। माँग में सिन्दूर डाला है, आँखों में काजल और काँच की चूड़ियाँ। बिलकुल नई-नवेली दुल्हन जैसी लग रही हूँ। मेरी आँखों में लाल डोरे हैं। शीशे के सामने बैठकर अपनी अतृप्ति को देख रही हूँ।

चोली, अंगिया, पैण्टी, आँचल सब कुछ नया है। देह भी। मैं तो कबीर की दुल्हनियाँ हूँ। सेक्स-लिबिडो (काम-प्रवृत्ति) भी है मुझमें।—जब कभी घर खाली मिलता है, तब सुहाग-सेज सजा लेती हूँ। पलक-पाँवड़े बिछाकर बैठती हूँ। आईने के सामने अर्थपूर्ण ढंग से मुस्कुराती हूँ। बार-बार आँचल सँभालती हूँ और फिसल जाता है।

वह दाई कहीं मर-खप गई जो कहा करती थी, 'बिटिया सोने की बनी देह है...।' वह मर गई तो क्या हुआ मैं तो हूँ।

तुम मेरे सामने होते हो, जब कोई दूसरा नहीं होता।

गलत! झूठ! कोई नहीं होता सामने। सिर्फ़ मैं हूँ—अकेली मैं और मेरे सामने टूटे हुए शीशे के टुकड़ों की तरह बिखरे पड़े हैं, पूरे पैंतालीस साल और एक दिन!

क्यों करती हूँ यह सब मैं!

याद नहीं, आज स्टाफ़-रूम में क्या हो रहा था। मैं पहुँची तो तीन-चार

वहाँ बैठी सेफ़्टी कलैण्डर डिस्कस कर रही थीं। अपने-अपने पोल्ट्री फॉर्मों से तंग आई हुई मुर्गियाँ। मिसेज़ मेहता सबको कैलकुलेशन समझा रही थीं। सेफ़ पीरियड की कैलकुलेशन।

मैं उन सबसे कटी हुई अलग-थलग बैठी थी। मुझे देखकर एक बार तो चुप हो गई थीं सब, फिर धीमे स्वर में चालू हो गईं। मुझे ज़रा भी शामिल नहीं किया। माना मैं भाग्यहीना हूँ, मगर बात तो कर सकती हूँ।...क्यों करती हैं ऐसा कमीना व्यवहार मुझसे?

कैसा व्यंग्य झलक रहा था उनकी आँखों में—मेरी अनचाही उपस्थिति के प्रति! मानो कह रही हों...तुम तो वैसे ही सेफ़ हो सब तरफ़ से बहना!

निरर्थकता का एहसास न हो तो आज पूरी रात मेरी है। मैं जैसे चाहूँ करूँ। कोई आँखें फाड़कर देखने वाला यहाँ नहीं है। मैं मुग्धा नायिका की तरह शीशे के सामने बैठी रहूँ।...व्यस्त गृहिणी की तरह खाना पकाने लगूँ या बैठकर इन्तज़ार करूँ।

सच तो यह है कि इन्तज़ार में ही इतना वक्त गुज़र गया। नहीं तो बहुत मुश्किल होती। मैं जानती हूँ, मेरे चारों ओर वीराने ही वीराने फैले हैं। मैं अकेली इनसे जूझ रही हूँ। पहले बहुत तेज़ी से कदम बढ़ते थे। लगभग भागती हुई मैं एक वीराने को पार करती तो दूसरा शुरू हो जाता। यही क्रम चलता रहा। यही मेरी सारी कशमकश है, आज। मेरे कदम रुके नहीं हैं। रुकने का भी अपना एक वक्त होता है। वह अब मेरे हाथ से निकल गया है। अब रुका नहीं जा सकता। वीराना दर वीराना भटकना ही पड़ेगा। भटकना ही...

मान लो, मैं बहुत ही गिरी हुई औरत की तरह दरवाज़ा खोलकर बाहर खड़ी हो भी जाऊँ तो क्या कोई...क्या कोई तैयार होगा मेरा आमन्त्रण स्वीकारने को! कोई भी! नहीं। अब कुछ नहीं रहा। अब रुकना भी उतना ही व्यर्थ है जितना कि भागना।

पुनः

छिः, कितनी डिप्रेस्ड हो जाती हूँ मैं! नहीं, एब्नॉर्मल। इस तरह शाम से ही बैठी हूँ, ड्रेसिंग-टेबल के सामने। मुझे कपड़े पहन लेने चाहिए। पहन ही लेने चाहिए...नहीं तो...।

चौंतीस नम्बर क्वार्टर

चौंतीस नम्बर, कैण्टोनमेंट।

जाने कितने लोगों के जेहन में यह मकान का नम्बर खटकता है। छूट गए दर को अक्सर भूल जाने की आदत सबकी तो नहीं होती। ऐसे लोगों के लिए इस मकान का ज़रूरत से ज़्यादा लम्बा और सूना लगने वाला बरामदा अभी तक ख़याली चहलकदमी की जगह के तौर पर कायम होगा।

इसी बरामदे में ढलुवाँ छत के एक झुके हुए शहतीर में जड़े एक लौह-कुण्डल में अटका पिंजरा उन लोगों की पुतलियों में उतर आता है या नहीं—नहीं कह सकता। मिट्ठू का पिंजरा।

अब वह तीलियों में से दिखाई देता-भर एक खामोश तोता है। अगर वक्त से दाना-पानी मिलता रहे तो वह नहीं बोलता, पहले की तरह सामने फले हुए अमरूद के पेड़ को देखकर शोर नहीं करता। शोर मचाए भी तो क्या हो—मंजरी अब उस उम्र को पार कर गई है, जबकि कच्चे अमरूदों का शौक हुआ करता है।

कहते हैं, यह तोता अपने-आप ही इस घर में आ बैठा था। जब नहीं गया तो उसके लिए पिंजरा लाया गया। कई बार पिंजरे का द्वार गलती से खुला रह जाने पर भी वह कभी नहीं उड़ा। उड़ना चाहा ही नहीं उसने।

लेकिन मिट्ठू ने लाख मरे मन का होकर भी शेफाली को इशारे से बुलाना नहीं छोड़ा है। जब कभी देख लेता है, अपनी सिन्दूरी चोंच पिंजरे की तीलियों के बीच से बाहर निकालकर ऊपर-नीचे करने लगता है...मानो बुला रहा हो। और शेफाली के चेहरे पर वही मुस्कान छा जाती है।...वही मुस्कान, जिसको लेकर जित्तन के प्राण संकट में पड़े थे...वैसे ही एक-दो-तीन डिम्पल—भँवरनुमा मधुर गड्ढे।

बाबा अभी भी घर के दरवाज़ों को बन्द रखने के बारे में इतने चाक-चौबन्द हैं कि यह बरामदा सूना ही बना रहता है। स्प्रिंगडोर नहीं होते हुए भी ये स्वाभाविक रूप से बन्द रहने वाले दरवाज़े हैं।

ज़माना हुआ है इन दरवाज़ों को बन्द हुए। मंजरी के अमरूदों के कच्चेपन से छिटकने से पहले से, जित्तन के गिरने से भी पहले से, यहाँ तक कि रूपा सेन की गिटार-शिक्षा का क्रम अनायास ही टूट जाने से भी काफ़ी पहले से... जब बाबा जवान थे। जब माँ पर दौरे पड़ने लगे थे, तब से। सिर्फ़ रूपा को याद है वह भयानक समय। माँ मौका मिलते ही बाहर निकल जाती थीं। कितनी बार बाबा माँ को बाहर से खींचते हुए लेकर आए थे और दरवाज़े बन्द कर लिए थे।

पति-पत्नी के बीच बर्फ़ की तरह जमी हुई ठंडी खामोशी ने तीनों के अन्दर असीम भावशून्यता के बीज बो दिए हैं, जिनके उग आए पौधों की लहक तीन जोड़ी आँखों में दिखाई देती है। डरती रहीं ये लड़कियाँ। माँ या बाबा से नहीं, बल्कि उनके अतीत से, उनके सम्बन्धों से।

घर में तीन कमरे हैं, एक कतार में। इन तीनों के बाहर की ओर खुलने वाले दरवाज़े बन्द ही रहते आए हैं। आजकल तो इन पर दस्तकें देने वाले गिने-चुने ही रह गए हैं।

मगर ऐसा नहीं कि दरवाज़े खुद बन्द रहकर घर के लोगों को घर में ही बन्द रखते हों। बिलकुल नहीं। घर के चार प्राणी व्यावसायिक रूप से रोज़ाना सवेरे या दोपहर को निकलते हैं और दोपहर या शाम तक लौट आते हैं। इन्हीं चहलकदमियों पर ही मिट्ठू ज़िन्दा है...अब भी वह अपने पिंजड़े को छोड़कर नहीं जाना चाहता।

~

रूपाली और शेफाली पढ़ाने जाती हैं और मंजरी पढ़ने। बाबा को रिटायर हुए अर्सा हुआ, अब कोयले और मिट्टी के तेल का डिपो खोल लिया है। चलता-वलता नहीं है, बस नाम के लिए है। दस-पन्द्रह बँधे हुए ग्राहक हैं, नहीं तो कभी का बन्द हो गया होता। वैसे डिपो बन्द भी हो जाए तो कोई खास फ़र्क नहीं पड़ेगा। रूपाली और शेफाली की तनख्वाह और पेन्शन के पैसे मिलाकर अच्छी रकम हो ही जाती है। मंजरी एम.ए. प्रीवियस में है, साल-भर बाद वह भी उसी कॉलेज में खप जाएगी। पहले-वालियों के साथ यही हुआ है। उसी कॉलेज में छठी क्लास से लेकर एम.ए. तक पढ़ीं और वहीं लग गईं।

अठारह बरस कम नहीं होते। रूपाली सेन को रिक्शे में यहाँ आते-जाते अठारह बरस हो गए हैं। शुरू के दस साल कुछ और ही थे—वयः-सन्धि के दिनों से लेकर गम्भीर और उदात्त नायिका बनने तक का समय। उस समय क्या मालूम था कि कैण्ट से लेकर माल रोड तक का लम्बा रास्ता अच्छी-खासी सड़क से उठकर रेल की पटरी बन जाएगा।

रूपाली इस गर्ल्स कॉलेज की, इण्टर सेक्शन की सबसे सीनियर अध्यापिका है। देखते ही देखते उससे पहले वाली सब अध्यापिकाएँ कॉलेज छोड़कर चली गईं। उसने खुद जाने कितनी फ़ेयरवेल पार्टियाँ अरेन्ज की हैं। सबको एक ही बीमारी खा गई—शादी।

हर साल जुलाई में बीसियों लड़कियाँ मास्टरनी बनकर आ जाती हैं और अगली या उससे अगली जुलाई आते-आते खुशबू की तरह उड़ जाती हैं। दो-चार बचती भी हैं तो ऐसी होती हैं कि...

कॉलेज दो शिफ़्टों में चलता है। रूपाली और मंजरी दोपहर की शिफ़्ट में आती हैं और शेफाली सुबह। पहले उल्टा था, मंजरी सुबह की शिफ़्ट में जाती थी, शेफाली के साथ। किसी से कुछ कहना-सुनना शेफाली के बस की बात नहीं। तभी तो वह बवाल हो गया—रूपा शायद स्थिति को इतनी नाज़ुक नहीं होने देती।

हाँ! नाज़ुक ही कहेंगे। बड़ी लड़कियों ने कभी भी बाबा के सामने ज़ुबान नहीं खोली। और कितना बोल गई मंजरी उस दिन, सबके सामने! महेन्दर शर्मीला निकला, नहीं तो जाने क्या हो जाता। छिः! ऐसी निर्लज्जता किस काम की—रूपा और शेफाली सोचती हैं। कहा भी उन्होंने, मगर अन्दर-ही-अन्दर उन्हें लगा कि मंजरी गलत कहते हुए भी गलत नहीं है। उन दोनों ने भी शायद कई बार यह सब कहना चाहा है।

उस घटना के बाद बड़ी बहनें करीब आ गई हैं। और मंजरी गम्भीर हो गई है। अब वह आधी रात को उठकर पढ़ने बैठ जाती है। शायद डिवीज़न लाने की धुन लगी हो। पहले उनके कमरे में कितनी चहल-पहल रहती थी। शेफाली के लिखे हुए गीतों की धुन बनाती मंजरी देर रात तक गुनगुनाती रहती थी। अब वह शाम होते ही सो जाती है, आधी रात से सुबह तक पढ़ने के लिए। कोई क्या कह सकता है—नहीं तो शेफाली क्या जानती नहीं! मंजरी को लम्बे-लम्बे खत लिखने का शौक हो गया है। ऐसे खत, जो आधी रात को उठकर लिखे जाते हैं और सवेरा होते-होते खत्म हो जाते हैं।

शेफाली का मन होता है रूपा दीदी के कमरे में चली जाए। फिर लगता है, अभी समय नहीं आया है। आ ही जाएगा, जल्दी क्या है।

आगे आने वाला वह समय शेफाली को सुन्न कर जाता है। वह सोते हुए भी जागती पड़ी रहती है। बार-बार उसे वह कठोर शीतलपाटी दिखाई देती है, जिस पर उसकी बत्तीस बरस उम्र वाली बड़ी बहन सोया करती है।

~

शीतलपाटी मानो प्रतीक बन गई है रूपा का।

रूपा के चेहरे पर एक पथरीलापन इस कदर कायम हो गया है कि देखने वाले उसे पत्थर की मूरत ही समझते हैं। जो भी उसे देख पाता है रास्ते में ही देखता है। घर से कॉलेज या कॉलेज से घर। रिक्शे में बैठी हुई प्रस्तर-प्रतिमा। इसमें आँखें कुछ अन्तर डाल सकती थीं, मगर वे काले चश्मे के तिलस्म में कैद रहती हैं।

कौन कह सकता है—यह वही रूपाली सेन है, जो हर समय हँसा करती थी। जिसकी हँसी को लोग तलाश किया करते थे। जो रंजीत राय के यहाँ गिटार सीखने बरसों जाती रही थी। जिसको गायिका बनाने के चक्कर में यहाँ की नाट्यसंस्थाओं के लोग चौंतीस नम्बर क्वार्टर के चक्कर लगाया करते थे।

वह गिटार उसके कमरे की एक दीवार पर चिपका जाने कब से लटक रहा है। उस दिन के बाद उसने छुआ भी नहीं गिटार को।

रंजीत राय आज भी गिटार सिखाते हैं। जाने कितने लड़के-लड़कियाँ उनसे सीखकर इधर-उधर नाम कमा रहे हैं! कुछ आकाशवाणी के कलाकार हैं तो एक-आध फ़िल्मी दुनिया के चक्कर भी लगा आए हैं। रूपाली सेन ने लगातार चार साल तक सीखा और फिर एकदम से छोड़ दिया। गिटार का डिब्बा छिपकली की तरह दीवार से चिपका हुआ है। साज़ में क्या होता है! ये तो धुन की बात है। उन दिनों रूपा को धुन थी, सीखने की और...। नहीं तो कोई अपने हाथों अपने को आग लगाता है ? उस दिन...

गिटार के खोखल में रखकर लाया गया पत्र निकाल लिया था रंजीत राय ने। रूपा के दिल की धड़कन बन्द होने जा रही थी। इतनी सहज लिफ़्ट की आशा नहीं थी उसे। रंजीत राय के यहाँ बीसियों लड़कियाँ आती थीं—एक से एक। उसे भला क्या परवाह होगी मेरी—सोचा था उसने। मगर दूसरे ही क्षण वह चौंक उठी। उसने पत्र को पढ़े बिना टुकड़े-टुकड़े करके उसे दे दिया और कहा,

जाओ खिड़की से बाहर फेंक आओ। यहाँ बेकार ही कूड़ा फैलेगा।

आग के गोले की लपेट में आ गई थी रूपा। अपमान, ग्लानि और पश्चाताप की लपटों में झुलस रहा था उसका मन। जाने कैसा स्वाभिमान जाग उठा था मन में कि रुलाई को बलपूर्वक रोक लिया उसने। इस बात पर रंजीत राय को आश्चर्य ज़रूर हुआ था। वह तो जेब से रूमाल निकाले बैठा था। उसके लिए यह एक बहुत ही जाना-पहचाना क्षण था। उसका धन्धा ही ऐसा था—कच्ची उम्र की लड़कियों को संगीत सिखाने का, वह भी अपने अकेले कमरे में। हर दफ़े वह यही करता था। पत्र को फाड़ देता और अपना रूमाल आँसू पोंछने के लिए बढ़ा देता।

कमरे का वातावरण बेहद भारी हो उठा था। दोनों के लिए। रंजीत राय ने उसे चाय बनाने के लिए कहा। वह एकदम उठकर किचन में चली गई। दोनों को क्षणिक छुटकारा मिल गया।

स्टोव जलाते समय उसके हाथ काँप रहे थे। चार-पाँच तीलियाँ व्यर्थ हुईं, तब जाकर कहीं वह भड़का। भरभराते हुए स्टोव को तिलमिलाती आँखों से देखते-देखते वह अपनी साड़ी में कब आग लगा बैठी, उसे पता भी नहीं चला। उसे कुछ पता नहीं था, कब उसके मुँह से आह निकली, कब रंजीत राय दौड़कर वहाँ आ पहुँचा, कब उसकी आग बुझा दी गई।

अधजली साड़ी किचन में ही रह गई थी। उसे होश आया तो वह चादर से ढकी हुई पड़ी थी और बैंजनी रंग से पुते हुए फफोले थे, जगह-जगह।

एम्बुलेंस में वह वापस आई थी।

चेहरा और दिखाई देने वाले अंग करीब-करीब बच गए थे। मगर वे पथरीले होते गए।

उसी साल एम.ए. में फ़र्स्ट क्लास आई उसकी। फिर बी.एड.। फिर नौकरी। बाबा ने कभी कुछ नहीं कहा। उस समय शायद उन्होंने इस बारे में सोचा भी न हो। अब तो खुलेआम कह देते हैं, "मैं अपनी लड़कियों की शादी नहीं करूँगा। क्यों करूँ? लोग पीठ-पीछे लड़कियों की कमाई खाने वाले रिटायर्ड बूढ़े को गालियाँ देते हैं। देते रहें।" रूपाली और शेफाली ने तो कभी कुछ नहीं कहा। शेफाली कुछ कह भी सकती थी, मगर उसे ब्रह्मा ने बनाया ही बेज़ुबान। फिर उसका दुर्भाग्य कि उसके साथ ऐसी दुर्घटना हो गई। रात में दीवार फाँदकर आने वाले लड़के को लोग मार रहे थे और वह शेफाली के नाम की रट लगाए था।

ये बीच के दिन, पत्थर हो जाने के दिन, आसान नहीं गुज़रे हैं रूपा पर। अपनी हालत दूसरों से छुपाने के लिए उसने अपना कमरा अलग कर लिया था। भयंकर बेचैनी से भरे दिन थे। करवट बदलते-बदलते वह अपनी देह और बिस्तरे को मथ डालती। इस एकान्त क्षीरसागर के मन्थन के बाद हमेशा विष ही उपजता। अमृत आता भी कहाँ से!

अपने-आपसे और कुदरत से बेहद संघर्ष किया उसने। बिछौना बदला। शीतलपाटी पर सोना शुरू किया। रात को बार-बार उठकर आँगन में टहलती। नहाती। घंटों नल के नीचे सिर किए बैठी रहती। अपनी दुर्लभ केश-सम्पदा खो दी उसने, इस चक्कर में। अब तो हाथ-भर लम्बे बाल रह गए हैं।

अपने-आप अपने को मथते रहना कितना दारुण दुख होता है, इसे वही समझ सकता है जिस पर गुज़री हो।

उसने खुशबुओं से सख्त परहेज़ कर रखा था। खुशबू उसे बेचैन कर देती। आँगन में रात की रानी का एक झाड़ था और कुछ बेला के पौधे। गर्मियों में उन पर से गुज़रा एक झोंका भी उसे दहकाने के लिए काफ़ी होता। धीरे-धीरे उसका पूरा बदन भट्ठी की तरह दहकने लगता था। उस समय... उस समय वह अपने पक्ष में कुछ भी नहीं कर पाती थी। कुछ भी नहीं, सिर्फ़ अपने को छलने के।

यहाँ तक आते-आते सब कुछ ठीक-सा हो गया है। रूपा झील बन गई है। देह में वैसी ऐंठन और खिंचाव नहीं रह गया है। एक-एक करके कई विषयों में एम.ए. करने का संकल्प ले लिया है।

मगर शेफाली को वह समय नहीं चेता रही है। वह चाहती है कि उसे इस सबके बारे में सावधान कर दे। उसने उस वक्त भी शेफाली से कहना चाहा था कि वह अशोक की ट्यूशन नहीं छोड़े। ऐसी रौ में बहना ठीक नहीं है। परन्तु कह नहीं पाई। नहीं कह सकेगी शायद।

जित्तन अपने-आपको रोक नहीं सका था। उस पर जाने कैसा पागलपन सवार हो गया था, उन दिनों। कितना भला और जहीन लड़का! चोरों की तरह कूदकर आ गया था रात में। उफ्!

~

जित्तन यानी जितेन्द्र के छोटे भाई अशोक को ट्यूशन पढ़ाने जाती थी शेफाली। कैप्टन साहब का सारा घर ही चाहने लगा था उसे। बड़ी खातिर-

तवज्जो होती थी उसकी। मगर उसका जन्मजात संकोची स्वभाव आड़े आ गया। वह स्नेह की वर्षा से घबरा उठती। ट्यूशन छोड़ना आसान तो नहीं था! बाबा नहीं माने।

धीरे-धीरे शेफाली कैप्टन-परिवार से खुली। जित्तन को सैकड़ों लतीफ़े आते थे और शेफाली को सिर्फ़ हँसना। वह हँसती थी, तो जित्तन सीरियस हो उठता था। उसके हँसने से गाल पर जो भँवरनुमा गड्ढे पड़ जाते थे, उनको देखकर लड़के का कलेजा मुँह में आ जाता था। कई बार श्रीमती कैप्टन ने मज़ाक के तौर पर कह डाला, 'मैं तो अपने घर में शेफाली जैसी बहू लाऊँगी!' और हर बार शेफाली संकोच से धरती में गड़कर रह गई थी।

जित्तन वायलेंट होता जा रहा था। शेफाली उसे पसन्द करने लगी थी, मगर उसकी आँखों में चढ़ रहे हिंस्र ज्वार को देखकर उसे पसीना छूट जाता था। वह सिर ज़मीन में गड़ाए अशोक को पढ़ाती रहती और किसी तरह वक्त गुज़ारकर वहाँ से भाग आती।

अपने को समेटने की शेफाली की इस प्रवृत्ति को जित्तन ठीक से समझ नहीं पाया। वह दीवाना बनता गया। किसी-न-किसी बहाने उसके आस-पास बना रहता। बार-बार उसके सामने ज्वार-भाटे वाली आँखें लेकर खड़ा हो जाता।

उस दिन अशोक उठकर किसी काम से अन्दर गया तो जित्तन ने मौका नहीं खोया। दबे पाँव आकर शेफाली के हाथ में अपनी दबी हुई (नाज़ाहिर) तमन्नाओं का इज़हार, यानी प्रेम-पत्र थमाकर चला गया। शेफाली के कँपकँपी छूट गई। अशोक ने आकर देखा, उसकी मास्टरनी सिर से पाँव तक पसीने से तर हो रही हैं और चेहरा पीला पड़ गया है। उसने पूछा भी, "मैडम! आपकी तबीयत ठीक नहीं है क्या?"

उसके बाद वहाँ रुकी नहीं थी शेफाली। उसी तरह विवर्णमुख बाबा के सामने जा खड़ी हुई और वह पत्र उन्हें दे दिया था। उस अनचाही स्थिति से छुटकारे का यही रास्ता था उसके सामने।

ट्यूशन छूट गई, हालाँकि बाबा नहीं चाहते थे। उनका विचार था कि जित्तन को समझाया-बुझाया जा सकता है। उसकी फिर से हिम्मत ही नहीं पड़ेगी। शायद सौ रुपये महीने की आमदनी छूट जाना उन्हें नहीं भा रहा था, मगर शेफाली नहीं मानी।

उस समय रूपा ने चाहा था कि शेफाली को समझाए।

जित्तन ने अशोक को कई बार भेजा। शेफाली ने बात ही नहीं की। रास्ते में कई बार उसने रिक्शा रोककर बात करनी चाही तो उसने रिक्शावाले को झाड़ दिया, 'रुकते क्यों हो!' बेचारा जित्तन मन मारकर रह गया था।

उस दिन से पहले कई बार उसे चौंतीस नम्बर क्वार्टर के चक्कर काटते देखा गया था। मुहल्ले के लोग वैसे ही भड़के हुए थे। उस दिन बहुत ही अमानवीय व्यवहार किया गया उसके साथ।

रूपा को बहुत तरस आया था उस पर, परन्तु क्या किया जा सकता था! उसने काम ही ऐसा कर डाला था।

कैप्टन साहब ने सुनते हैं जल्लाद की तरह मारा था उसे।

गर्मी के दिन थे। सब लोग आँगन में सोते थे, रूपा के अलावा। जित्तन को मालूम रहा होगा।

माँ और मंजरी की चीख-पुकार सुनकर सब जाग गए। भाग भी नहीं सका था जित्तन। मंजरी के बिस्तरे के पास खड़ा रह गया। अँधेरे में वह शेफाली तक नहीं पहुँच सका था।

काफ़ी ऊँची दीवार थी आँगन के गिर्द। जाने कैसे फाँदकर आया था वह शेफाली को देखने। हाँ, यही कह रहा था वह बार-बार, "मैं तो शेफाली दीदी से माफ़ी माँगने आया हूँ।" लोग उसे मार रहे थे और वह बार-बार यही कहता था।

किसी ने जाकर कैप्टन साहब को खबर दी होगी। अपनी केन लेकर आए वे और उसके बाद लोगों से देखा नहीं गया इस बुरी तरह से धुना जित्तन को उन्होंने।

यह सब होता रहा और शेफाली अन्दर कमरा बन्द करके सिसकती रही। बड़ी मुश्किल से दरवाज़ा खोला था उसने।

होकर भी यह सब अनहुआ हो गया।

सेन-परिवार ने रहे-सहे सम्बन्ध भी काट लिए आप-पास की दुनिया से। यह एक मौन निष्कर्ष था। कोई दरवाज़े पर आ खड़ा होता तो वहीं से उसे विदा कर दिया

जाता। फिर भी बहुत-से लोग आए। उनमें ज़्यादातर उत्साही युवक थे। ऐसे लड़के जो खूबसूरत सपने देखते थे, जो खुद खूबसूरत थे। जिन्हें रूपाली या शेफाली से गरज थी। उनमें से एक का हाथ थामने को अपना सौभाग्य समझते। जैसा कि होता है, उनके आने के बीसियों बहाने होते। कोई संगीत-गोष्ठी का निमन्त्रण लेकर आता तो कोई नाटक के लिए। कोई महज़ एक घरेलू परिवेश की तलाश में।

बाबा ने इन सबसे निबटने का ज़िम्मा खुद ही ले लिया था। वह उनसे दरवाज़े पर खड़े-खड़े ही सारी बात कर लेते। रूपा या शेफाली तक बात पहुँच ही नहीं पाती। संगीत-गोष्ठियों और नाटकों के लिए चन्दा दे दिया जाता, बस। लड़कियों के उनमें भाग लेने का सवाल ही नहीं उठने दिया जाता।

कैप्टन-परिवार बहुत जल्द ही चला गया, ट्रांसफर पर। सुनते हैं, जित्तन बेचारा जब तक रहा घर से बाहर नहीं निकला।

और कोई नहीं जानता, रूपा जानती है—शेफाली के मन में जित्तन को लेकर कितनी घुटन थी। उस रात की दुर्भाग्यपूर्ण घटना के बाद शेफाली मन-ही-मन अपने को अपराधिन समझती रही थी। उसके पास जुबान होती तो वह अपने मन की बात कह देती।

शेफाली के गीतों की नोटबुक में उसके मन का लेखा-जोखा है। रूपा को समझते देर नहीं लगी—उन गीतों में पछतावे और असहायता के मिले-जुले स्वर और प्रेम-पीड़ा की उत्कटता मुखर थी। वह जो कुछ कह सकती थी, गीतों के माध्यम से। काश! ये गीत उस तक पहुँच पाते।

शेफाली घर से कॉलेज या कॉलेज से घर के रास्ते में होती तो उसकी सारी व्यग्रता उसकी आँखों में समाई रहती। गीतों की नोटबुक उसकी हथेलियों में रोल होती रहती। उसे लगता, पहले की तरह ही जित्तन अपनी साइकिल पर उसके रिक्शे के आगे-पीछे चल रहा है। उसका हृदय महज़ कल्पना से ही आनन्दित होता रहता। मगर जित्तन फिर कभी नज़र नहीं आया। यहाँ तक कि एक दिन उन लोगों के बदली पर चले जाने की खबर सुनाई दी।

उस दिन शाम से ही गहरे रंग के बादल घिर आए थे। शेफाली तैयार हो रही थी। कहाँ जाने के लिए, यह उसे खुद भी पता नहीं था। शायद जित्तन को अपनी गीतों की नोटबुक देने। सहमी हुई-सी, क्षमा-याचना के मौन गीतों को अभिव्यक्ति देने।

वह ड्रेसिंग टेबल के सामने बैठी तो बैठी ही रही। शीशे में अपनी ही छाया बहुत अजनबी लग रही थी उसे। बाहर ज़ोरों से बादल घुमड़ रहे थे और शेफाली के मन-वृन्दावन में मयूर मुग्ध होकर नाच रहे थे। वह अपने को सँवारने के लिए बैठी थी कि बिखरने लगी। सहसा एक मधुर स्मित उसके चेहरे पर आ गई। अपने कपोलों पर पड़ती भँवरों में चक्कर काटता तिनके-सा जित्तन का मन उसने देखा और उसके मन पर जमी हुई वेदना की पर्तें खुलने लगीं। आँखें हीरे की तरह दमक उठीं।

बाबा घर में नहीं थे। आटा पिसाने गए हुए थे। माँ हमेशा की तरह अपने कमरे में कैद थीं। मंजरी की हैरानी बहुत बढ़ी तो उसने जाकर रूपा से कहा। दोनों दरवाज़े पर खड़ी होकर शेफाली का आईने से आत्म-साक्षात्कार का दृश्य देखती रहीं।

आसमान ज़ोर से कड़का तो उसकी समाधि टूटी। चौंककर उठ खड़ी हुई। चप्पलें पाँवों में डालीं। पानी बरसने लगा था। उसे क्षण-भर के लिए भी हवा-पानी के शोर ने नहीं डराया। 'जाना तो होगा ही'—उसने अपने-आपसे कहा और अपनी कॉपी को हथेली में दबाकर दरवाज़े तक पहुँच गई।

"कहाँ जा रही हो शेफाली?" रूपा ने पूछा था।

"जित्तन के यहाँ। वे लोग जा रहे हैं न आज!" उसने निस्संकोच उत्तर दिया, "दीदी! उसके साथ बहुत अन्याय हुआ है। मुझे जाना ही होगा।"

फिर उसे रोकने का मन नहीं हुआ रूपा का। मंजरी ने कहा, "इस बारिश में जा पाओगी, दीदी!" और उसकी अबोधता पर शेफाली मुस्कुरा दी थी।

अपनी देहरी लाँघकर भी क्या जा पाई थी वह? नहीं। घर से कुछ कदम पर घनघोर वर्षा में भीगती हुई जाने कब तक खड़ी रही। उसके शरीर में एक कदम भी और उठाने की ताकत नहीं रही थी। उसे वह भीगना बहुत आह्लादकारी लग रहा था। वह भीगती रही, भीगती रही...

ज़ोरों का ज्वर चढ़ा था उसके बाद शेफाली को। पैराटाइफाइड। सन्तप्त देह और बेहोशी की अवस्था में रूपा बराबर बैठी रही थी उसके पास। उसकी बड़बड़ाहट को सुनती हुई।

पिछले पाँच बरस से शेफाली रूपा के पीछे-पीछे आ रही है। रूपा नहीं चाहती है, मगर कुछ न कर सकने की असहायता है, जो बनी रहती है। यह जन्मजात असहायता उसका चरित्र बन गई है।

बहुत-से लोगों ने रिश्ते की बात चलाई। पहले रूपा के लिए, फिर शेफाली के लिए। बाबा ने साफ़ इनकार कर दिया, ''मेरे लड़के तो हैं नहीं, मैं लड़कियों को बाहर नहीं जाने दूँगा।'' पहले तो यह जवाब था और अब शेफाली के लिए आने वाले लोगों से वह रूपा का रोना रोते हैं, ''बड़ी लड़की बैठी है, उससे पहले छोटी का रिश्ता कैसे कर दूँ! फिर, जितना बड़ी ने घर के लिए किया कम-से-कम उतना तो शेफाली कर जाए। रिश्ता तो जब चाहेंगे मिल जाएगा।'' वगैरह। बहरहाल लोग समझ गए कि बुड्ढा सोने का अण्डा देने वाली मुर्गियों से हाथ धोने को तैयार नहीं है। फिर भी भूले-भटके कोई-न-कोई आ ही जाता है।

रूपा समझ गई है कि वह अब ढलान पर है। कद्रदानों का अभाव और शेफाली के गिर्द उनका जमाव, वह समझती है। उसने अपने को कमरे में बन्द कर लिया है।

शेफाली को लगता है कि समय तेज़ी से गुज़रा जा रहा है। वह इसे थाम लेने को उत्सुक भी नहीं है। एक अन्तहीन निराशा उसमें कूट-कूट कर भरी है। अपने करीब आने वाली हर शै से वह क्षणिक समझकर बचती है। वह अपनी आँखों सब देखती और अपने कानों सब सुनती है। उसके लिए आनेवालों को बाबा किस तरह वापस कर देते हैं! कुल मिलाकर उसे अपना भविष्य एक अँधेरे बन्द कमरे में पड़ी हुई एक शीतलपाटी में ही नज़र आता है।

उसका मन होता है कि अपना सामान उठवाकर रूपा के कमरे में पहुँच जाए, मगर अभी हिम्मत नहीं होती। शायद कुछ समय शेष है अभी। फिर मंजरी के सिर पर अभी तक यह अकेलेपन के कभी न बरसने वाले अभागे बादलों का साया नहीं पड़ा था। उसी के चहकने से कुछ रौनक रहती थी। उसी को देखकर कुछ ज़िन्दगी का एहसास होता था। अब तो वह भी...।

मगर मंजरी, रूपा और शेफाली से जुदा निकली। उसमें विद्रोह की सामर्थ्य है। जिस तरह से उसने बाबा को सबके सामने वह सब कह डाला था वैसे रूपा और शेफाली तो सात जनम जुबान नहीं खोल सकेंगी।

इससे क्या होता है !...रूपा और शेफाली मन में सोचती हैं। बाबा पर काटने के अभ्यस्त हैं। आखिर में होगा यही कि यह मंजरी भी कटी पतंग की तरह गिरेगी—उस समय तीनों के कमरे अकेले-अकेले और अलग-अलग हो जाएँगे।

महेन्दर एक पंजाबी एयरमैन है। गोरा-चिट्टा और घुँघराले बालों वाला। मंजरी से उसका सम्पर्क कब और कैसे हो गया, कोई नहीं जानता। हाँ, यह सब जानते हैं कि वे दोनों रोज़ मिलते हैं। रास्ते में, पार्क में या फिर घर में। मंजरी बहुत दुस्साहसी है। उसे घर ले आती है।

एक दिन उसी को लेकर बाबा और मंजरी में विवाद हुआ। उस समय महेन्दर आया हुआ था। माँ, रूपा और शेफाली अपने-अपने कमरों में थीं। आँगन में दोनों बैठे थे कि बाबा आ गए।

मंजरी ने कटूक्तियों के वार अपने पिता पर करने में ज़रा भी संकोच नहीं किया। उसने साफ़-साफ़ कह दिया, "तुम तो यही चाहते हो कि लड़कियाँ ज़िन्दगी-भर कुँवारी बैठी रहें और कमा-कमाकर तुम्हें खिलाती रहें। यह क्यों भूल जाते हो कि तुम हमेशा यहीं बैठे नहीं रहोगे। एक दिन तो सभी को जाना है...तब क्या होगा हमारा ? बोलो...क्या होगा ?"

रूपा और शेफाली को ताज्जुब हुआ, आँखें फटी रह गईं। यह देखकर कि न तो ज़मीन फटी न मंजरी उसमें समा पाई और न ही आसमान से आग की बारिश...बाबा सिर झुकाए अपने कमरे में चले गए।

उस दिन के बाद महेन्दर नहीं आता तो क्या हुआ, मंजरी खुलेआम उससे मिलने हर शाम सज-सँवरकर निकल जाती है।

चौंतीस नम्बर क्वार्टर।

इस घर में हमेशा की तरह एक अबाध शान्ति छाई रहती है। कोई बेचैनी, कोई खलल, कोई उत्तेजना यहाँ दिखाई नहीं देती। पड़ोस के लोगों को लगता है जैसे यह मकान खाली पड़ा हो। हालाँकि इसमें पाँच प्राणी रहते हैं।

एक आदमी फालतू

उखड़े हुए पलस्तर और बदरंग दीवारों वाली उस इमारत के एक कोने पर क्षत-विक्षत कनकौए की तरह लटका है वह ज़ंग खाया हुआ बोर्ड। जिस पर लिखा है—'तरुण निवास गृह'। असल में यह शरत बाबू के उपन्यासों में वर्णित मेसनुमा होस्टल है, जिसमें चन्द उखड़े हुए लोग जमकर रहते हैं।

इसमें रहनेवाले बाहर से आए हुए लोग हैं। अकेले और बिलकुल अकेले—दो किस्म के। इस इमारत में दाखिल होकर मालूम होता है कि बेतरतीबी क्या चीज़ है। इतना बिखराव है इसके रिहायशी हिस्सों में कि बाज़ वक्त टूथब्रुश को ढूँढ़ने के बजाय लोग नया खरीद लाना बेहतर समझते हैं।

बावजूद इसके यहाँ नन्दन वैद्य का कमरा ढूँढ़ लेना बहुत आसान है। बिना किसी से पूछे-ताछे तलाशा जा सकता है। जिस कमरे में चारपाई के नीचे तबले की जोड़ी रखी हो, तकिये की जगह हारमोनियम और बिस्तरे पर लम्बायमान तानपूरा, मेज़ पर गिटार का खुला हुआ डिब्बा, समझिए वही नन्दन वैद्य का कमरा है। यानी 'कोका-कोला' के संस्थापक-संचालक का आवास।

यह 'कोका-कोला' नामक संस्था कई लोगों के हिसाब से एक बला है, जो मेस में धरना देकर बैठ गई है। नन्दन इसका अध्यक्ष, मन्त्री, कोषाध्यक्ष सब कुछ है। जब इस संस्था का उद्घाटन हुआ था तब उन्होंने बड़े प्यार से इसका नाम 'कल्लोल-कला' रखा था। यारों ने मज़ाक में कोका-कोला कर दिया और तब से यही नाम चला आ रहा है।

कोका-कोला को लेकर चाहे जितनी छींटाकशी होती हो, यह संस्था धड़ल्ले से चल रही है और चलती रहेगी, जब तक नन्दन वैद्य चाहेगा। हर शनिवार की रात को इसकी बैठक जमती है। मेस के दालान में दरी बिछा दी

जाती है और संगीत-प्रेमी और प्रेमिकाओं का जमघट जुड़ जाता है। प्रेमिकाओं में अधिकतर नन्दन वैद्य की शिष्याएँ होती हैं और प्रेमी तो अपने आप खिंचे चले आते हैं।

इस महफ़िल में नन्दन वैद्य का सिक्का चलता है। जिसको चाहे जमा दे। जिस पर मेहरबान हो उसे कार्त्तिक दासगुप्ता या मोहिनी पाण्डे या लवंगलता राय के साथ डुएट गाने के लिए बिठा दे। नाराज़ हो तो साढ़े ग्यारह बजे तक नाम ही न ले या ठीक से संगत न दे। इसी धौंस के अन्तर्गत कोका-कोला का चन्दा लोग यथासमय देते जाते हैं।

वह निरन्तर बदलते हुए मूड का कलाकार है। उसके द्वारा किया जा रहा कोई भी विरोध या समर्थन महीने-पन्द्रह दिन से अधिक नहीं होगा—सब जानते हैं। इसी से न तो उससे दुराव रखते हैं न ही बहुत नज़दीक जाते हैं। मेरे जैसे नासमझ लोगों की बात दीगर है।

पीठ-पीछे उसकी ब्याज-स्तुति खूब सुनने को मिलती है, फिर भी वस्तुस्थिति यह है कि ज़्यादातर लोग उसे क्रैक समझकर मन-ही-मन माफ़ करते रहते हैं। हाँ, उसे कलाकार मानने में किसी को भी आपत्ति नहीं होती, भले ही आदमी मानने में होती हो।

~

मैं दस बजे पहुँचा। मेस के ऑफ़िस-गामियों का आखिरी दस्ता रवाना हो गया था। उन्होंने कहा, "अरे, इतनी सुबह ही नन्दन से मिलने चले आए! या तो घंटे-भर यहाँ बैठिए या फिर बाहर घूम आइए।"

वह अलमस्त पड़ा सो रहा था। तानपूरे को बगल में लिए। उसकी यह मुद्रा देखकर हँसी आ गई।

मैं कुछ देर तक बैठा उसे देखता रहा। लग रहा था—सोनेवाले ने नींद की गोद में आने से पहले काफ़ी संघर्ष किया है। बिस्तर लगभग रौंदा हुआ जंगल लग रहा था। टाँगों पर पड़ी चादर की सफ़ेदी पीलेपन में बदली हुई तो थी ही, जाने कितने, भूगोल की अभ्यास-पुस्तिका की तरह के, नक्शे उस पर बने हुए थे।

कमरे की दीवारों पर कुछ फ़ोटोफ्रेम टँगे थे। प्रत्येक में आठ-दस

छायाचित्र थे। मैं उठकर देखने लगा। हर फ्रेम में अलग-अलग लड़की के चित्र लगे थे। नीचे शीर्षक के तौर पर उसका नाम भी।

ये चित्र या तो नृत्य-मुद्राओं के थे या माइक के सामने गाते हुए उसकी शिष्याओं के। इन सबको कितनी मेहनत से तैयार किया होगा उसने! मैं सोचने लगा। तभी एक अकेली फ़ोटो वाले फ्रेम पर नज़र पड़ी। यह भी गायिका का चित्र था, मगर आकाशवाणी छाप माइक्रोफ़ोन के साथ। नीचे लिखा था—स्मिता समर्थ।

नन्दन करवटें बदलने लगा था। अस्फुट शब्द उसके मुँह से फूट रहे थे। मानो बड़ी कष्टपूर्ण स्थितियों से गुज़र रहा हो। बाँस की खपच्चियों से बना-सा उसका शरीर देर तक ऐंठता रहा और घिघियाहट से कमरा भर गया, तब जाकर कहीं उसने लाल-लाल आँखों को खोलकर मुझे देखा।

उछलकर वह बिस्तर पर बैठ गया और देखते-ही-देखते जादू की तरह एक सिगरेट कहीं से आकर उसके होंठों में दब गई। धुआँ बाकायदा उठने लगा।

उसने नौकर को पुकारा और सन्दूक में से ढूँढ़कर इलायची चाय में डालने को दी। मुझे दो मिनट बैठने को कहकर मुँह धोने चला गया।

उस वक्त मैं नन्दन वैद्य की कहानी में दाखिल हो चुका था।

नन्दन पिछले पन्द्रह बरसों से यहीं रह रहा है। बहुत कम लोग बचे हैं जिन्होंने उसको उस समय देखा था। उस समय वह निहायत ही यतीम किस्म का लड़का था। बनारस के कोई भले आदमी उसे काम दिलवाने के लिए यहाँ लाए थे। उस समय तक उसने बनारस की सँकरी और घुटनभरी गलियाँ ही देखी थीं। उसका बचपन उन्हीं गलियों में सहमा-सहमा-सा बीता था।

नृत्य और संगीत को उसने हवा में से पाया था। साँस के साथ अन्दर लिया था। तबले की थाप और घुँघरुओं की झंकार उसकी अस्थियों में गहरे धँसी हुई थी। उसके जनक पूर्णतः असहाय होकर उसे उस मायापुरी में छोड़ गए थे। जिसके पास छोड़ गए थे उसके बोल में इतनी मिठास थी, इतना जादू था कि नन्हे का दिल लग गया।

बचपन के खेल यही थे—आलाप, ठुमक, सम और विषम। वह साज़ों के साथ खेलता रहा, मगर उसकी संरक्षिका ने उसे वक्त पर उस माहौल से बाहर भेज दिया। नहीं तो साज़ उससे खेलने लगता।

—तो, नन्दन को यहाँ काम पर लगा दिया गया था। किसी कारखाने में। लोहे को काटने का काम, वह भी लोहे से ही। भला उसका मन कैसे लगता! मशीनी कर्कशता में उससे साँस लेते भी नहीं बनता था। उसने हथौड़े की पटक और दाँतेदार पहियों की टकराहट में लय-ताल ढूँढ़ने का काफ़ी यत्न किया, मगर दुर्घटनाओं के सिवा कुछ नहीं मिला।

इस जंजाल से छूटते-छूटते वह दूसरे ही जाल में जा अटका था।

~

अनायास ही संगीत-प्रतिभा प्रकाश में आ गई। उसके अफ़सर थे मिस्टर मुकर्जी। उनके यहाँ गाने-बजाने का प्रोग्राम हुआ। वह भी बिन बुलाए ही जा पहुँचा था।

मुकर्जी शौकीन आदमी थे। उनके यहाँ इस किस्म की बैठकें अक्सर हुआ करती थीं। मिसेज़ मुकर्जी की गायन-प्रतिभा को उजागर करना इनका उद्देश्य हुआ करता। नन्दन ने अपनी पहली हाज़िरी में ही मोर्चा मार लिया। उसने गाया ही नहीं, मिसेज़ मुकर्जी को गाने में और उनकी लड़की बनी को नृत्य में संगत भी दी। उसके विशद संगीत-ज्ञान ने लोगों को खींच लिया। उससे सवाल पर सवाल पूछे जाने लगे। किससे सीखा है? कहाँ सीखा है? रेडियो पर गाने की कोशिश की कभी?

उसके बाद वह बनी मुकर्जी को सिखाने जाने लगा था। उसे ट्यूशन के नित नये ऑफ़र मिलने लगे, मगर उसने और कोई ट्यूशन नहीं ली। उसको व्यस्त रखने के लिए बनी का घर ही काफ़ी था।

नाम तो लड़की को सिखाने का था, मगर उसके माँ-बाप उसका खासा समय ले लेते थे। मुकर्जी साहब को सिर्फ़ सुनने का ही नहीं गाने का भी शौक था। गायन क्रेज़ बन गया था उनके लिए।

उन दिनों फ़िल्मी गानों का इतना ताव नहीं था। शास्त्रीय संगीत में अपील थी और सीखने-सिखाने वाले हल्केपन से बचते थे। आजकल तो हर लड़की फ़िल्मी धुनें सीखने को ही कुल शौक मानकर चलती है।

बनी को तबला और नृत्य सिखाया नन्दन वैद्य ने। वह पहली शिष्य थी और बहुत मेहनत और लगन से काम लिया था दोनों ने। बहुत निखर आई थी वह। पूजा के दिनों और कॉलेज में होने वाले कार्यक्रमों में चकित कर दिया उसने लोगों को।—नन्दन के नाम की धूम मच गई।

मगर इससे ज़रा भी सन्तोष नहीं मिला था उसे। बल्कि वह प्यास की भयानक महामारी का शिकार हो गया था। मृग-मरीचिका की तरह अतृप्ति के रेगिस्तानों में भटका रही थी बनी की देह-यष्टि उसे।

उसने अपने-आपको बहुत रोका था। संगीत-साधना की पवित्रता की दोहाई मन-ही-मन देता रहा था। उसके सामने कभी ठीक से आँख भी नहीं खोलता था, मगर आग धीरे-धीरे बढ़ती गई और जब तन-मन धधकने लगा तब उससे भागते नहीं बना।

गज़ब की लोच से भरा बदन। कच्चे दूध के रंग और गन्ध वाली देह। बड़ी-बड़ी रतनारी आँखें और उम्र का कच्चापन। कुल मिलाकर बनी एक जीती-जागती कयामत थी, जो किसी के लिए भी बेचैनी का कारण बन सकती थी। फिर नन्दन ने उसे बहुत करीब से साधा था। एक-एक मुद्रा सिखाई थी उसे। अंग-संचालन पर नियन्त्रण रखा था।

उसके इशारों पर नाचती थी वह देह। वह जिस तरफ़ चाहता उसे मोड़ देता, झुका देता, कँपकँपा देता। मगर वह तो खुद अपने पर से नियन्त्रण खोता जा रहा था।

वहाँ, उस घर में एक प्रौढ़ा नायिका भी थी। शुरू में वह इतना नासमझ था कि उन आँखों में उठते गुलाबी डोरों के खतरे को नहीं समझ सका। माया के कण्ठ में तो आकर्षण था ही, ढलती हुई देह में भी काफ़ी कुछ था। नन्दन सहज था, सुलभ था और इतना गुणी था कि पकड़े जाने पर भी अबध्य ही ठहराया जाता।

उसके चारों ओर गुलाबी डोर लिपटती गई। यहाँ तक कि उसको हिलने-डुलने से भी मुहताज़ होना पड़ा। वह छूट नहीं सका। उसने माया को सिर्फ़ बनी के लिए सहा। मगर बनी यह नहीं सह सकी।

बनी की मौन, मगर 'छि: ! मास्टर जी...' वाली जलती हुई निगाह नन्दन के मन में शूल की तरह गड़कर रह गई।

धीरे-धीरे बनी ने सब कुछ छोड़ दिया। पढ़ने-लिखने में जुट गई। माया

के कारण वह वहाँ बना रहा और आँखों देखी यातना भुगतता रहा। कारखाने के अप्रेण्टिस आफ़ीसर्स बनी में किस तरह रुचि लेने लगे थे—किस तरह गन्धर्व भट्टाचार्य के साथ बँध गई थी वह! और एक दिन वह ब्याह कर ले जाई गई।

नन्दन ने घोर पराजय और निराशा का अनुभव किया। उसने कारखाने वाला काम छोड़ दिया और माया के जाल को काटकर बाहर निकल आया। उसे बहुत बुलाया गया, मगर वह वापस नहीं गया।

प्रतिक्रियास्वरूप उसके सम्बन्ध में कई तरह की बातें, जो कानाफूसी के स्तर पर चल रही थीं, ज़ोर पकड़ गईं। उसके चरित्र के प्रति कई लोग अनायास ही चिन्तित हो गए।

~

सारी अफ़वाहों के बावजूद नन्दन को इतनी ज़्यादा ट्यूशनें मिल गईं कि काम छोड़ने से उसके गुज़ारे पर कोई असर नहीं पड़ा। सप्ताह में माया के जाल को काटकर बाहर निकल आया। दो दिन जाना पड़ता था, इसलिए संगीत की पचीस-तीस ट्यूशनें सँभालने में उसे दिक्कत नहीं हुई।

नन्दिता, वन्दिता, रूप, रेखा, नम्रता, चंचल...जाने कितनी लड़कियों को नृत्य और संगीत सिखाने लगा था वह। लड़कों के लिए ट्यूशन कौन रखता है। लड़कियों की तो मार्केट वैल्यू बढ़ जाती है—सीख लेने पर।

तरह-तरह की लड़कियाँ थीं। मासूम और चालाक, खूबसूरत और नागवार सूरत। मीठी मिश्री की डलियाँ और कुनैन की गोलियाँ। नन्दन उनमें बनी जैसी बनावट ढूँढ़ने की कोशिश करता रहा। बनी तो नहीं, परन्तु स्मिता समर्थ को ढूँढ़ लिया था उसने।

स्मिता का बस्ती में बड़ा नाम था। मनचले लोग उसे 'कश्मीर की कली' के नाम से पुकारते थे। निगाहों के सत्कार को स्वीकारती हुई वह हंसिनी की तरह गर्दन लचकाती हुई उनके बीच से गुज़र जाती थी।

जाने कितने प्रेम-प्रसंग चले उसके। स्कूल के पी.टी. मास्टर से लेकर कोहली जनरल स्टोर के मालिक तक से। नन्दन इस सबसे बेखबर था। वह स्मिता के प्रोत्साहन को सेतु समझकर पार उतर गया। उसे उस समय क्या मालूम था कि वह कितने गहरे पानी में पाँव दे रहा है।

स्मिता को मधुर कण्ठ-स्वर का उपहार कुदरत से मिला था। नन्दन के

साथ जुगलबंदी करते-करते वह सितारे की हैसियत तक जा पहुँची। रेडियो पर गाने का चांस मिला तो फिर आगे ही आगे बढ़ती गई।

ऑडीशन टेस्ट के लिए गई थी तो नन्दन के पाँव छूकर। नन्दन उसकी सफलता पर फूला नहीं समाता था। बनी से जो उसने चाहा वह उसे स्मिता ने दिया। कोई पाबन्दी भी नहीं थी। वह चाहता तो खुलकर खेलता, मगर उसने ऊँचे ख्वाब देखे थे, स्मिता को लेकर। आड़े-तिरछे होकर वह बचता रहा। यहाँ तक कि स्मिता का धैर्य जाता रहा। उसने अपनी बेपनाह जवानी के प्रबल प्रवाह में बहते हुए इस बँधी हुई नाव को साथ ले जाने के लिए सिर-पटक कोशिश की और नाकामयाब रहने पर कुछ और समझ लिया।

~

स्मिता ने कोहली जनरल स्टोरवाले लड़के के साथ प्रेम-विवाह कर लिया तो नन्दन के पैरों के नीचे की ज़मीन सरक गई। उसे यकीन नहीं आया कि स्मिता उसे बिना बताए कोर्ट में जाकर शादी कर लेगी। वह तीर की तरह छूट उसके घर पहुँचा और स्मिता के दो-टूकपने को झेलकर चला आया। उसके तन-बदन में आग लग गई। कोई इतना धोखा दे सकता है—उसने कभी सोचा नहीं था। फिर पहल भी स्मिता की ओर से हुई थी।

उसने एक बार मिलकर साफ़ बातें करने का फ़ैसला किया। उसके लिए एक-एक पल पहाड़ की तरह भारी हो रहा था। उसने स्मिता को लेकर बहुत आगे तक योजना बना रखी थी। सारे ख्वाब चकनाचूर हो गए थे।

उस अधैर्य ने उसे स्मिता के सामने ले जाकर प्रश्नवाचक चिह्न की तरह खड़ा कर दिया। उसने कठोरतापूर्वक जाने क्या-क्या कहा। पहले तो स्मिता हँसकर टालती रही, फिर झल्लाकर उसे ऐसा कुछ कह बैठी जो कोई भी पुरुष सह नहीं सकता।

उस लड़की को ज़रा भी एतबार नहीं था कि उसके इतने खुले आमन्त्रण को भी कोई समर्थ पुरुष टाल सकता है। उसने तो संयम को अपौरुष समझ लिया था।

तिलमिलाता हुआ वह वापस आया और मानसिक सन्तुलन खोकर सरेआम उसे गालियाँ बकने लगा। मेस के लोग उसके गिर्द जमा हो गए। सबको हैरत हो रही थी कि हमेशा अपनी धुन में मस्त रहने वाला कलाकार

किसी कमीने आदमी की तरह किसी का नाम लेकर अश्लील और फोहश गालियाँ बक रहा है।

~

हसरतें तो वापस लौट-लौटकर आती हैं, वक्त नहीं आता।

महीनों उसका सितारा गर्दिश में रहा। ट्यूशनें छूट गईं। एक पागल आदमी से भला कौन अपनी लड़कियों को नृत्य-संगीत सिखवाता! सचमुच वह बेखबर-सा हो गया था। घंटों तानपूरा लेकर बैठा रहता। गाते-गाते गला फट जाता, रुँध जाता—आँखों से पानी बहने लगता। दाढ़ी-बाल बढ़ गए। लोग कहने लगे वह बावला जोगी हो गया है। मेस का किराया और खाने का बिल चन्दे से जमा किया गया। एक दिन वह बिना किसी को बताए बनारस पहुँच गया।

बनारस की गलियों में अपने खोए हुए बचपन को बहुत तलाश किया उसने। वह अपने वंशवृक्ष से जुड़कर एक हरी टहनी बनने की आकांक्षा के अन्तर्गत आया था, अपना घर-बार ढूँढ़कर बसने के लिए। उसे कुछ भी पता नहीं था। उसे अपनी उस संरक्षिका से बहुत उम्मीद थी, मगर वह गुज़र चुकी थी। उस सीलन-भरे मकान में पुराने दिनों के अवशेष भी नहीं बचे थे। किसी ने प्रिंटिंग प्रेस लगा दिया था वहाँ।

वह गली उसे स्वीकार करने को तैयार भी हुई तो महज़ एक साज़िन्दे की हैसियत से। घबराकर वह वहाँ से भागा। ऐसे घर से तो बेघर ही अच्छा।

कुछ दिन साधुओं के बीच रहा। उसके बढ़े हुए बालों और रुक्ष दाढ़ी ने उसे आसानी से उनके बीच खपा दिया। गंगा किनारे की सुल्फैया महफ़िल में वह 'कीर्तनिया बाबा' के नाम से मशहूर होने लगा।

साधुपना उससे चला नहीं। बिलकुल विरक्त माहौल में भी उसे नारी-देह के डरावने ख्वाब सताते थे। मस्त-मलंग बाबा-जोगियों के बीच बैठा वह बगैर चेहरे वाली जाने कितनी नारी-छायाओं से घिरा रहता और चिलम में दम मारकर तो वह खुलकर...।

शायद यही माया-मोह उसे वापस यहाँ ले आया था।

~

नन्दन वैद्य ने साधुवेश त्यागा और उसे उन लोगों ने फिर अपना लिया। उसे काम मिलने लगा। लकीर के फ़कीर की तरह, एक अपरिवर्तनशील दिनचर्या बिताता रहा है वह। अब तक।

शाम होने से पहले चूड़ीदार पाजामा और तन्जेबी कुर्ता पहनकर म्यूज़िक-मास्टर वाली अदा से वह निकल पड़ता है। बीसियों घर हैं, जहाँ वह संगीत सिखाने जाता है। नृत्य सिखाने के लिए वह सब लड़कियों को किसी एक के घर बुला लेता है (बारह साल से ऊपर की लड़की को नृत्य नहीं सिखाता)। पन्द्रह-पन्द्रह, बीस-बीस करके उसके गुज़ारे लायक रकम निकल ही आती है। न तो अब पहले वाले नखरे रह गए हैं, न ही वह स्वागत-सत्कार, क्योंकि बहुत-से प्रतिद्वन्द्वी उभरने लगे हैं। फिर भी पुराने लोग उसका ख़याल करते हैं।

रंग-रूप तो पहले भी नहीं था, अब हड्डियाँ और निकल आई हैं। उन दिनों जिन लड़कियों को सिखाया था अब उनकी बच्चियों को सिखा रहा है। इस पर पीढ़ी से दूसरी पीढ़ी तक की यात्रा उसने बिलकुल निस्संग की है। एक दिन के लिए भी वह किसी को पा नहीं सका। पाने की उसकी अपनी परिभाषा है, जिसमें संशोधन की गुंजाइश नहीं है—यानी कामनाएँ अभी मरी नहीं हैं, सिर्फ़ राख की पर्तों में दबी हुई हैं।

नई पीढ़ी तो बहुत अजब सलूक कर रही है उसके साथ। उसे कोई भी लड़की किसी भी सीमा तक सीरियसली नहीं लेती। यही नहीं, उसे पूर्णतः निरापद भी समझा जाता है। जिसको जो समझ में आ जाए वही काम उसके सिर आ पड़ता है। किसी का प्रेम-पत्र ले जाना, किसी का लाना। उसकी गवाही पर, प्रोग्राम में जा रही हैं, कहकर लड़कियाँ उसको लेकर सिनेमा देखने चली जाती हैं। उसके सामने बेहिचक अपने प्रेमियों से मुक्त वार्ता करती रहती हैं।

वह चुपचाप यह सब घूँट-घूँट करके पीता रहता है। जैसे कोई खेल देख रहा हो। ज़माने-भर की बातें कह जाएगा, मगर मजाल है कि अपनी किसी शिष्या का रहस्य किसी से कह जाए। इसी वजह से उसकी बहुत कद्र की जाती है। लड़कियाँ बहुत मानती हैं उसे। मगर यह मान-मनुहार कितनी खोखली और स्वार्थपरक है, यह उसे मालूम है। कई बार ताव में आकर दुष्ट हो उठता है, वह। सन्देश और पत्र रोक लेता है। किसी शिष्या पर बुरी तरह बिगड़ उठता है तो किसी को शारीरिक दण्ड दे बैठता है। अकेले में वह हिंस्र हुआ उनकी अँगुलियों के बीच पेन्सिल रखकर ज़ोर से दबाता है, कान मल देता है या फिर

पीठ पर घूसे। इसका उल्टा ही असर होता है। बजाय चिल्लाने के लड़कियाँ खुश होती हैं। उसकी ओर दयनीय दृष्टि से देखकर मानो कहती हों—'बस या और कुछ भी ?' कई तो बेशरमी से खिलखिलाकर हँस पड़ती हैं। वह तिलमिला जाता है। कभी-कभी हुमककर समयानुकूल कुछ कर भी बैठता है। मगर अन्ततोगत्वा वही सिर झुकाकर अगला स्टेप...ता थई ता-थई...।

नई पीढ़ी की उच्छृंखलता उसे बहुत बेज़ार कर देती है तो वह पिछली पीढ़ी का रुख कर लेता है।

यहाँ उसकी आवभगत होती है। सूखे ही नहीं, रस-भरी निगाह और चाय-नाश्ते से। अधेड़ हो रही औरतों के लिए वह एक अजूबे से भी अधिक दिलचस्प चीज़ है। ये भाभियाँ और बऊदियाँ उसे पसन्द करती हैं। अलग-अलग वजहों से—एक तो यह कि वह अत्यन्त निरापद समझा जाने वाला जीव है। दूसरे, बेचारा है। तीसरे, ज़माने-भर का हाल सुन जाता है और सुना जाता है (अपनी शिष्याओं के कच्चे चिट्ठों को छोड़कर—यह उसूल की बात है)।

दस-पाँच घर वह घूम ही लेता है, अक्सर दोपहर के समय, जब उनके मर्द घर पर नहीं होते। उसके आवागमन की खबर पाकर घर के मालिक चिन्तित नहीं होते। निरापद जो ठहरा। औरतें उससे इतनी खुल जाती हैं कि हद है। सन्तति-नियमन की सामग्री तक उससे मँगवा लेती हैं।

सबके आलतू-फालतू काम करने में सुख पाता है वह। उसे लगता है, दुर्लभ क्षण आने वाला है। मगर कभी नहीं आता। उसकी फ़ीस मात्र एक प्याला चाय समझी जाती है।

~

रात को बहुत देर करके लौटता है।

जान-बूझकर इधर-उधर बैठा रहता है, क्योंकि रात से बहुत डरता है वह। सोने से पहले उल्टा-सीधा सोचने की बीमारी है उसे। वह कोशिश यही करता है कि बेहद थका हुआ आए और किसी तरह खाना खाकर पसर जाए।

परन्तु देर से आकर भी उसे लगता है कि वह चिरकाल से रीते अपने बिस्तर पर बहुत जल्दी आ गया है।

कुछ देर तक नौसिखिया तैराक की तरह हाथ-पाँव मारकर जब ऊब जाता है तब उठकर तानपूरा या और कोई साज़ उठा लेता है—इस अदा से, मानो

हथियार उठाकर लड़ने जा रहा हो अपनी तनहा रात से, तनहा रूह से।

उस समय उसका चेहरा बुरी तरह तैलाक्त और कठोर मालूम पड़ता है। तेज़ी से उसकी अँगुलियाँ चलती रहती हैं, मानो सोचने की रफ़्तार से मुकाबला कर रहा हो। इसमें कामयाबी मिले या नहीं मिले, वह साज़ और आवाज़ का खेल जारी रखता है।

आस-पास वालों की आदत हो गई है। कोई विरोध करने नहीं आता—इस शोर-शराबे के खिलाफ़। कभी-कभी कोई नया पंछी ताव में आकर उठने लगता है तो लोग समझा-बुझाकर बिठा देते हैं।

बदले में लोग बेहूदे मज़ाक उसके साथ करते हैं। वह समझ नहीं पाता है। कुछ दिन पहले वह किसी ग्वालियर जाने वाले को तलाश करता फिर रहा था। किसी ने उसे कह दिया था, "ग्वालियर में तानसेन की कब्र के नज़दीक इमली का एक दरख्त है। उसकी पत्तियों में यह सिफ़्त है कि एक पत्ती अगर कोई बेसुरा भी मुँह में डाल ले तो सुर में गाने लगे—इसीलिए लोग पत्ती-पत्ती नोंचकर ले जाते हैं!" और वह किसी भी तरह उन पत्तियों को पाने को लालायित हो उठा था।

जब कोई गाने-बजाने का प्रोग्राम होना हो या 'कोका-कोला' की बैठक, तो वह किसी पीर से कम नहीं रहता। उस समय वह किसी से सीधे मुँह बात नहीं करता। कलफ़ चढ़ा सफ़ेद-बुर्राक कुर्ता पहने इधर से उधर बिजली की तरह लपकता नज़र आता है। कलाकारों को तरतीब देने की ज़िम्मेदारी वह अपने ही पास रखता है और यही उसके जीवन की एकमात्र रणनीति है।

साज़ बजाने के फ़न का उस्ताद है वह। अपनी चतुराई से घटिया गायकों को भी जमा देता है। मगर दुर्भाग्य, खुद गाने बैठता है तो अक्सर गला जवाब दे जाता है या मूड के लिहाज़ से गाना नहीं घोट पाता। यार लोग बहुत चुटकियाँ लेते हैं। नकली वाहवाही के पुल बाँध देते हैं और वह खुश हो जाता है! कई बार बड़ी महफ़िलों में लोगों ने बहुत पीछे से—'नन्दन! वापस आओ!' के नारे लगाए हैं।

अपने परिवेश के प्रति उपज आई चिढ़ को वह उन लोगों पर उतारता है जो उसके सहारे प्रेम-वेम का चक्कर चला बैठते हैं। वह उनकी बदनामी करना शुरू कर देता है। यहाँ तक कि उनके मिलने-जुलने के रास्ते भी बन्द करवा देता है। और वे इसके टेम्परेरी दुश्मन बन जाते हैं।

आदमकद बिल्ली

पूरे चौदह साल गुज़र गए हैं—एक-एक दिन करके।

वह बराबर हवा में हाथ-पैर मारता रहा था। अब भी यही कर रहा है। शायद ताज़िन्दगी करता रहेगा। मतलब यह नहीं कि वह अपनी स्थिति से निराश नहीं होता। ज़रूर होता है। सोचता है, कहता है, "उम्र कैद में भी चौदह साल की ही सज़ा होती है। मैंने कौन-सा जुर्म किया है कि छुटकारा दिखाई ही नहीं देता।"

वह अक्सर बेकसूर-सा लगता है, मगर लोग उसे माफ़ नहीं करते! उसके कसूर जो सिर्फ़ कहने और सुनने तक रह गए हैं, गहरी जड़ों वाले मालूम पड़ते हैं—उसके कहीं भी, किसी भी नई जगह पहुँचने से पहले पहुँच जाते हैं, क्योंकि कसूर दो कदम आगे चला करते हैं।

वह कौन है, क्या है—इसका उत्तर एक वाक्य में निहित है। वह एक परम उपेक्षित व्यक्तित्व है। उसके चेहरे-मोहरे से लेकर उसकी आदतों तक कुछ ऐसा सपाटपन है कि जल्दी ही वह उपेक्षित हो जाता है।

वह शान से रहता है मगर फटेहाल दिखाई देता है। उसका चेहरा चमकता है तो आँखें बुझी रहती हैं और आँखें चमकती हैं तो चेहरा कुन्द पड़ जाता है। जब किसी हसीन जोड़े को गुज़रते देखता है तब उसकी आँखें चमकती हैं और सुबह-सबेरे बुल-वर्कर पर अभ्यास करता है तो पेशियाँ।

बुल-वर्कर उसमें तनाव पैदा करता है और पूसी तन्मयता। ये दो साथी न मिले होते तो वह पागल हो जाता या कुछ कर बैठता। पूसी की आमद के लिए वह ऊपरवाले का शुक्रिया अदा करता है। क्योंकि बिल्ली को वह फ़ेयरसेक्स समझता है। वह उसके लिए एक पहचानी आवाज़ है, एक ख़ैरख़्वाह निगाह है।

वह आ गई तो मार्लिन मुनरो वाला चित्र उतार दिया था उसने। "दोनों एक ही किस्म की हैं।"—वह कहता है।

घर से बाहर उसका आचरण, चलना-फिरना शहर लन्दन के किसी भद्र बूढ़े की तरह नपा-तुला होता है। चमचमाते जूते और जलता-बुझता सिगार। न इधर, न उधर, सामने निगाह। घड़ी की सूई-सा बँधापन। उसके कहीं खड़े होने पर पुरुष-गन्ध हवा में फैल जाती है। सिगार और शरीर की मिली-जुली गन्ध, कुछ और खुशबुओं के साथ।

उसके बारे में सबसे अजब ढंग से बातें करती हैं उसके पड़ोसी घरों की औरतें। किंचित् आतंक और बहुत दिलचस्पी भरी बातें। सबसे बड़ी बात तो यह कि वह मेहतरानी से काम नहीं लेता। फ़्लश भी खुद ही साफ़ करता है। छिः! औरतें नाक-भौं सिकोड़ती हैं, "फिर बेचारा...!" वह किसी के लिए भी बहुत जल्द बेचारा बन सकता है। लेकिन स्थायी तौर पर नहीं।

जब-जब उसने कोई नौकरानी झाड़ू-बर्तन के लिए रखी, मोहल्ले में तरह-तरह की कहानियाँ फैलती रहीं। उसके यहाँ काम करने वाली महरियों को बहुत जल्दी क्रीम, पाउडर और साबुन का इस्तेमाल शुरू करते देखा जाता था। यही नहीं, कपड़ों में भी बदलाव आने लगता था। बस, बात फैलने लगती और एक न एक दिन उसे काम छोड़कर जाना पड़ता।

तंग आकर उसने छोकरे नौकर रखे। तब तो और भी फ़ज़ीहत हुई। मालिश करवाना भी कुलक्षण समझा गया। नये तरीके से उसे बदनाम किया गया। आखिर उसने नौकर या महरी रखना ही बन्द कर दिया। हाँ, पूसी को लेकर कोई वितण्डा नहीं हुआ, यही गनीमत है।

~

"हैलो, गुड ईवनिंग!" उसने दरवाज़े पर लटके हुए ताले से कहा। ताला कुछ नहीं बोला। वह मेरी ओर देखकर ज़ोरों से ठठा कर हँस पड़ा। "देखो यार! यह ताला वफ़ादार बीवी की तरह हमेशा दरवाज़े पर राह देखता मिलता है।" मैं हँसा मगर हँस नहीं सका। हँसने के लिए, खासतौर से उस तरह हँसने के लिए, मज़बूत फेफड़ों की ज़रूरत होती है।

कमरा फ़्लिट की महक से तर था। खासतौर पर फ़र्श। देखते-ही-देखते कहीं से कूदकर पूसी उसकी गोद में आ गई और वह उसे सहलाने और

पुचकारने में जुट गया, इस तन्मयता से कि मेरी उपस्थिति उसके लिए नगण्य हो गई। उसका कमरा बहुत व्यवस्थित और साफ़-सुथरा था। सामान कायदे से लगा था। डाइनिंग रूम में सजी हुई मेज़ थी और दो कुर्सियाँ रखी थीं। वह कॉफ़ी बनाने में व्यस्त हो गया और मैं उसके संग्रह को देखने लगा। सस्ती किस्म की अंग्रेज़ी किताबों की खासी लाइब्रेरी थी। मैं उनके कवर एक-एक करके देखने लगा। इनके कवर ही मारक होते हैं।

''क्यों, कौन-सा बिस्कुट चलेगा—कोकोनट, अरारूट, क्रीम, ग्लूको या फ़्लेक्स?'' वह पूछने के लिए आया तब तक मैं डाइनिंग रूम में बैठ चुका था। ''एक-एक करके सभी दीजिए,'' मैंने कहा।

वह दफ़्तर में भी पूर्णतः उपेक्षित था। विभाग में कोई भी सेक्शन ऐसा नहीं बचा था, जहाँ उसे न भेजा गया हो। शटल-कॉक की तरह उसे इधर से उधर फेंका जाता रहा। हर जगह उसे खूब तंग किया जाता, पेचीदा किस्म के काम दिए जाते और बेहूदा किस्म का व्यवहार। आखिर में 'नॉट फ़िट फ़ॉर दिस जॉब' वाले खर्रे के साथ वापस कर दिया जाता। कम-से-कम दस-बारह दफ़ा वह पोस्ट होकर अपने पेरेण्ट सेक्शन को लौटाया गया। वह इस सबका आदी हो गया था। बड़े मज़े से धुआँ उड़ाते हुए वह लौट आता और सबसे हाथ मिला-मिलाकर कहता, ''लो, आप लोगों के बीच फिर आ गया हूँ।'' उस समय वह बहुत खुश होता।

यह नहीं कि वह काम में कच्चा हो। उसके बराबर पढ़ा और गुना हुआ आदमी शायद ही कोई हो। आँकड़ों के काम में तो वह माहिर है। ड्राफ़्टिंग ऐसी कि मानो मोती चुन रहा हो—फिर भी उसमें कुछ-न-कुछ ऐसा है जो उसके अफ़सरों के लिए नागवार हो उठता है। सबसे ज़्यादा तो उसका बेवजह दबंगपन है।

वैसे वह बहुत शिष्ट और संयत है, परन्तु अपने अधीनस्थों को लेकर हमेशा उच्चाधिकारियों से लड़ता-झगड़ता रहा है। यह ऊपरवालों की निगाह में बेवजह दबंगपना होता है। वह क्लर्कों और क्लास फ़ोर वालों का बेहद अज़ीज़ हो जाता है। उनके गले में बाँह डालकर घूमता है और उन्हें रुपये उधार देता है। उनकी हर जा-बेजा दरख़्वास्त पर तगड़े सिफ़ारशी रिमार्क दे डालता है। बस यही उसकी सबसे बड़ी नाकाबलियत है।

परन्तु इसके पीछे भी किस्से हैं। लोग कहते हैं—वह इसलिए उन्हें गाँठता है कि, वे कहीं-न-कहीं उसका मामला पटवा दें। जाने कितने क्लर्क और

चपरासी उसका रुपया इसी चक्कर में खा चुके हैं। ये लोग उसे आस बँधाते रहते हैं। कभी-कभी कुछ दिखा भी देते हैं और वह जेब खाली करने लगता है। बहरहाल, यह सच हो भी सकता है, मगर यह झूठ नहीं कि वह अपने अधीनस्थों के लिए मरने-मारने को तैयार रहता है।

उसके पेरेंट सेक्शन ने उसको एक कोने में बिठा दिया है। एक पुराने रेकॉर्ड-रूम में। कतई तनहा। वहाँ अफ़सरों के डर से कोई शरीफ़ कर्मचारी नहीं फटकता है। सिर्फ़ छँटे हुए ब्लैक लिस्टेड लोग आते हैं। वो भी रुपया माँगने या खाने-पीने। सबसे बड़ा टॉर्चर तो यह कि उसे कोई काम नहीं दिया गया है। दिखाने के लिए भी नहीं। डेढ़-दो बरस से वह अपने ग्रेड का सबसे सीनियर अफ़सर होकर भी कूड़े के ढेर पर क्लोज़्ड फ़ाइल की तरह पड़ा है।

उसने रेकॉर्ड-रूम की कैद को भी सहर्ष स्वीकार लिया है। कोई गिला नहीं—शिकवा नहीं। कॉफ़ी बनाने का सामान ला रखा है। खुद पीता है और वहाँ आए दो-चार बिगड़े हुए लोगों को पिलाता है और सारा दिन उपन्यास पढ़ा करता है। सरकारी नौकरी है, निकाला नहीं जा सकता। मगर उसके साथ सलूक ऐसा ही किया जा रहा है मानो निकालना हो। कई बार मूव भी किया गया, मगर बीस साल की सर्विस आड़े आ जाती है। इसी तरह से नहीं उस तरह से भी उखाड़ने की कोशिश की गई। उस पर झूठे-सच्चे आरोप लगे, जाँच-अधिकारी बैठाए गए। मगर उसके खिलाफ़ गवाही देने कोई नहीं आता और वह बेदाग छूट जाता है। ठठाकर ज़ोरों से हँस पड़ता है।

एक दफ़े तो उसने ग़ज़ब ढा दिया। इज़्ज़त-हतक का केस कर दिया, कोर्ट में। अफ़सर भागते फिरे। बड़ी मिन्नत-नवाज़त की गई उसकी। तब से उसे आरोप-पत्र मिलने बन्द हो गए हैं। रही कॉन्फ़ीडेंशल रिपोर्ट, तो उसके बारे में वह उन लोगों को कह चुका है कि चाहो तो मेरी पर्सनल फ़ाइल को लाल स्याही के घड़े में डुबोकर निकाल लो, मुझे परवाह नहीं।

~

हम कॉफ़ी पी चुके हैं।

''इससे अच्छा तो यह होता कि मैं किसी का खून कर देता,'' वह कह रहा है, ''किस तरह काटा है यह वक्त (चौदह साल) मैंने, मैं ही जानता हूँ। तुम नहीं समझ सकोगे, ब्रदर! एक अपनेपन में डूबी आवाज़ के लिए कितना तरसता रहा

हूँ मैं। कई बार सोचा खुदकुशी कर लूँ...नहीं कर सका। हर बार मिसेज़ वर्मा का ख़याल आ जाता है। और मैं...मृगतृष्णा के छलावे में फिर भटकने लगता हूँ।''

उसकी आँखें मुँद गई हैं। चेहरे पर से फूटती हुई कुछ दुर्लभ किरणें यह बता जाती हैं कि वह अपने स्मृति-पटल पर किसी अनुपम छवि के दर्शन कर रहा है। जब तक यह प्रसंग चलता है उसके चेहरे पर करुण निरीहता छाई रहती है।

''कुछ साल पहले सीढ़ियों से उतरते हुए गिरकर मेरा घुटना उतर गया था और कहीं नहीं दफ़्तर में, जहाँ उम्र गुज़ार दी है मैंने...तीन महीने मिलिट्री अस्पताल में पड़ा रहा। पूरी टाँग पर पलस्तर चढ़ा था। डॉक्टर, नर्सें, मरीज़ सब पूछते थे—क्यों मैन, तुमको देखने कोई नहीं आता? कोई है नहीं क्या?

''दिल में यह बात विषबुझी छुरी की तरह धँस जाती। जाने कितने लोग हैं दफ़्तर में, जिन पर मैंने कोई-न-कोई एहसान किया ही है। एक भी नहीं आता था। फिर भी मैं नर्स से कहता, 'अरे नहीं। सब तो हैं मेरे! घर यहाँ से हज़ार मील दूर है, इसलिए खबर नहीं दी। बेकार परेशान होंगे।'...उफ़! कैसा लगता था उन दिनों! वार्ड में बीसियों मरीज़ थे। उनके मिलनेवाले हर शाम-सुबह आते—पत्नियाँ, बच्चे, रिश्तेदार और दोस्त। चहल-पहल से अस्पताल मुखरित हो उठता। गलियारे तक मिलन-दृश्यों से भर जाते। स्वजन की कुशल-क्षेम-चिन्ता मानो दीवारों तक पर छा जाती और चुपचाप अपने बेड पर पड़ा मैं खून के आँसू अन्दर-ही-अन्दर जज़्ब किया करता। चलने-फिरने से मजबूर था, नहीं तो बाहर चला जाया करता। तब शायद इतनी तकलीफ़ नहीं होती।

''मेरे साथ वाले बेड पर एक नौजवान था। उसकी बीवी रोज़ आती। उन्हें पता नहीं था, मैं भी तमिल भाषी हूँ। एक दिन वह अपने पति से कहने लगी, 'कितना अभागा है यह साथ वाला मरीज़! कोई इसे देखने नहीं आता। कैसे टुकुर-टुकुर झाँका करता है!'

''उस दिन बहुत दिल खराब हुआ। मैंने अपने-आपसे कहा—'कमबख्त पीटर! तेरा दुनिया में सचमुच कोई नहीं है। तू क्यों ज़िन्दा है? मर जा।'...आँसू निकल आए तो तकिया मुँह पर रख लिया।

''जैसे कोई बाँध टूट गया हो—मेरे आँसू रुके नहीं, बहते ही रहे। रोने में सुख मिल रहा था। डॉक्टर के राउण्ड का टाइम हो गया और मैं मुँह छिपाए रोता रहा।

"किसी ने तकिया हटा लिया। मेरी आँखें बन्द थीं। लावे की तरह अन्दर से कुछ उफ़नता हुआ बाहर आ रहा था। तभी किसी ने मेरे जलते हुए माथे पर बर्फ़ का टुकड़ा-सा रख दिया। जाने क्या असर था उस स्पर्श का कि खौलते हुए पानी से बनी भाप द्रवित होकर बूँदों के रूप में, बर्फ़ के उस टुकड़े के गिर्द जमने लगी।

"वह डॉक्टर थीं, मिसेज़ वर्मा। वह मेरे माथे पर रखा हुआ हाथ उनका था। जीसस का हाथ। उसमें कैसा जादू था कि मैं सम्मोहित किए गए व्यक्ति की तरह अपनी तकलीफ़ भूलता गया। मेरा पूर्ण व्यक्तित्व ओस की बूँदों की तरह उस बर्फ़ के टुकड़े के आस-पास छा गया।

"डॉक्टर ने कहा, 'रोते क्यों हो! हम तो हैं। हम तो रोज़ देखने आते हैं तुम्हें।'

"आँसू बहते रहे। मगर ये ठंडे आँसू थे। मुझे लगा, अगर ख़ुदा कुछ होता है तो वह इसी टच में है, जो मिसेज़ वर्मा ने मुझे दिया। वह दो घड़ी का स्पर्श कोरी सहानुभूति नहीं था, उसमें जीवन था। जीवन देने की शक्ति थी। दिशा थी।"

कहते-कहते पीटर जाने कहाँ खो जाता है।

उस स्पर्श के माध्यम से जीवन में पहली बार उसने स्त्रीत्व की अमृत-मयता और अपार सृजन-क्षमता को महसूस किया था। उससे पहले स्त्री के जो रूप उसके सामने आए थे, वे सब चकले की औरतों के पथरीले चेहरे थे या फिर मेरी का डरा हुआ चेहरा...चीखें मारता, फटी-फटी आँखों वाला चेहरा।

आज मिसेज़ वर्मा जाने कहाँ हैं। परन्तु उनके सान्निध्य में पाया हुआ पल-भर का चैन उसके लिए एक हमेशा जारी रहनेवाली तलाश का रूप ले चुका है। इसी तलाश के सिलसिले में उसने धर्म और अदालत के दरवाज़े खटखटाए हैं और जाने क्या-क्या बनकर देख चुका है।

मेरी को लेकर जो गुनाह उसने किए उनके लिए शायद उसका वक्त उसे कभी माफ़ नहीं करेगा। मगर क्या सारा कसूर उसी का था!

बचपन से ही घर उससे छूट गया था। माँ-बाप का साया बहुत जल्दी सिर से उठ गया। ले-देकर एक बड़ी बहन थी सो वह अपनी गृहस्थी में खोई हुई थी। मिशनरियों के सहारे वह पढ़ा-लिखा। दिमाग अच्छा था, मगर छुट्टा रहने के

कारण बनते-बनते वह बिगड़ता भी जा रहा था। उसने डिग्री ली तो नौकरी मिल गई। अपने कमाये पैसों का सुख और स्वच्छन्दता! खूब खुलकर खेला। मगर जवानी हाथ से चली जाए उससे पहले ही अक्ल आ गई उसे। अपना एक घर बसाने की ज़रूरत महसूस होने लगी।

बहन से अपना मन्तव्य ज़ाहिर किया तो उसे लगा कि वह अभी अच्छी निगाहों से नहीं देखा जाता है। वह एक-एक करके अपनी बुरी आदतों को छोड़ने लगा। नियमित रूप से चर्च जाने लगा और धर्मचर्चा में रुचि है—ऐसा आभास दिया। उसकी बहन ने उसे सँभलते देखा तो बहुत जल्द ही उसके प्रति सदय हो उठी।

उसके लिए लड़की देखी जाने लगी। बहन चाहती थी कि कोई अत्यन्त शील-स्वभाव की लड़की मिले, जो उसके पिछले अभावों की भी पूर्ति कर सके। साथ ही धर्म के प्रति विरक्त न होने दे उसे।...बहुत देखने-सुनने के बाद मेरी सामने आई।

पहली नज़र में ही भा गई थी मेरी, उसकी बहन को। दुबली-पतली, नाज़ुक-छरहरी, फूल-सी कोमल और मितभाषी लड़की। धर्म में तो उसके प्राण ही बसते थे। यहाँ तक कि उसने अपने जीवन का ध्येय ही नन बनना तय कर रखा था। इसी फ़िक्र में उसके माँ-बाप भी जल्दी कर रहे थे, लड़का ढूँढ़ने में।

वह बहन के साथ उसे देखने गया था। पूरे वक्त लाज से बोझिल पलकें झुकाए रही थी मेरी। उसे भा गई यह अदा। वह खुद इतना शर्मीला निकला कि लोगों के ज़ोर देने पर भी विवाह से पूर्व उससे वार्तालाप नहीं कर सका।

वह बड़ी आतुरता से आने वाले सुनहरे दिनों की प्रतीक्षा करता रहा था। अपनी वुड-बी की तरफ़ जाता और देखकर खुश होता हुआ लौट आता। उसके मन में मीठी गुदगुदी होती रहती। एक सतरंगी स्वप्न इन्द्रधनुष की तरह उसके दिल से दिमाग तक खिंचा हुआ जो था।

शादी हो गई। उससे पहले पीटर ने एक अच्छा मकान तलाश लिया था। उसका नाम रखा 'पैराडाइज़'। उसकी कल्पना का स्वर्ग। शादी का सारा खर्च उसने ही दिया। उस तरफ़ के लोग ज़रा कमज़ोर थे। खैर, यह तो कोई कमी नहीं। बड़ी धूमधाम से अपनी दुल्हन को घर ले आया वह।

देर रात तक उसका पैराडाइज़ मेहमानों से भरा रहा। बहन और उसके बच्चे थे जो उस रात वहीं रुकने वाले थे। अपने सजे हुए कमरे में बड़ी बेचैनी

से मेरी की प्रतीक्षा कर रहा था वह, कि किसी ने आकर बताया कि मेरी बच्चों के साथ सो गई है और उसे जगाने के सभी प्रयत्न विफल हो गए हैं। शायद थकी हुई है।

उसका धैर्य डिगते-डिगते रह गया। कितनी प्रतीक्षा के बाद मिलन की रात आई थी, वह भी यों ही गुज़र जाने के लिए! उसका मन हुआ कि दौड़ते हुए जाकर मेरी को अपने कमरे में उठा लाए।

~

एक पढ़ी-लिखी लड़की सेज पर इतना मान करेगी—उसने कभी सोचा भी न था। उस दिन तो समय था ही नहीं। बड़ी ज़ब्त से काम लेते हुए रात होने की राह देखता रहा था। दिन में वह एक बार अपने घर हो आई थी।

शाम को दोनों शॉपिंग के लिए गए। जाने क्या-क्या खरीदने का उत्साह लेकर गया वह। मगर पत्नी के ठंडेपन ने उसे भी ठंडा कर दिया। बहुत शर्मसार है—उसने सोचा। थोड़ा-बहुत गृहस्थी का सामान खरीदकर लौटे तो वह बाथरूम चला गया और मेरी...वह जाकर सो गई थी।

बहुत सिर पटकने के बाद उसने सिर्फ़ इतना ही कहा कि सिर में दर्द है और मुँह फेरकर सोने लगी। उसको चैन कहाँ। दौड़ा-दौड़ा बाज़ार गया। मेडिकल स्टोर में जितनी तरह की सिरदर्द की गोलियाँ थीं, ले आया। दर्द ठीक होना ही चाहिए।

उसकी कोशिशों का नतीजा यह हुआ कि दर्द और बढ़ गया। इतना कि रात रीती हो गई। छुअन तक नहीं नसीब हुई।

उसने नई-नवेली दुल्हन की इस अदा पर बहुत ज़्यादा रीझ जाना ही वाजिब समझा और कई मूर्खतापूर्ण हरकतें भी कीं। मगर उसे नहीं उठना था सो नहीं उठी।

यह भी अपने किस्म का एक ही सिरदर्द निकला। जो बहुत तेज़ी से पीटर के दिल-ओ-ज़िगर का दर्द बनता गया। हर रात वह मुँह फेरकर सो जाती। और तो और, सबसे ज़्यादा चुभने वाली बात यह थी कि वह मरखनी गाय की तरह देह पर हाथ ही नहीं रखने देती।

पीटर को लगा कि वह पागल हो जाएगा। क्योंकि रात को उसकी नींद

खुलती तो पत्नी को सिसकियाँ भरते हुए पाता। द्रावक और विदारक सिसकियाँ। ज़बर्दस्ती करना उसने उचित नहीं समझा।

~

उसका पुरानापन लौटा, एकदम। एक शाम वह अपने मैख़्वार दोस्तों के बीच जा बैठा और जमकर पी। यहाँ तक कि वह सहस्त्रबाहु हो उठा और चीखने-चिल्लाने लगा। यारों को बहुत दुख हुआ। उसकी तरह सब्र-ओ-करार से पीने वाले कम ही थे। उसका पीकर बदहवास हो जाना नई बात थी जो उसके हमदर्दों को अखरी।

उसने पूछने-ताछने पर जब किसी तरह बताया, तब कई अनुभवी मूर्तियाँ अट्टहास कर उठीं, "अरे, इतनी-सी बात नहीं जानते हो! औरत ज़बर्दस्ती चाहती है, उससे खुश होती है। फिर वह तो तुम्हारी जोरू है—जाओ और..."

उन्मत्त साँड़ की तरह झूमता हुआ वह घर पहुँचा तो आधी रात बीत गई थी। उसने अपना शरीफ़ाना मुखौटा उतारकर फेंक दिया।

मेरी गड्डमड्ड होकर बेसुध सो रही थी। बेडरूम की हल्की नीली रोशनी में उसे वह एक नाबालिग बालिका जैसी नज़र आई। देर तक वह उसकी मासूमियत से सहमा खड़ा रहा, फिर जैसे उसके दिमाग पर कोई शैतान सवार हो गया हो...टूट पड़ा।

बहुत हाथापाई और संघर्ष के बाद जब उसका नशा टूटा तब वह लड़की गला फाड़कर चीख रही थी। दहशत के मारे उसके रोयें खड़े हो गए थे और चेहरा पसीने में तर था।

पीटर के शरीर पर खरोंचों के अनगिनत निशान पड़ गए थे। चूँकि वह होश में आ गया था, उसने पूछा, "मेरी! तुम चाहती क्या हो? क्या तुम मेरी पत्नी नहीं हो? मैं...मैं, मान लो अगर तुम्हारे साथ ज़बर्दस्ती भी करता हूँ तो क्या नाजायज़ है?"

उसने काँपते हुए कहा, "नहीं...नहीं। प्लीज़। मेरी हालत पर रहम खाइए। मुझसे यह सहन नहीं होगा।"

उसे दोस्तों की सलाह याद आई। उसने सिर्फ़ इतना कहा, "यह तो तुम्हें सहन करना ही होगा।"

मेरी चीखकर बेहोश हो गई थी। बदन जैसे बर्फ़ हो गया हो। तब तक

उसके अन्दर का इन्सान जाग गया। उसने मेरी को ठीक से लिटा दिया। उसे अनुभव हुआ कि उसके कपड़े पसीने में भीग चुके हैं। मगर वह असहाय-सा अनुभव कर रहा था।

उसके बाद उस बर्फ़ की प्रतिमा के साथ ही वह मरे हुए—फन कुचले साँप की तरह पड़ा रहा था। क्षत-विक्षत। उसकी चेतना बुझ गई थी।

~

उसी रात, जाने कब उसकी तन्द्रा टूटी। जाने कितनी रात बीत चुकी थी। वह उठा। उसके मस्तिष्क पर अज्ञात हथौड़े चल रहे थे। बहुत देर तक आँखें मलता रहा। उसने देखा, यतीम पीटर पिटा हुआ-सा फ़र्श पर पड़ा था।

उसने निगाह उठाकर देखा। पलंग पर एक औरत बिखरी हुई पड़ी थी। जैसे पंख उखड़े हुए हों और परिन्दा ज़मीन पर पड़ा हो। देर तक दृश्य धुँधलाया रहा फिर बारीकियाँ स्पष्ट होने लगीं।

अस्त-व्यस्त पड़ी वह औरत चैन से सो रही थी।

वह हिंस्र पशु की तरह खड़ा हो गया। उस समय उसका रोम-रोम अग्निमुख बना हुआ था। उस द्रष्टव्य चैन ने उसको अंगारों पर घसीट दिया।

उसे लगा, वह पहले और आखिरी सौदे में बुरी तरह ठगा गया है। वह रोमन कैथलिक था। उसका विवाह सिर्फ़ एक बार हो सकता था, सिर्फ़ एक बार।

अपनी सम्पूर्ण टूटन की एवज़ में उसने मेरी के टुकड़े-टुकड़े कर देने चाहे। मगर होते-होते वह कमज़ोर पड़ गया। सिर्फ़ उसके कपड़ों की धज्जियाँ उड़ाकर रह गया।

उसके बाद वही उत्तेजना उसकी भी धज्जियाँ उड़ाकर ही रही। सारा आक्रोश, सारी पीड़ा एक ग्लानिमय दौर्बल्य में परिवर्तित हो गई।

दाँत पीसते हुए मेरी ने थूक दिया और कहा...

~

प्रतिशोध और पश्चात्ताप की आग में एक साथ जलना कितना दुर्वह होता है, यही पीटर के जीवन का सबसे गहन अनुभव है।

आज वह खुद यकीन नहीं कर पाता कि वह मेरी के प्रति कितना क्रूर और निर्मम हो गया था।—पछताता तो नहीं है क्योंकि मेरी ने कुछ छोड़ा नहीं, ऐसा जो उसे दुख दे जाए, उसने भी गिन-गिनकर बदले लिए हैं।

विवाहित जीवन के उन निर्मम दिनों में मेरी ने उससे साफ़ कह दिया था कि वह उसके पाँव की जूती बनकर रहने को तैयार है, परन्तु उसे शारीरिक रूप से सहन नहीं कर पाएगी। कारण ? कुछ भी नहीं। बस इतना ही कि उसे कुदरत ने इस मानवीय सौभाग्य के अनुरूप रचा ही नहीं है। यह तर्क उसे विषैले तीर की तरह जगह-जगह से भेद गया था। वह ज़हर धीरे-धीरे उसके समूचे शरीर में फैल गया। यहाँ तक कि मन और मस्तिष्क में भी।

वह उस पर तरह-तरह के कहर ढाने लगा। सस्ती अमेरिकन सेक्स की किताबों में पढ़े हुए नुस्खे आज़माने लगा। ये सब उसकी मानसिक विकृतियों की छायाएँ मात्र थीं, जो उसके शयन-कक्ष की दीवारों पर पड़ती रहीं।

वह उसे मारता-पीटता-नोंचता, इससे भी शान्ति नहीं मिलती तो बिजली के तारों का प्रयोग उस पर करता।

मेरी पर बिजली के तारों के अलावा और किसी दण्ड का असर नहीं पड़ता था। मारपीट तो वह धरती की तरह सह जाती थी, मगर बिजली के झटके उसे बेहद डरी हुई औरत बना देते। वह आतंकित हो उठती। उस समय उस आतंक के तहत वह पीटर के इशारों पर नाचने को मजबूर हो जाती। रिंग-मास्टर की तरह वह उसे काबू में करता, मगर खुद भी तो वह मानसिक झटकों का शिकार हो रहा होता था।

एक दिन अपने शरीर पर यातना के अनगिनत निशान लेकर वह चली गई थी। हमेशा-हमेशा के लिए अपने घर वापस।

उस दिन की गई मेरी लौटकर नहीं आई।

पीटर खुद उसे लेने गया। उसे देखते ही मेरी के पिता और भाइयों का खून खौलने लगा। जाने किस लिहाज़ में वे लोग चुपचाप बैठे थे, मगर वह सामने पड़ गया तो आपा खो बैठे।

पहले तकरार हुई। आरोप-प्रत्यारोप हुए। उसे साफ़-साफ़ बता दिया गया कि अब मेरी उसके साथ नहीं जाएगी। वे लोग उसे जीते-जी मौत के कुएँ में धकेलने को तैयार नहीं थे।

उसने पहले बातों से उन्हें समझाना चाहा, फिर बल-प्रयोग करने का असफल प्रयत्न किया। वह मेरी को हाथ पकड़कर खींचने लगा तो तीनों-चारों उस पर टूट पड़े। उसे इतना मारा कि ज़मीन पर बिछा दिया।

उसे होश आया तो वह बाहर सड़क पर औंधे मुँह पड़ा था।

एक-दो बार उसने फिर यही किया और उसके साथ यही व्यवहार किया

गया। उसने कानून की शरण ली—वकील से नोटिस भिजवाया। जवाब नहले पर दहला। उसके खिलाफ़ इतना तगड़ा आरोप-पत्र कि उसकी सिट्टी-पिट्टी गुम हो गई।

आखिर को कलेजा मसोसकर वह बैठ गया। इस उम्मीद पर कि समय सबके ज़ख्म भर देता है। मेरी भी एक दिन लौट आएगी। मगर वह नहीं आई।

हाँ, गुज़ारे की रकम के लिए उसने दावा ज़रूर कर दिया। वह अदालत में निहत्था जा पहुँचा। मूर्खतापूर्ण ढंग से उसने वहाँ अपना सारा दुख खुद ही कह सुनाया और खुद ही रो दिया। विच्छेद तो किसी भी कीमत पर सम्भव नहीं था, क्योंकि उसके मज़हब में इसकी अनुमति नहीं थी। उल्टे वेतन का एक खासा हिस्सा उससे छिनने लगा।

वह कुछ महीने ठीक से पैसा भेजता, फिर बन्द कर देता। अदालत में फिर पेशी होती...लम्बे समय तक यह क्रम चलता रहा। यहाँ तक कि उसे मेरी के न लौटने का विश्वास हो गया।

~

तलाक के लिए वह वकील-दर-वकील भागता रहा। कई जालसाज़ों ने उसे, 'चुटकी बजाते ही तलाक करवाते हैं,' का आश्वासन देकर पैसा ठगा और वह अपने को ठगाता रहा।

उसने धर्मोपदेशकों और पण्डितों का सहारा लेना चाहा—उसकी परिस्थितियों को देखते हुए वैसी कुछ व्यवस्था दे दें। परन्तु वहाँ विवशता थी। व्यवस्था देना उनके अधिकार से बाहर की बात थी। इस सिलसिले में बहुत दूर तक गया वह, मगर निराशा ही हाथ लगी।

इसी बीच एक दूसरे धर्म के महन्त उसे मिले। उन्होंने उसे प्रलोभन दिया कि धर्म-परिवर्तन कर लेने पर उसके लिए विवाह की व्यवस्था की जा सकती है। वह झट इस बात के लिए तैयार हो गया।

उसे दूसरे प्रदेश के एक शहर में शुद्धीकरण के लिए बुलाया गया। बाकायदा उसका मज़हब बदला गया और एक दीन-दुखियारी कन्या के साथ उसका विवाह कर दिया गया। विवाह के समय वह इतना घूँघट खींचे बैठी थी कि मुख देखना सम्भव नहीं था। परन्तु हाथ-पाँव से वह रूपवती नज़र आती थी।

उन्हें इस कार्यक्रम के बाद धूमधाम से लाकर ट्रेन में बिठा दिया गया। वह सोच रहा था कि उसका मज़हब बदला, मगर वह नहीं बदल सका है। उसे

अपने में किसी भी बदलाव का अनुभव नहीं हो रहा था। खैर, वह खुश था। उसका घर फिर से बसने जा रहा था, एक सपना टूट गया तो क्या!

उसने अपनी नववधू से बातें शुरू कीं। वह मेरी की तरह नहीं थी। शुरुआत ही बहुत अच्छी हुई। बहुत जल्दी वे घुलने-मिलने को उत्सुक हो उठे। उसके इसरार पर दुल्हन ने घूँघट उठा लिया। वह देखता का देखता रह गया। प्रथम दर्शन ऐसा विस्फोटक हुआ कि उसके और उसके सपनों के परखचे उड़ गए। वह अच्छे हाथ-पाँवों वाली महिला चेहरे से कुरूप थी। शीतला के गहरे दाग ही नहीं और भी कई विकृतियाँ थीं चेहरे पर। वैसे तन्दुरुस्त थी, मृदुभाषी थी, मगर मेरी के मुकाबले वह असहनीय होने की हद तक कुरूप थी।

उसका कलेजा धक से रह गया। उसने बड़ी चालाकी से अपने मनोभावों को छुपाया, मगर, वह समझ ही गई। "क्यों, मैं देखने में बिलकुल अच्छी नहीं हूँ न?" उसने छूटते ही पूछा।

"नहीं-नहीं, तुम बहुत अच्छी हो!" संकोच से मानो गड़कर उसने कहा और फिर अनमना-सा होकर धुआँ छोड़ने लगा।

उसके मन में भयानक अन्तर्द्वन्द्व मचा था। उसे लगा कि फिर एक बार उसके साथ धोखा किया गया है। ऐसी कुरूपा मिलने से न मिलना क्या बुरा था। अपने पर क्रोध हुआ कि बिना देखे-सुने क्यों ब्याह कर लिया।...मगर देखकर ही क्या हुआ था। मेरी जैसी सुशील दिखने वाली लड़की कैसी निकली थी!

अपने आपको समझाने-मनाने के लिए उसने बुद्धि और तर्कों का भरपूर प्रयोग किया मगर सफल न हो सका। अपनी समग्रता से वह तत्क्षण उसे अस्वीकार करना चाह रहा था।

अगले स्टेशन पर वह पानी लेने के बहाने उतरा और निकलकर बाहर आ गया। उसने गाड़ी की ओर मुड़कर भी नहीं देखा।

बाद में उस बात को लेकर बहुत फ़ज़ीहत हुई। उसको डराया-धमकाया गया। कानूनी कार्रवाई की चेतावनी दी गई, मगर वह टस-से-मस नहीं हुआ। कानून के डर से शायद वह कुछ झुकता, मगर एक वकील ने उसे रास्ता सुझा दिया—फिर एक बार मज़हब बदल लो। ऐसा, जिसमें तीसरी कोई सम्भावित शादी भी जायज़ हो सके।

लोग देखते ही रह गए। वह साफ़ निकल गया। मगर ब्याह रचाने का सपना फिर सपना ही रहा। कई जगह गोट फँसी, मगर उसके इतिहास को जानकर लोग तौबा कर जाते। हाँ, इस चक्कर में पैसा कई लोग खा गए। हार कर उसने अस्थायी तौर पर प्रयत्न छोड़ दिया। मगर कितने दिन!

~

अब भी वह दिन-रात इसी फ़िराक में रहता है, कहीं कुछ हो जाए तो उसका वीरानापन दूर हो जाए। पूसी की जगह कोई आदमकद बिल्ली आ जाए। मगर इस कंटकाकीर्ण रहगुज़र पर आए कौन? और क्यों आए?

एक-एक करके पूरे चौदह साल गुज़र गए हैं।

इस बीच एक भी दिन उसे मुक्ति नहीं मिली है। जाने कितनी रातें उसकी अकेली आँखों ने सूने सपने देखते काट दी हैं और कितनी सुबहों को उसने दुआ के लिए हाथ उठाया है—शून्य में। कितनी बार उसने खुद ही न्यायाधीश बनकर अपने गुनाहों का लेखा-जोखा सुना है और मेरी को बरी किया है। उन क्षणों में वह सोचता है कि सूनेपन की गहरी खाई जो उसके चारों ओर बन गई है, मुट्ठी-मुट्ठी तसल्लियों की बालू से अनन्त काल तक भी नहीं पटेगी।—ज़िन्दगी के खालीपन से तो बिस्तर का खालीपन बेहतर है। यही सोचकर उसने मेरी को लौटा लाने का कई बार प्रयत्न किया है, मगर हर बार निराशा ही हाथ लगी।

अपनी अँधेरी और सूनी रातों को वह या तो सपने देखते हुए काट देता है या अपने को सज़ा देते हुए। वैसे दोनों स्थितियों में बहुत कम फ़र्क है।...कामना जब कभी उसके सिर पर वहशत बनकर सवार होती है तब वह पानी से भरी बाल्टी में बिजली का नंगा तार डाल देता है और उँगली-उँगली करके बिजली के धक्के झेलने लगता है। यह बिजली मानो उसके लिए प्रतिरोधक ऊर्जा का काम करती है। चन्द झटकों के बाद नसों का और पुट्ठों का तनाव उतरने लगता है। नारी देह उसके बोझिल-धुँधलाए मस्तिष्क से ओझल हो जाती है और बचा रहता है एक शून्य। जिसमें मुँह डालकर वह चैन से सो जाता है।

वस्तुतः उसकी ऐसी हर रात दुःस्वप्न ही है। मगर वह मानता नहीं है। दूसरे दिन तड़के ही उठकर बुल-वर्कर से शरीर में तनाव पैदा करने लगता है।

मुक्ता

बीमार है।

बीमार रहती है।

बेचारी...बीमार ही रहती है।

ये तीन फिकरे उसका स्थायी परिचय बन गए हैं। सुनते-सुनते वह इतनी अभ्यस्त हो गई है कि बिना सुने ही अनुभव कर लेती है—कहे गए, हर नये परिचय के समय।

अपने को यथासम्भव सँवारकर रखती है। सुबह उठने से लेकर दिन ढलने तक। वह किसी तैनात फ़ौजी की तरह चुस्त-दुरुस्त बनी रहती है। यहाँ तक कि तकलीफ़ के दिनों में भी। ज्वर में भी। खिल नहीं पाती, इसलिए मुर्झाती भी नहीं है। कभी-कभी लगता है, वह खिलने की प्रतीक्षा में बैठी है, हालाँकि उसकी यह अवस्था कभी की गुज़र चुकी।

उसे प्रतीक्षा रही है। जाने कब से। किसी ऐसे की जो यह मानने से इनकार कर दे कि वह हमेशा बीमार ही बनी रहेगी।

मगर एक महमूद को छोड़कर हर नये ने उसके साथ पुरानों जैसा ही या उससे मिलता-जुलता बर्ताव किया है।

चम्पई रंग, जैसे निखरा हुआ सोना। बड़ी-बड़ी सीपियों में बसे दो काले-आबदार मोती, आहिस्ता से ढुलक पड़ने वाले। यह उसकी अनमोल सम्पदा, मानो किसी झाड़-झंखाड़नुमा सूखे पेड़ की निर्जीव टहनियों के बीच अटी हुई हो, ऐसी देह है उसके पास। एक-एक हड्डी उभरकर बाहर को झाँकती हुई

और उसकी सफ़ेद त्वचा पर फैला हल्के नीले रंग की नसों का जाल—मानो कच्ची स्याही से आँका गया नक्शा, बारिश के पानी में धुलकर हल्का हो गया हो।

वह अनुभव कर चुकी है कि उसे किंचित भी उघड़े हुए देखना किसी के लिए भी सह्य नहीं है। नहाने जाती है तो जाने कितनी बार अपनी तरफ़ से बाथरूम का दरवाज़ा बन्द करती है—फिर भी खुला रह जाता है। निकलने से पहले अपने को अच्छी तरह ढक लेती है। पूरे कपड़े—पूरे बटन, ऊपर से बड़ा-सा टॉवेल। छितराए हुए रेशमी बाल उसे और ज़्यादा ढक लेते हैं।

एक बार इन्दौर वाली चाची ज़्यादा लाड़ में आकर उसे नहलाने चलीं। नई-नई आई थीं। उस समय तक सिर्फ़ उसकी आबदार आँखें और चम्पई रंगत देखी थी उन्होंने। उसके पैड-कुशन सिंगार से वाकिफ़ नहीं थीं। वह तजुर्बा—लाड़ली को अपने हाथों नहलाने का—दोनों के लिए भारी पड़ गया था। तब से सीपी तो क्या माँ के सामने भी वह नहीं उघड़ पाती है।

''हे भगवान! लड़की क्या है, हड्डियों का ढेर है यह तो...क्या होगा इसका!'' चाची को गश नहीं आया था, यही गनीमत हुई।

मुक्ता देखती रही—चाची आँखें बन्द किए साबुन वाला हाथ चला रही थीं। साबुन की बट्टी नई और सख्त थी, रह-रहकर बज उठती थी। चाची ने कलेजा सख्त रखा, उसे पोंछा, कपड़े पहनाए, मगर उनके चेहरे पर उपजी घृणा और मतली नहीं छिप सकी थी।

तब उम्र कम थी और इसीलिए बीमारी एकदम से ज़ाहिर नहीं होती थी। कमज़ोर और दुबला होना कम उम्र में ज़्यादा बीमारी नहीं लगती। अब तो उसे देखकर लोग अनुमान कर लेते हैं।

जो नहीं समझते हैं उनके लिए तीन गिने हुए फिकरे हैं ही।

शाम होते ही चिराग की तरह जल उठती है वह। मगर आभा तो सीपी में है। उसके स्वरालाप से दीवानखाना गूँज उठता है।

सीपी में गुण ही गुण हैं। उसके पास रूप है, मधुर कण्ठ-स्वर है और ज़िन्दगी है। दोनों बहनें शुरू से मानो प्रतिद्वन्द्विता में बँधी चली आई हैं। मुक्ता ने अपने को किताबों में खपाकर उसे मैट्रिक से लेकर एम.एस-सी. तक पीछे

धकेला है। वह गाने जाती है तो मुक्ता पढ़ाने। मगर यहाँ तक आते-आते वह बुरी तरह हार चुकी है। रुग्ण और जर्जर काया पर दर्प नहीं सोहता। उसने किया भी नहीं। उसकी सौम्यता और नम्रता को लोग सराहते नहीं, मजबूरी समझते हैं।

शाम से सीपी का रियाज़ शुरू हो जाता है। संगत के लिए तरह-तरह के लोग आते हैं। महमूद भी आता है।

जिस दिन वह आता है मुक्ता अपने कमरे में बन्द नहीं रह पाती। दबे पाँव आकर सोफ़े के पीछे खड़ी हो जाती है। महमूद और सीपी का डुएट चलता रहता है।

कुछ देर बाद महमूद कह उठता है—मुक्ता जी, आज आप गाइए। वही गीत। सीपी विरक्त हो उठती है। वह सहम जाती है, सीपी की विरक्ति से। उसे डर लगता है, सीपी महमूद को उसकी बीमारी का नाम बता न बैठे। वह सिर हिलाकर कहती है, ''नहीं। मेरे गले में तकलीफ़ है। टॉन्सिल जहाँ कटे हैं वहाँ पस भर आया है।''

महमूद अभी तक यही समझता है कि उसे सिर्फ़ टॉन्सिल की तकलीफ़ है। वह इस बात पर अफ़सोस ज़ाहिर करता है कि वह गाना नहीं गा सकेगी, सीपी की तरह।

सीपी को रंग की वजह से कॉम्प्लेक्स है। वह मन में सोचती है और किंचित् उत्साह से महमूद के लिए चाय लाने चली जाती है। फिर भी अपनी बहन की कुढ़न उसे पूरी तरह समझ में नहीं आती है। आख़िर महमूद के बारे में क्या एतराज़ है उसे? वह तो हेमन्त को प्यार करती है।

हेमन्त ने भी उसे कई बार गाने के लिए कहा। यूँ ही, मगर सीपी जल गई। और तो और, उसका चाय लाना भी नागवार गुज़रा उसे। जबकि हेमन्त उसकी बनाई चाय की तारीफ़ करते न थकता था।

सीपी ने बहुत कुण्ठित स्वर में उसे सुनाकर कहा था, ''उन्हें क्या मालूम है कि चाय नहीं ज़हर पी रहे हैं।'' उसके बाद उसने चाय बनाना ही छोड़ दिया था। हेमन्त ने फिर कहा भी नहीं। शायद उसे सीपी ने सब कुछ बता दिया हो।

महमूद को लेकर फिर अनावश्यक कटुता आने लगी है। शुरू में तो कुछ नहीं कहा सीपी ने। यह भी नहीं कि मेरी बहन...बीमार ही रहती है। माँ ने भी नहीं।

महमूद बेहद मामूली-सा दिखने वाला आदमी है। रूप तो उसके पास

कहीं है ही नहीं। चेचक के दाग और आबनूसी रंग। ऊपर से अलमस्ती। खद्दर के ढीले-ढाले वस्त्रों में वह खासा कार्टून नज़र आता है। मगर संगीत का वरदान मिला है उसे। अच्छी-अच्छी महफ़िलों में गा चुका है। तबला या सितार बजाता है तो गायक मुग्ध हो उठता है। इन दो अलग-अलग विधाओं पर महारत हासिल होना मामूली बात नहीं है। वह किसी कॉलेज में संगीत-शिक्षक है।

वह पहला आदमी निकला जिसने प्रथम दर्शन में ही मुक्ता को स्निग्ध दृष्टि से देखा। शायद उसे अनुमान न रहा हो कि उसका यह तरल दृष्टिपात इतना दूरगामी सिद्ध होगा। मुक्ता को लगा उसकी प्रतीक्षा का अन्त हुआ। उजला बाह्य आवरण नहीं था महमूद के पास, मगर अन्दर तो सूरज चमक रहा था। इसे उसके अलावा कौन समझ सकता था! सीपी क्या खाक समझती! वह तो उसके जाने के बाद उसकी सूरत-शक्ल को लेकर हँसा करती है।

वह बराबर जाकर बैठने लगी थी। महमूद लाख तन्मय होता, मगर उसकी नज़र का रेशमीपन उसे सहला जाता। वह अति जीवन्त हो उठती। उसके मोतियों की आब बढ़ जाती। वह दवाओं का कसैलापन और छलनी करने वाली सूई को भूल जाती। उसका जी करता कि वह भी गाए। उसका गला न गा सकने लायक नहीं था, मगर टॉन्सिल्स और कमज़ोर फेफड़े उसे गाने कैसे देते! फिर भी एक दिन एक नग्मा उसके होंठों से फूटा। उसके दिल ने एक गीत गाया। महमूद के इसरार पर।

और सीपी को खटक गया। जाने क्यों माँ को भी। शायद इसलिए कि महमूद ने बहुत तारीफ़ की थी।

~

उन दिनों वह एम.एस-सी. फ़ाइनल में थी।

महमूद आया तो सीपी घर में नहीं थी। माँ और बाबा भी नहीं थे। वे सब किसी फ़ंक्शन में गए थे, जहाँ सीपी को गाना था।

महमूद अपने-आप ही अन्दर आकर बैठ गया। उससे तो, 'अन्दर आइए ना!' भी नहीं कहा गया था। वहाँ उसकी किताबें बिखरी पड़ी थीं।

"एक बात बताइए। आपको यह लम्बी पढ़ाई बोझ नहीं मालूम पड़ती? मेरा मतलब एम.एस-सी. तक..." उसने उसकी तालीम पर ताज्जुब करते हुए पूछा।

"पहले तो नहीं लगती थी, अब लगने लगी है," मुक्ता ने कहा और अँगूठे से कार्पेट को कुरेदने लगी। 'मेरे लिए तो ज़िन्दगी ही एक बोझ है,' उसने मन में कहा, 'आपको क्या मालूम।'

"तो फिर आपको सितार सीखना चाहिए। सितार में यह सिफ़्त है, आप अपनी तकलीफ़ भूल सकती हैं, एक बादल के टुकड़े की तरह हल्की होकर किसी आसमान पर छा सकती हैं।"

वह सितार लेकर बैठ गया।

"देखिए, आप ध्यान से सुनिए। मैं सितार पर एक ऐसा राग बजाता हूँ, जिसमें आप खो जाएँगी। आपको ऐसा लगेगा कि आप समन्दर के किनारे बैठी हैं और लहरों से खेल रही हैं। हर लहर आप तक आएगी और आपको छूकर लौट जाएगी। आप को लगेगा जैसे..."

धीरे-धीरे वह सितार की स्वर-लहरियों से खेलने लगी। वातावरण प्रशान्त सागर की तरह विस्तृत और शान्त हो उठा। उसे लगा कि सागर किनारे बैठकर वह लहरों को देख रही है। छोटी-छोटी लहरों को। उसे प्रतीक्षा है एक बड़ी और वेगवती लहर की जो उस तक आकर, सिर से ऊपर तक उठ जाएगी और उसे बहा ले जाएगी, अपने साथ।

जल-समाधि का सुखद स्वप्न देखते हुए उसकी संगीत-समाधि कब लग गई, उसे मालूम ही नहीं हुआ।

होश आया तो वह महमूद को विदा कर चुकी थी।

आत्म-विस्मृति के उन कीमती क्षणों को उसने सहेज कर रख लिया है। और महमूद के प्रति उपकृत ही नहीं, समर्पित भी हो गई है।

मगर सितार साधने की शक्ति उसमें बची नहीं है। वह अपनी सामर्थ्य जानती है।

२

प्रत्यक्ष अवहेलना और अप्रत्यक्ष हीनदृष्टि—इनका सामना जाने कब से करती आ रही है वह।

पहली-पहली सन्तान चाहे कैसी भी हो, माँ-बाप का प्यार और एहतियात भरा रख-रखाव उसे मिलता ही है। जब मुक्ता पैदा हुई तब सिर्फ़ आँखों के अलावा कुछ दिखाई नहीं पड़ता था उसमें। हर्षिता माँ ने झट से मुक्ता नाम रख

दिया। उसे पालने में कई बार माँ-बाप का धैर्य डिगा।

बचपन से ही वह रुग्ण रही है। बारह साल तक तो वह रात को बिछौना गीला करती रही। और लिवर जैसे कच्चा घड़ा। उसकी कमज़ोरी ने माँ-बाप को बेहद चिन्तित किया। इलाज नामक मर्ज़ से कभी पीछा छुड़ाने नहीं दिया। उसे ज़ुकाम हुआ तो नज़ला बन गया। बुखार हुआ तो टाइफ़ाइड। खाँसी हुई तो स्नोफीलिया निकला। मुँह में छाले हुए तो टॉन्सिल का इलाज भी साथ ही।

मोमज़ामा बिछाते-बिछाते परेशान होकर माँ ने मानता मानी कुलदेवी की। उसका बिछौना गीला होना बन्द हुआ तो वे सब कुलदेवी के मन्दिर गए। विशेष चढ़ावा चढ़ाया गया। आस बँधी कि लड़की अब हरी-भरी हो उठेगी। जिगर भी कुछ बेहतर हो गया था। पेट के केंचुए भी डॉक्टर काफ़ी कुछ मार चुका था। कुछ सेहत बनने भी लगी। तभी प्राणान्तक ज्वर ने आ घेरा।

वह सोलह वर्ष पार कर चुकी थी। मैट्रिक में फ़र्स्ट क्लास आई। सब बहुत खुश हुए। यह खुशी एक दिन की थी। दूसरे दिन ही वह बिस्तर पर पड़ गई। वैद्य का इलाज कराया गया। दो महीने इलाज चला, मगर बुखार सौ तक आकर अटक जाता।

डॉक्टर ने टाइफ़ाइड की किस्म का इलाज किया। बुखार जैसे झटके से उतरा, मगर फिर चढ़ गया। दवाई पर दवाई, कैप्सूल, इंजेक्शन। कुछ नहीं हुआ। लोगों ने कहा—होम्योपैथी आज़मा कर देखो। उससे धीरे-धीरे सुधार हुआ। बुखार उतरा, मगर साथ ही बचपन की छाप भी उसके चेहरे से उतर गई। वह बीमार ही दिखती रही।

उसे कॉलेज में बड़ी घुटन महसूस होती थी। लड़के तो दूर रहे ही, लड़कियाँ भी उससे कतराती थीं। नितान्त अकेली वह अपनी उपेक्षा का बदला उन्हें पछाड़कर चुकाती रही। रुग्ण होने के बावजूद पढ़ाई में वह पीछे नहीं रही। इंटर में भी फ़र्स्ट क्लास आई। बी.एस-सी. करने का उसका मन नहीं था। वह डॉक्टरी पढ़ना चाहती थी। परन्तु बाबा राज़ी नहीं हुए। उसके कमज़ोर शरीर को लेकर वह कोई खतरा नहीं लेना चाहते थे। उस समय उसकी बीमारी का सन्देह उन्हें हो गया था, जो बाद में सही निकला।

उसके धाराप्रवाह ज्वर का रहस्योद्घाटन हुआ डॉ. मिश्रा के आग्रह पर। उसका एक्स-रे किया गया, पैथालॉजिकल टैस्ट हुए और उसे उस प्राणान्तक बीमारी का शिकार घोषित कर दिया गया।

उम्र के हिसाब से वह जवान हो चुकी थी, हालाँकि जवानी कहीं दिखाई नहीं देती थी। इस सदमे को उसने झेल तो लिया, मगर मस्तिष्क के कल्पनाशील हिस्सों में मुर्दनी छा गई। स्वप्न-प्रकोष्ठ तो मुँद ही गए। एक पूरा साल उसने बिस्तर पर गुज़ारा। तब तक सीपी उभर आई। वही परिवार की एकमात्र स्वस्थ युवा सदस्या हो गई। उधर मुक्ता का कमरा एक कीमती प्राइवेट वार्ड बनता गया। उसके बरतने की सब चीज़ें अलग करके उसके कमरे में रख दी गईं। यहाँ तक कि वाश-बेसिन भी उसके लिए अलग से लगवा दिया गया।

उसने घुटने नहीं टेके। सूइयों से छलनी-छलनी होकर भी मन्द लौ वाले प्राणों ने अपना महत्त्व बनाए रखने के लिए पढ़ाई में अपने-आप को खपा डाला। उसे मेहनत-मशक्कत से परहेज़ रखने के लिए बहुत कहा गया मगर उसने किसी की नहीं सुनी। उसने अपनी अक्षम काया की पूर्ति प्रतिभा से करनी चाही थी।

अकेलेपन ने उसे अतिकल्पनाशील बना दिया। बजाय निराश होने के उसने सपने देखने शुरू किए। एम.एस-सी. करके वह लेक्चरर होने की सोच रही थी। उसे लगता था कि एक दिन सब कुछ ठीक हो जाएगा। ऐसा कोई दैवी चमत्कार होगा कि उसकी कंचन काया लहक उठेगी। वह सुरभित हो उठेगी और कोई उसे फूल की तरह उठा लेगा। मगर वह प्राणिशास्त्र की छात्रा थी, सब कुछ जानती थी। ज्यॉलोजी लैब में दाखिल होते ही शीशे के शो-केस में रखा हुआ एक मानव-कंकाल उसे रोज़ दिखाई दे जाता और वह सिहर उठती, किसी अज्ञात आशंका के भय से। लैब में डिसेक्शन करके किसी जन्तु के अंग निकालने होते तो फेफड़ों को देख कर उसे पसीना छूटने लगता। वह अनुभव करने का प्रयत्न करती कि फेफड़ों को जुदा कर देने के बाद भी कोई जीवित रहता है या नहीं।...अपने को भी चीरने-फाड़ने लगती और नियति उसे कंकाल वाले शो-केस तक ले जाती थी।

साहित्य, सिनेमा और इस किस्म की सभी चीज़ें उसने आज़माईं। ठहराव नहीं मिला। यह सब सिर्फ़ स्वस्थ प्राणियों के लिए होता और उसमें स्वस्थ पात्र ही चित्रित होते। किसी उपन्यास को लेकर बैठती तो लगता कोई दूसरी ही दुनिया है। फ़िल्म में तो कॉम्प्लेक्स और भी सताता। देखते हुए निरर्थकता और

खालीपन का ऐसा दौर गुज़रता कि लौटते समय वह बेहद सताई हुई होती। भरी-पूरी औरतें हर जगह छाई थीं। कविता और नाटक में भी। उनकी तकलीफ़ें और निराशाएँ उसे वायवी लगतीं।

टूटती हुई नायिका को देखकर वह व्यंग्यपूर्वक मुस्कुरा उठती। अरे यहाँ देखो, इस हालत में आकर देखो, फिर मालूम होगा, दुख किसे कहते हैं। बेआस कैसी होती है। उसने हिन्दी फ़िल्में देखनी ही छोड़ दीं। अंग्रेज़ी चित्रों में भी युद्ध और विनाश के चित्र छाँटकर देखने जाती।

साहित्य-सागर में अनगिनत गोते लगाने के बाद भी उसे एक ही कृति मिल सकी, जो उसके साथ चल सकती थी, उसे बाँट सकती थी, उसमें उन्मेष पैदा करती थी। वह किताब आज भी उसके लिए *गीता* बनी हुई है। उसके वर्कों को पलटते-पलटते वह विभोर हो उठती है। उसकी प्राणधारा में जीवन्त स्पन्दन होने लगते हैं। तब वह लेखक के प्रति कृतज्ञ हो उठती है। पृष्ठभाग में अंकित उसका चित्र देखने लगती है। उसे लगता है, यही है वह समर्थ पुरुष जो उसे बीमार नहीं मानेगा।

वह पुस्तक है—*ओल्ड मैन एण्ड दि सी*।

हाँ, कोर्स की किताबें उसे प्रिय रही हैं। अति प्रिय। उनमें मुँह छिपाकर बरसों काटे हैं उसने। निरापद। ये किताबें उसे उल्टे-सीधे ढंग से प्रतिक्रियान्वित नहीं करती थीं। पढ़ने में इसीलिए मन लगा। शिक्षक को, परीक्षक को और प्रयोगशाला को ज़रा भी फ़िक्र नहीं कि मैं कैसी छुतही बीमारी वाली हूँ—ज़रा भी परेशानी नहीं, वह ताज्जुब से सोचती।

कुछ इसी तरह महमूद ने उससे व्यवहार किया तो उसके हर्ष और विस्मय की सीमा नहीं रही।...मगर सिर्फ़ इतना ही। इससे आगे बढ़ने पर मिलने वाली यातनाओं से वह नावाकिफ़ नहीं है।

महमूद की ओर वह बढ़ने की हिम्मत नहीं करती, अगर हेमिंग्वे उसे उकसाता न रहता।

~

सीपी शुरू से ही स्मार्ट रही है। पढ़ने में तो नहीं परन्तु गेम्स, एन.सी.सी. और संगीत में उसने खूब नाम कमाया है। कॉलेज की अतिलोकप्रिय छात्राओं में

से एक है वह। माँ-बाप दोनों उसकी तारीफ़ करते नहीं अघाते हैं। पिछले दो साल से उनके प्रदेश के और जाति के युवकों ने आना-जाना, बैठना शुरू कर रखा है। नतीजा यह कि हेमन्त और सीपी मुक्त पंछियों की तरह आकाश में उड़ानें भर रहे हैं। सब कुछ मुक्ता की आँखों के सामने हुआ है। यही नहीं, पत्रों का आदान-प्रदान, मौके की तलाश और नयनों की भाषा का भरपूर प्रयोग वह अपनी आँखों देखती रही है।

उसके अलावा भी बहुत-से लड़के आते-जाते रहते हैं। सीपी किसी को निरुत्साहित करना मानो जानती ही नहीं। हेमन्त भी खुले दिल का है। मगर मजाल है कि मुक्ता को लेकर किसी ने इण्डिपेंडेंस लेने की कोशिश की हो। किसी ने बेगरज़ होकर कदम बढ़ाया भी तो उसे आगाह कर दिया गया—'खतरा! दूर रहो।' कई बार तो माँ ने ही ऐसा किया। जाने क्यों?

पहले वह बहुत कटु हो उठती थी, अपने प्रति। चिढ़ उसके माथे पर सवार हो जाती। कमरा बन्द करके पड़ी रहती। हेमिंग्वे को उठाकर फेंक देती। खाने की थाली और फल छितरा देती। माँ को उल्टा-सीधा कह बैठती। उस हालत में लोग और तरस खाते थे। कहते—बीमार रहती है, इसीलिए चिड़चिड़ी है। पीठ पीछे उसे सूखी-सूखी कहकर पुकारते। उन दिनों अपनी आँखों में बसे स्रोतों का बहुत सहारा मिला उसे। बहते-बहते वह सो जाती थी।

अब वह अभ्यस्त हो चुकी है। चिड़चिड़ाती भी नहीं। एक कॉन्वेंट स्कूल में नौकरी कर ली है। सुबह उसी को लेकर व्यस्त रहती है। उसकी धारणा है कि वह शीघ्र स्वस्थ हो जाएगी। मर्ज़ कोई लाइलाज तो अब रहा नहीं। हद से हद तक एक ऑपरेशन। ऑपरेशन के नाम पर उसे वह ज्यॉलोजी लैब वाला नर-कंकाल भी याद नहीं आता है, बल्कि वह डॉक्टर बर्नार्ड के बारे में सोचने लगती है।

लोग उनकी बैठक में बैठे होते हैं, हँसते-बातें करते और वह अलग-थलग-सी बैठी रहती है। उसे देखकर किसी को एकदम से कुछ नहीं लगता। पूरी बाँहों का ब्लाउज़ और कसकर बाँधी हुई साड़ी में वह अपनी जीर्ण-शीर्ण काया को ढके बैठी रहती है। कभी-कभी जब कोई उसकी तबीयत का हाल पूछ बैठता है तब वह धीमे से ओंठ हिलाती है, "ठीक है।" ये शब्द किसी को सुनाई नहीं देते।

माँ कह उठती है, 'डॉ. मिश्रा के इलाज से फ़ायदा तो हुआ है, मगर कितने दिनों के लिए! बेचारी...'

~

सीपी और हेमन्त का रिश्ता तय हो चुका है। माँ-बाबा उसको लेकर उलझन में पड़े भी और निकल भी आए। बड़ी की शादी के बिना ही सीपी की शादी होगी। और कोई रास्ता नहीं है।

उसने मंत्रणा-गृह की वार्ताएँ सविस्तार सुनी हैं। सह लिया है। रोते-रोते एक-दो रोज़ सोई है फिर हल्कान हो गई है। वह खुद जानती है कि किसी तरह से, किसी दाँव-पेंच के सहारे उसे किसी के मत्थे मढ़ा गया तो भी दुख ही झेलना पड़ेगा। हड्डियों की गठरी को आलिंगन में कौन बाँधेगा? घुटने तक साड़ी उठाकर वह अपने आपसे पूछती है। यह स्टिक पर नाब की तरह दीखने वाला घुटना उसके यौन स्वप्नों को ठोकर मारकर चूर कर देता है। जाने क्यों मेरा चेहरा नहीं सूखा, यह भी ऐसा ही हो गया होता जैसे कि हाथ-पाँव, तो कम-से-कम किसी को गलतफ़हमी होने की गुंजाइश तो नहीं होती।

महमूद को भी गलतफ़हमी है। इस हद तक कि वह उसे सीपी की छोटी बहन समझता है। वह सिर्फ़ उसका चेहरा ही देखता है, नहीं—सिर्फ़ आँखें। और शायद उसका चम्पई रंग। वह उसके कमज़ोर और घुन लगे फेफड़े नहीं देख सकता, नहीं महसूस कर सकता। जान लेगा तो करने लगेगा। भूलकर भी उसकी ओर रुख नहीं करेगा।

कभी-कभी उसे लगता है यह सिर्फ़ उसका डर है। वहम। महमूद को सब-कुछ मालूम है। ज़रूर होगा। वह खुद कुरूप है, इस हीन भावना के अन्तर्गत शायद उसको अपने में समेट ले।

वह प्रतीक्षा कर रही है कि माँ या सीपी उसे रस्मी तौर पर सब कुछ बता दें। मगर अब कोई उसकी बीमारी का नाम नहीं लेता। इस डर से कि कॉन्वेंट वाली नौकरी न छूट जाए। हालाँकि एक-न-एक दिन छूटनी है—यह भी सबको पता है।

—छूट भी जाए तो क्या है। सैकड़ों प्राइवेट-स्कूल-कॉलेज हैं। वह पचास रुपये कम ले लेगी तो हाथ जोड़कर उसे ले जाएँगे।—कभी सोचती है, रिसर्च कर लो तो अच्छा, कम-से-कम डॉक्टर तो नाम के साथ जुड़ जाएगा।

सूखी-सूखी कहते कुछ ज़ुबान तो लड़खड़ाएगी लोगों की।

उसने पाया है कि वह हर समय सीपी के बारे में सोचती रहती है। विवाह के बारे में। उसने विवाह होते हुए कभी देखा नहीं है, यह उत्सुकता भी उसमें है। और यह डर कि उस मौके पर सब इकट्ठे होकर उस पर तरस खाते फिरेंगे। बार-बार कहेंगे—'बेचारी,...बीमार रहती है। कैसे होगी इसकी शादी!...'

उस भव्य उत्सव में क्या वह अपनी समवयस्क लड़कियों की तरह ललक-भरी हो सकेगी? क्या साली की तरह हँसी-मज़ाक कर सकेगी? और जितने लोग आएँगे शादी में, क्या सबको पता नहीं चल जाएगा...मुक्ता सदारोगिणी है। इसी से ब्याह नहीं हुआ। तब क्या महमूद अपनी रेशमी निगाह वापस नहीं लौटा लेगा? तब क्या आँखों में उगे काँटे उसे नहीं चुभेंगे?

अकेली सोचती रहती है यह सब और बार-बार हेमिंग्वे की किताब कहीं से भी खोलकर पढ़ने लगती है।

अवश और पतिता

आज भी।

आकाश काले बादलों से घिर जाए, तेज़ हवा चलने लगे तो जया झटपट ट्रंक खोलकर सबके स्वेटर निकाल बैठती। सारा घर बचाव का बाना पहने नज़र आने लगता है। और नन्हा पिंकी, वह तो सरापा ऊन की बुनावट में—जुराबें, पुलोवर, गुलूबन्द और टोपी। फिर भी जया उसके प्रति शंकित-सी रहती है।

बादल घिरते हैं तो बिजली भी कड़कती है, गरज होती है और उसका जी धक्क से रह जाता है। पिंकी को कसकर चिपका लेती है। उसकी नज़रें आँगन-दालान में रखे किसी सम्भावित काँसे के बरतन को ढूँढ़ती हैं। काँसे पर बिजली गिर जाती है—कोई बरतन रखा हो तो वह घर सिर पर उठा लेती है।

बड़ी-बड़ी बूँदें गिरें तो आँखों के आईने उदास हो जाते हैं। कोई आने वाला होगा तो कैसे पहुँच पाएगा? कैसे सहेगा इस मार को? रास्ते में ही रुक जाएगा—बहुत उदास हो उठती है जया। स्वभाव बन गया है, नहीं तो अब कोई आने वाला बचा नहीं है। आएगा तो बिना पानी बरसे भी उसे असहनीय बौछार सहनी पड़ेगी।

जया को लगता है कोई उपहास-भरे स्वर में कह उठेगा, "अरे इस उमस-भरे महीने में ज़रा-सी राहत मिली तो स्वेटर क्यों चढ़ा लिए हैं सबने? हद है साहब नज़ाकत की भी!"

और वह भवों पर बल डालकर कहेगी, "खुद तो लापरवाही से घूम रहे हैं और दूसरों को भी बीमार देखना चाहते हैं। हवा लग गई तो क्या होगा?"

फिर कोई उस घटाटोप अँधेरे में उसे एकान्त में पाकर स्वेटर की सतह पर

मानो रोएँ सहलाता धीमे से पूछेगा, "क्यों बहुत ठंड लगती है तुम्हें ?"

हल्की उष्ण तरंग के गुज़रने की सिहरन से किंचित् विचलित स्वर में वह हामी भरेगी, "हाँ, ठण्ड बहुत लगती है।"

उसके बहुत करीब आने की राह बिजली के चमक जाने से बहुत छोटी हो जाएगी और...फिर वह पूछेगा, "अब भी ठंड लग रही है ?"

"हाँ...अब भी ?"...करीब आती हुई मन्दी आँच और फिर अधरों से होकर ताप का चढ़ना।

दरवाज़ा नहीं बन्द करती वह। मगर क्या महज़ दरवाज़ों का खुला होना, किसी के आने की सम्भावना बन सकता है ?

शिरीष का ध्यान आते ही जया को पागल माँ की याद आ जाती है। पागल माँ को देखकर शिरीष की याद आती है।

पागल माँ। माँ—पागल!

लोग कहते हैं कि चौधरी की बहू चाँद का टुकड़ा थी। रूप ही नहीं रोशनी भी थी। नयन जुड़ जाते थे। देखते तो देखते चले जाते।

जया ने वह रूप नहीं देखा, वह चाँदनी नहीं देखी। उसने शुरू से ही माँ को कमरे में ताला-बन्द देखा है। सिर में छोटे-छोटे बाल, सफ़ेद धोती और निर्मल चेहरा। धीरे-धीरे हिलते हुए, लगातार हिलते हुए होंठ और मोतियों की पाँतें। लगता है, कुछ बोल रही हैं, लगातार बोल रही हैं। क्या बोलती हैं, कभी सुनाई नहीं दिया।

माँ को इससे ज़्यादा नहीं जाना। कभी-कभी दरवाज़ा खुला पाकर वह निकल गई है। ज़्यादा दूर नहीं जाती। नि:शब्द बोलती हुई सड़क किनारे जाकर खड़ी हो गई है। तब तक बाबूजी ले आने पहुँच जाते हैं। एक बार कहना काफ़ी है—वह लौट आती हैं। लोग उन्हें लाख पागल कहें, भले ही बच्चों को वह न पहचानें, परन्तु बाबूजी को सामने पाते ही उनका आँचल सिर के ऊपर पहुँच जाता है।

जया को उस दिन लगा था कि वह पागल हो जाएगी। या फिर शिरीष ज़रूर पगला जाएगा। ऐसा कुछ हुआ नहीं।

विभा की शादी के रोज़ ही शिरीष पर दीवानापन छा गया था।

घण्टों दोनों कहीं बैठे भावी सपनों के अक्स उतारा करते।—नहीं ऐसा होगा, नहीं-नहीं यह होगा। जया बेसुध होकर झगड़ने लगती, फिर रूठ जाती।

मनाना होता और बहुत-सा सुख यूँ ही मिल जाता। शादी उन लोगों के दिमाग में बैठ गई। शिरीष की नौकरी कहीं लग जाए, बस—एक दिन के लिए भी जुदा नहीं रहेंगे।

माँ हमेशा की तरह खुली खिड़की पर खड़ी होतीं और वे दोनों जाने किन-किन ख़याली मंज़िलों को पार करके लौट रहे होते। शिरीष उन्हें देखकर गम्भीर हो जाता। पूछता, "एक बात बताओ, माँ कैसे पागल हो गईं?"

और वह उदास हो जाती। उदास माने चुप।

बाबूजी का देर से लौटने का क्रम था। क्लब में रात दस बजे तक बैठना उनके लिए एक लाज़मी बात थी। व्यसन था, नशा था, आदत थी। घर में क्या हो रहा है, क्यों हो रहा है—से उन्हें मतलब कम ही रहता था। सुधीर और अधीर दो-दो साल एक ही क्लास में फ़ेल होते, मगर कोई पूछने वाला न था। विभा थोड़ा-बहुत देखती भी थी, सो वह विदा हो गई। जया को सपने देखने से अवकाश नहीं मिलता था।

लोग कहते थे, "चौधरी की बहू राह देखते-देखते पागल हो गई...शुरू से ही वह देर रात गए आते थे। पाकिस्तान बनने के दिन थे। भयातुर पत्नी चारों तरफ़ से खिड़की-दरवाज़े बन्द करके, इसी खिड़की की दराज़ से पति की राह देखा करती। चैन न पड़ता तो बच्ची को पालने में छुपाकर सड़क तक हो आती। दंगे-फसाद के दिन थे, आशंका से कलेजा फटा पड़ता था। राह देखने के सिवा कोई चारा न था। सो, कहते हैं वह राह देखते-देखते एक दिन पथरा गई। पिघलाया गया तो गल गई। फिर बन न सकी।"

मगर बाबूजी कहते हैं, "इसे खानदानी पागलपन का शिकार होना पड़ा है। मुझे धोखे से नीमपागलों के खानदान की लड़की ब्याह दी गई।"

यही बात तो शिरीष के घरवालों ने कही। उसके दिमाग में बिठा दी तो उसने भी कही। खुलेआम कही।

शिरीष नौकरी करने के बाद कुछ बदला। फिर बदलता ही गया। उसके मन में यह साँप कुण्डली मारकर बैठ गया कि पागल माँ की लड़की भी...। खानदानी पागल माँ की लड़की!

जया ने कानों सुनकर नहीं माना था। बाबूजी ने लौटकर बताया तो वह अंगारों पर बिछ गई। उसे चैन नहीं, ज्वाला-सी धधकने लगी मन में। मान-अपमान को भूलकर शिरीष के पास गई। उसके मुँह से सुना तो उसे लगा वह

उसी क्षण पागल हो जाएगी। नीमपागल।

बाद में उसे लगा, वह तो शुरू से ही पागल रही है। उसे फिर से पागल होने की ज़रूरत क्या?

बाबूजी कहते, "अरे शर्मा के लड़के को इतना घमण्ड! देखता नहीं, विभा को कितना सुन्दर वर मिला है। तेरे लिए भी ऐसा ही रूपवान दूल्हा खोजूँगा छोटी। तू दिल छोटा मत कर। मुझे गरीब दामाद मंजूर है, कुरूप नहीं। अपना गौतम देखो, लाखों में एक है।"

जया सोचती है, 'मेरी माँ पागल नहीं होती तो उसे कितना सहना पड़ता! सह न पाती तो पागल हो जाती। न माँ ने मुझे सहा, न मैंने माँ को।

'बाबूजी ने सबको सह लिया है। पहले माँ को फिर मुझे। गौतम को भी। किस खूबी से सहा है! उफ़ तक नहीं की। पहले से कुछ ज़्यादा पत्थर हो गए हैं, परन्तु पत्थर तो पत्थर ही होता है।

'शिरीष की थ्योरी फ़ेल हो गई। मैं पागल नहीं हुई। देखो न, कैसे गौतम का घर छोड़कर चली आई। कैसे पिंकी को पाल रही हूँ—सबको सहते हुए। लोक-लाज, मर्यादा, इज़्ज़त, स्वतंत्रता—इन सबकी अनुपस्थिति सहते हुए। बाहर निकलती हूँ तो लोगों की आँखों में से, साही के बदन जैसे काँटे छूटने लगते हैं। कुलटा, दुश्चरित्रा, जाने क्या-क्या समझी जाती हूँ। लोग यहाँ तक कि "चलती है", कह देते हैं। चलती तो हूँ ही। कोऑपरेटिव वाले शर्मा जी नहीं तो हमारे यहाँ क्यों आया करते? क्यों बाबूजी को "लोन" दिलवाते? क्यों पिंकी के लिए कुछ-न-कुछ लाया करते?

'सुधीर-अधीर पिटे हुए लड़के हैं। खस्ताहाल बने रहते हैं। उन्हें किन-किन वजहों से हेय समझा जाता है, सहपाठियों द्वारा और शिक्षकों द्वारा, मैं जानती हूँ। उनकी प्रतिरोधक शक्ति अभी से खत्म हो गई है। कोई कुछ कहे, सिर झुकाये चले आते हैं। पिंकी को कभी भूलकर भी नहीं खिलाया उन्होंने। वह क्या खिलाते, मैं ही उनके हाथों से बचाए रखती हूँ। क्या पता सारी ज़लालत का बदला वे लोग उस नन्ही जान से लेने लगें। अकेले में उसकी गर्दन ही मरोड़ डालें।—यही डर शुरू में कुछ-कुछ बाबूजी से लगा था। नशे में आदमी कुछ भी कर सकता है। ओह गौतम, उस अधम पुरुष से इसे बचाकर रखने के लिए क्या कुछ नहीं करना पड़ा है। बिना कहीं गए लगातार बैठी रही हूँ उसके घर—तब कहीं बचा पाई हूँ पिंकी को। दरअसल गौतम ने ही मेरे मन में वहम

बो दिया, नहीं तो भाई-बापों पर इतना अविश्वास मुझे कभी नहीं था।

'वही गौतम बबली को सीने से लगाए घूमता होगा। विभा के ज़ख्म भर गए होंगे। अभागा है तो यही है—पिंकी। उसके रिश्ते का हर आदमी उसके लहू का प्यासा है।

'रिश्ते! क्या होते हैं रिश्ते! विभा ने ज़रा भी माया-ममता दिखाई! जब तक वहाँ रही कैसी आग-सी जलती रही उसके दिल में! उसने क्या नहीं किया मेरे साथ? मुँह पर थूका, चप्पलों से पीटा, कपड़े धोने के डण्डे से मारा, बाल पकड़कर घसीटा। दरवाज़े से बाहर धकिया दिया, मुँह नोंच लिया।—ठीक है, ठीक किया, मगर रख नहीं सकी। सगी बहन भी सौत के रूप में राक्षसी ही नज़र आती है।

'रोज़ रात को कोहराम मचता था। वह कहती थी—"छोटी, मैं तेरा खून पियूँ तो चैन मिले। बदज़ात! मेरी ही गृहस्थी उजाड़नी थी तुझे?"—मैं चाहती थी, उससे कहूँ, "अपने पति से तो पूछो। क्या पूरी ज़िम्मेदारी मेरी है? इस नरपिशाच की आग नहीं बुझाई मैंने?"

~

पिंकी को देखकर पागल माँ की आँखों में बसी चमक आर्द्र हो उठती है। उनके बाजू भले ही लटके रहें, परन्तु लगता है जैसे गोद में लेने के लिए खिड़की से बाहर हाथ बढ़ा दिए हों। जया पछतावे की तरह सोचती है, 'काश! माँ पागल नहीं होती। वह पाप-पंक में उत्पन्न न हुआ होता। कोई शिरीष इसका पिता हुआ होता, तब! तब क्या होता,' यह बड़े धुँधलकों में खोया हुआ दृश्य-चित्र होता है।

पिंकी को लेकर वह बरामदे में होती है, तो माँ का बुदबुदाता हुआ गौर मुख चौखट से सट जाता है। वह सिर्फ़ देखती है, उसके पास कर्म के नाम पर देखना ही है।...जब जया ने लौटते ही उल्टियाँ करनी शुरू कर दी थीं तब से लेकर उसके पेट के बेतरह गोलाकार बढ़ आने तक तो माँ ने चौखट के फ्रेम में जड़े रहकर देखा ही है। ज़रा भी उत्तेजना नहीं, विरक्ति नहीं, प्रश्नाकुलता नहीं। सिर्फ़ एक मृदुल दृष्टि और बुदबुदाहट।

दोबारा जब उदयपुर से गोद में बच्चा लेकर वह लौट आई तब उसकी विकरालता को देखकर बाबूजी तक सहम गए थे—घोर अभाग्य के लेख वाला

उसका सिलवटों से भरा माथा देखकर। कुछ पूछा तक नहीं उन्होंने।

माँ एकदम उसे रिक्शे से उतरते देख रही थीं।

कुछ दिन बाद बाबूजी बहुत लाल-पीले हुए थे। गौतम पर गुज़ारे-खर्च का दावा करने की बात कर रहे थे। मगर दिल में शायद जानते थे कि चील के घोंसले में माँस कहाँ!

जया को ज़रा भी सहानुभूति उनसे नहीं होती। वह चाहती थी कि जब सब कुछ पता लगा था, पहली बार, तब से नाराज़ होते। गौतम के खून के प्यासे हो जाते। उस पर केस करते, उसे सज़ा करवाते—कुछ भी करते। लेकिन नहीं, तब तो सोचा होगा कि पिंड छूटा। दोनों एक ही ब्याह के खर्च में दफ़ा हुईं। ऊपरी दिखावा भी नहीं किया था उन्होंने।

जाने कौन-कौन-से शास्त्रोक्त प्रमाण ढूँढ़कर उस विवाह का औचित्य मान लिया गया था। जया को तो होश था नहीं, जैसा कहते गए वह करती गई। उदयपुर के ही एक मन्दिर में ब्याह का नाटक रचा दिया गया।

गौतम के साथ उसने भी सात फेरे लिए।

चौदह फेरे कर चुका वह पुरुष उसे घर ले गया, जहाँ उसकी बड़ी बहन गोद में बच्ची लिए आँगन में बैठी खून के आँसू रो रही थी।

उनके गृह-प्रवेश करते ही विभा ने अपनी छाती पर ज़ोरों से दोहत्थड़ मारा और आर्त्तनाद करके लुढ़क गई।

अनहोनी, सन्ताप और दुर्भाग्य की ग्रहण-छाया वाले उस रोज़—मिलन-रात्रि को नववधू के प्रसव-पीड़ा उठी और देखते-ही-देखते वह जल बिन मछली की तरह तड़पने लगी।

~

शिरीष के एक ही झटके से सारे सूत्र छिन्न-भिन्न कर लेने से उसके जीवन में रिक्तता पैदा हो गई थी। वह ज़्यादा दुखी अपनी देह से हुई। शिरीष बराबर उसकी देह तक आता रहा था। वह आना यद्यपि स्पर्श और रोमांच तक ही था, तथापि अपने-आपमें उस कुँवारी कन्या के लिए बहुत कुछ था। उसके हट जाने से देह की छायाएँ सूर्यास्त के समय बहुत लम्बी होकर पड़ने लगी थीं। जया इस बेचैन छटपटाहट को सह नहीं पा रही थी। तरह-तरह से उसने अपने-आपको समाझना चाहा, मगर वह शान्त नहीं हो सकी।

कई बार बहुत व्याकुल होकर उसने सोचा कि शिरीष के पास उन्मत्त आँधी की तरह द्रुत गति से पहुँच जाए और उसे उड़ाकर रख दे। उसे सब कुछ देकर उससे वह सान्निध्य माँग ले जिसके सहारे वह अपने घर के जमी हुई झील जैसे माहौल को तोड़ सके। नियति के क्रूर पर्दों पर छायाकृति के रूप में उतरने से बच सके।

कई बार दुस्साहस ठानकर आधे रास्ते गई भी, मगर लौट आई। उसे लगने लगा कि पागल माँ की तरह उसे भी एक तालाबन्द कमरे में कैद कर दिया गया है।

तभी विभा के लगातार पत्र आए। एक हफ़्ते के फ़र्क से छोड़े गए पत्र एक साथ ही मिले। वह माँ बनने वाली थी और अपने घर में अकेली औरत थी। उसने जया को बुलाया था—साग्रह। प्रसूति-काल में घर सँभालने और देख-भाल के लिए।—जया को बड़ी राहत मिली। वह तो किसी तरह भी कहीं बाहर जाने को छटपटा रही थी कि...। वह तुरन्त तैयार हो गई।

बाबूजी के सिर पर एक और बोझ आ पड़ा। उसके जाने के खर्च का इन्तज़ाम। जैसे-तैसे करके बेटी के नाम पर कहीं से रुपये उधार लाए।

जया बहुत प्रफुल्लित थी। पहली बार घर से बाहर जा रही थी, वह भी उदयपुर जैसे दर्शनीय स्थान को। वह भी दो-तीन महीने के लिए। शिरीष से दूर, उसके शहर से दूर—पागल माँ से दूर, बिगड़े हुए दो भाइयों से दूर और घर को बेघर बनाए रहने वाले बाबूजी से दूर।

जाने वाले दिन से पहली रात को जाने कब तक जागकर उसने शिरीष के नाम एक पत्र लिखा। लम्बा पत्र। दिल खोलकर लिखा—गिले-शिकवे, लानत-मलामत सब कुछ लिखा। उसकी बेवफ़ाई और तोताचश्म फितरत का खुलासा किया। लिखा, 'अब हमेशा-हमेशा के लिए जा रही हूँ। आदमी हो तो याद रखना, एक मासूम लड़की के साथ इस तरह खेल न खेलना।'

दूसरे दिन सुबह वह पत्र भेजने की व्यवस्था कर रही थी कि डाक से विभा का एक और पत्र आ पहुँचा। उसमें उसके पूर्व पत्रों के अनुत्तरित रह जाने के प्रति आक्रोश तो था ही, यह भी कि यदि जया न आ सकने की स्थिति में हो तो लिखे वह स्वयं वहाँ से आ जाएगी।

शाम को जया गाड़ी में बिठा दी गई।

उदयपुर पहुँचकर उसे लगा, वह अपनी मनोस्थिति के हिसाब से सही जगह पर आ गई है। बहन के घर तक के रास्ते में उसने शहर की पहली झलक देखी और खिल उठी। कितना जुदा और आकर्षक था यह शहर उसके अपने शहर से, जिसमें शिरीष जैसे लोग रहते थे।

उसे घर पहुँचकर पता चला कि विभा उसके न आने से निराश होकर पिछली रात की गाड़ी से मायके के लिए रवाना हो गई थी। वह हक्की-बक्की-सी खड़ी रह गई। खासा लम्बा सफ़र और लम्बी योजना तय करके वह अपनी मंज़िल पर पहुँची तो लगा बैरंग वापसी स्वागत के लिए मुँह बाए खड़ी है।

गौतम ने उसे तसल्ली दी, ''जो हुआ सो हुआ, अब मुँह-हाथ धोकर नाश्ता करो। आ गई हो तो कोई उल्टे पाँव थोड़े ही लौट जाओगी। यह भी तुम्हारा घर है, दीदी न हुई तो क्या हुआ, मैं तो हूँ।''

वह संकोच में पड़ गई। गौतम ने सामान उठाकर अन्दर रखा और साली के नाश्ते का इन्तज़ाम करने में जुट गया।

चाय पीकर कुछ देर बातें होती रहीं, फिर वह थोड़ा-सा आराम करने की गरज़ से जो लेटी तो रात को नौ बजे उसकी आँख खुली। गौतम ने खाना बना लिया था और थाली लेकर सिरहाने खड़ा था। उसे बड़ी लज्जा आई। वह तो उन लोगों की सेवा-सुश्रूषा करने आई थी, उल्टे जीजा को उसके लिए खाना बनाकर लाना पड़ा!

दोनों ने खाना खाया। गौतम जितना प्रियदर्शी था उतना ही प्रियभाषी भी। उसने छोटी-सी बातचीत में ही साली का मन जीत लिया। उसने ज़ोर देकर कहा, वह कम-से-कम एक महीना वहाँ रुके ताकि उदयपुर अच्छी तरह से घूम-फिर ले और अपने जीजा के लिए खाना भी बना दिया करे। उसने ही तय कर दिया कि घर चिट्ठी लिख दी जाएगी, चिन्ता करने की कोई बात नहीं है।

जीजा के घर में एक ही कमरा था। छोटा-सा आँगन था और खुली हुई रसोई। रात को वह अन्दर सोई। गौतम बाहर आँगन में पड़ रहा। वह दिन में खूब सोई थी, अतः उसे बहुत देर तक नींद नहीं आई। उठकर कमरे का निरीक्षण करने लगी—कोई पत्रिका या पुस्तक ही मिल जाए। कुछ ऐसा नहीं मिला। गौतम के कपड़े और उसकी कुछ तस्वीरें दीवार पर टँगी थीं। मेज़ पर कुछ चिट्ठियाँ थीं। उसका मन नहीं माना। दराज़ खोलकर देखा—बड़ी झेंप हुई। झट से दराज़ बन्द कर दी। उसका मन उचट-सा गया। पति-पत्नी की

दुनिया भी क्या होती है। पूर्ण स्वतन्त्रता होती है सम्बन्धों की, परन्तु फिर भी बचाव रखने होते हैं। उसने दरवाज़े से कान सटाकर सुना—गौतम खर्राटे भर रहा था। दबे पाँव वह फिर दराज़ तक गई—देखने। एकाएक कुतूहल जाग उठा था उसमें। पहले कुछ देर तक नर्वस खड़ी रही, फिर देख ही लिया उसने।

उस रात जाने कब उसकी आँख लगी।

~

जया ने बचपन में दो पैसे में बायस्कोप का तमाशा बहुत देखा था। बायस्कोप वाला रनिंग कमेण्ट्री के साथ चित्रों की चरखी घुमाता जाता था। उसे शीशे से झलकते रंगीन लुभावने दृश्य देखते रहना बहुत भाता था। करीब-करीब वैसा ही खेल गौतम ने उसे उदयपुर दिखाते हुए दिखाया। क्या शहर था कि एक-एक दृश्य ट्रान्सपेरेन्सी की तरह आँखों में अटक जाता था। साथ में गौतम जैसा वाक्पटु गाइड। उसका मन वहाँ रम गया। दिन में गौतम नौकरी पर रहता था और वह उसके कमरे का इंच-इंच टटोला करती। उसने पति-पत्नी के सारे उपलब्ध पत्र पढ़ डाले, उनके कपड़े और साज़ो-सामान का विश्लेषण कर डाला और इस निष्कर्ष पर पहुँची कि औरत-मर्द का यह साथ बड़ा ही सुखद और स्वर्गीय होता है—आनन्द और आह्लाद की ऊँचाइयों और नाज़ुक संवेदनाओं की गहराइयों तक बसा हुआ।

जाने कैसे गौतम की नज़र मेज़ की दराज़ में रखी सामग्री पर आलोचनात्मक दृष्टि से पड़ी कि उसने सब कुछ साफ़ कर डाला। शायद फेंक दिया। जया तो रोज़ देखती थी, उसे एकदम पता चल गया। उसके मन में कुछ अफ़सोस-सा हुआ। जाने क्यों!

उधर विभा और बाबूजी के पत्र एक साथ आए। दोनों में एक ही बात थी—जया वहाँ महीने-भर रहे और अपने जीजा के खाने-पकाने की व्यवस्था करती रहे।—उसने छुटकारे की साँस ली। उस दिन जितना बेहतरीन खाना बना सकती थी, उसने बनाया और गौतम के लौटने की प्रतीक्षा करने लगी। वह लौटकर आया और पत्रों को पढ़कर बहुत सन्तुष्ट हुआ। उस दिन पिक्चर का प्रोग्राम बना।

नाइट-शो। जाने कहाँ-कहाँ के लफंगे पिक्चरहॉल में इकट्ठे थे। टिकट लेने के लिए लम्बी लाइन लगी थी। जया टिकट लेने के लिए स्त्रियों को प्रदत्त

सुविधा का प्रयोग करने बढ़ी, यानी बगैर लाइन में लगे, तो किसी शोहदे ने फिकरा कसा। चुभता हुआ एक जुमला—और अगले ही क्षण गौतम उस छोकरे को कॉलर पकड़कर लाइन से बाहर ले आया। बड़ी बमचख मची। खासी धुनाई कर दी गौतम ने उसकी। जया डर के मारे टिकट लेना भूल गई। चिल्लाकर उसे मना करने लगी, मगर वह हिंस्र हो उठा था। कोई भी आदमी बीच में नहीं पड़ा। बल्कि इज़्ज़त से देख रहे थे लोग उसे।

टिकट लेकर वे अन्दर चले तो जया को मन-ही-मन उस पर गर्व अनुभव हो रहा था। 'शिरीष होता तो पिट जाता'—उसने सोचा। राह चलते गौतम की बाँह सहलाकर उसने पूछा, "आपको लगी तो नहीं?" प्रत्युत्तर में वह हँस दिया। जया का जी कर रहा था कि उसके सीने पर सिर टिकाकर रुआँसे स्वर में कहे, 'आपको कुछ हो जाता तो क्या होता! क्यों लड़े आप (मेरे लिए)?'

शो छूटने पर बाहर निकले तो बारिश हो रही थी। जया को बारिश की ठंडी हवा कँपकँपा गई। उसे याद आया—वह स्वेटर लाना भूल गई थी। भीगते हुए घर पहुँचे दोनों!

"आप अन्दर ही सोइए। ऐसी बारिश में बाहर कहाँ पड़े रहेंगे!" उसने साधिकार कहा। वर्षा से होने वाली संवदेना से तो वह काँप ही रही थी, कुछ अतिरिक्त संवेदना भी थी। बहुत कहने-सुनने पर गौतम झिझकते हुए अन्दर आया।

अँधेरे में दो कतई मिली हुई (सिन्क्रोनाइज़्ड) घड़ियों की तरह टिक-टिक करते वे दोनों करवटें बदल रहे थे। जाने कितना समय धड़कते हुए बीत गया। इस बीतने का पल-पल रोमांचकारी था। नसों को और अन्ततोगत्वा पूरी दैहिक चेतना को झनझना देने वाला। वे तेज़ी से कल्पना कर रहे थे और कलप रहे थे।

जाने कब अँधेरे में वह पुरुषाकृति किसी मौन रहस्यमय आमन्त्रण को स्वीकार कर उठी और अपना ध्रुव खोजती-सी बराबर सही दिशा में चली। कण-कण चुम्बक हो जाता है, ऐसा अनुभव उन्हें हुआ।

एक समूचे स्वप्न के घटित हो जाने के बाद पुरुष को स्मरण हो आया कि उसने सुरक्षा-कवच नहीं धारण किया था। क्या हो सकता है—उसने सोचा, वह तो फेंक दिया गया है। यह सोचना टिका नहीं।

शुष्क से दीखने वाले जीवन में इतना सुख छिपा है! सहज। जया ने चरम

सुख को उपलब्धि माना। उसकी आवृत्ति को प्रवृत्ति के रूप में लिया। बिना किसी हिचक के, बिना किसी पाप-भावना के। शिरीष, पागल माँ और निष्क्रिय बाबूजी ने उसे जितनी निरर्थकता दी थी, उसके खुद के स्वीकार्य-विशेष ने उसे उतनी ही, बल्कि अधिक सार्थकता और सुखद अनुभूति प्रदान की।

पुरुष और नारी प्रकृत और सहज हो जाने पर कितने सुखी हो जाते हैं, कितना रम जाते हैं! जया को दो महीने से ऊपर बीते वहाँ रहते हुए, मगर एक बार भी उसे वापसी की चाह नहीं हो सकी।

लौटना उसे पड़ा ही, विभा का प्रसव-काल समीप था। तार द्वारा उसे बुलाया गया था। गौतम उसे लेकर रवाना हुआ।

विभा के एक लड़की हुई, प्यारी-सी—बबली। उधर जया कुछ उखड़ी-उखड़ी लगी। तबीयत खराब-सी। विभा और गौतम के जाते ही उसे उल्टियाँ होने लगीं। बहुत ज़ोर रहा तो डॉक्टर को दिखाया गया। रहस्योद्‌घाटन हुआ—वह गर्भवती थी। होते-होते पाँच-छह महीने हो चुके थे। कोई चारा न पाकर बाबूजी ने गौतम को पत्र लिखा। उसने लौटती डाक से छुटकारा लेने की सलाह दी, साथ ही जुर्म का इकबाल किया। लिखा, ''आप चाहें तो मैं इसका पूरा खर्च उठाने को तैयार हूँ—किसी तरह स्थिति को बिगड़ने से बचाइए।'' बचाया न जा सका। कुछ डर से और कुछ जया की छुटकारे के प्रति अनिच्छा के कारण।

आखिर ऐन मौके पर बाबूजी उसे उसी हालत में लेकर उदयपुर गए, क्योंकि पूरे शहर में बदनामी फैल गई। उनका जीना दूभर हो जाता। जया का तो बाहर निकलना मुश्किल हो गया था। लोग ऐसे जिज्ञासु कि घर आ-आकर पूछें। लड़ें भी तो किस-किस से और किस भरोसे, किस बात पर? सच तो सच।

पागल माँ के अलावा बाकी सब लोगों की खा जाने वाली निगाहों का सामना करते-करते जया को यकीन होने लगा कि बाहर, समाज की अदालत में बिना उसका बयान सुने एकतरफ़ा फ़ैसला दे दिया गया है—उसको सज़ा के तौर पर उम्र-कैद।

जो कुछ हालत थी कैद से भी बदतर थी। खुली हवा को मन तरस-तरस जाता। शिरीष ने भी उसके पत्र के बदले में ऐसा निष्ठुरतापूर्ण पत्र भेजा कि उसकी आँखों से आँसू गिरने लगे।

'इससे बेहतर तो यही है कि गौतम की कैद में रहूँ!' उसने सोचा और आखिरी वक्त में वे लोग उदयपुर पहुँचे। अकस्मात्। विभा को अभी तक कुछ

भी पता नहीं था। वह तो जैसे आसमान से गिरी। गौतम बुत बन गया था। दो-तीन रोज़ की खींचा-खींची के बाद वह विवाह के लिए तैयार हो गया।

निहायत सादगी से वह विवाह हुआ। गौतम के उत्तरीय में एक आँचल की गाँठ के पास ही दूसरी गाँठ लग गई।

और जया, हारे को हरिनाम!

शादी से अगली रात को घण्टों छटपटाने के बाद उसने एक बेहद गुलाबी रंग के बच्चे को जन्म दिया। खुद ही उसका नाम रखा—पिंकी।

~

द्वन्द्वात्मक दाम्पत्य, वह भी कितने दिनों का!

एक कमरा, एक पुरुष, दो स्त्रियाँ और दो बच्चे। सब एक-दूसरे को सह रहे थे। आमदनी सीमित थी, गौतम इस बोझ को उठाने में जल्दी ही अपने-आपको असमर्थ पाने लगा। फिर भी कुछ दिन चुप रहा। परन्तु विभा ने एक क्षण भी नहीं खोया। कलह और वैषम्य की प्रतिमूर्ति बनी वह दिन-रात विष बुझे बाण छोड़ा करती। उसके दिल में हाय बैठ गई थी। उसे शक था कि छोटी ने ईर्ष्यावश उसका हँसता-खेलता घर उजाड़ने की ठानी है। यह भी कि वह ज़्यादा दिनों तक जवान और ताज़ा बनी रहेगी।

न वह खाती, न किसी को खाने देती। न बोलती ठीक से, न बोलने देती। हँसना तो खैर गुनाह हो गया था। जया पहले तो धीरज धरे बादलों के बरस कर खाली होने की प्रतीक्षा करती रही, फिर जब गले तक पानी चढ़ गया तब उसने भी कटुता का प्रयोग करना शुरू किया।

इस बवाल से तंग आकर गौतम ने तार देकर अपने ससुर को बुलाया और सबके सामने कहा, ''मेरी आमदनी है कम और घर भी एक कमरे का है। मैं एक वक्त में एक स्त्री को साथ रख सकता हूँ। अब यह आप तय कर दें कि किस तरह से एक-एक करके ये रहेंगी।''

उसने सुझाव भी दिया की पहले छह महीने एक रह जाए, फिर छह महीने दूसरी। यह सुनते ही विभा जलती हुई होली बन गई। उसने ऐसी जली-कटी सुनाई कि सबके छक्के छूट गए।

तब जया ने दृढ़ स्वर में कहा, ''मैं जा रही हूँ, और कभी भी इस घर में कदम नहीं रखूँगी। चलो बाबूजी, गुज़ारे लायक मैं बच्चों को पढ़ा-कर या

सी-बुनकर या भले ही चौका-बर्तन करके कमा ही लूँगी। मुझे ले चलो।''

वह वहाँ से चली आई। गौतम साँप-सूँघे आदमी की तरह डरा हुआ-सा प्रतिक्रियाहीन होकर बैठा रहा। एक बार को भी नहीं कहा—रुकने को या लौटकर आने को। न ही स्टेशन तक छोड़ने आया।

कुछ दिनों बाद विभा का पत्र आया, 'देख छोटी! मैंने बड़ी मुश्किल से यहाँ सब कुछ ठीक किया है। एक बार तो तू ने गलती की, अब ऐसा नहीं करना। यहाँ आई तो हम सबकी ज़िन्दगी तबाह होकर ही रहेगी।'

स्कूल में नौकरी पाने के लिए बहुत कोशिश की उसने। लेकिन शिक्षिका के रूप में उसका चरित्र कसौटी पर खरा नहीं उतर सकता था। कढ़ाई-सिलाई की क्लास चलानी चाही तो कोई लड़की नहीं आई। आखिर एक मुल्ला जी के नाम से जाने जाने वाले उदार हृदय दर्ज़ी ने उसे काम देना शुरू किया, ज़नाने कपड़ों का। महीने में तीस-चालीस से ज़्यादा का काम मिल नहीं पाता है।

उधर सुधीर-अधीर दोनों फ़ेल होने के डर से बम्बई भाग गए। वहाँ पहुँचते-पहुँचते पैसे चुक गए तो शायद भीख माँगने तक पर उतर आए। किसी भले आदमी ने सूचना भेजी। रातोंरात रुपयों का प्रबन्ध करके बाबूजी लेने गए और यह प्रबन्ध उसे बहुत नागवार गुज़रा।

कोऑपरेटिव वाले शर्मा जी ने रुपये बिना सूद के दिए और दूसरे दिन से आना-जाना शुरू कर दिया। बाबूजी बम्बई गए थे, वह प्रायः अकेली ही थी—शर्मा जी ने बहुत दुखी किया उसे। मगर एहसान जो था।

बाबूजी लौटे तो उसने शिकायत की। शिकायत सुनकर उन्होंने ऐसा मुँह बनाया कि—बेटी, मेरे पास भी शिकायत के कितने ही मौके थे। मैंने कभी की? फिर शर्मा तो...

उसका मन किया कि वह अपने को पागल माँ वाले कमरे में बन्द कर ले और फिर कभी बाहर न निकले। पिंकी उसके सामने प्रश्न-चिह्न बनकर आ खड़ा हुआ।

हारकर गौतम को एक पत्र लिखा उसने। काफ़ी द्रावक किस्म की भाषा वाला खत। महीनों प्रतीक्षा करने पर भी उत्तर नहीं मिला।

साल बीत गए हैं, देखते-देखते। पिंकी चलने लगा है, कुछ-न-कुछ बोलता भी है। मुल्ला जी दुकान बन्द करके कहीं चले गए हैं; वह सहारा भी गया। उसकी यन्त्रणा का कोई अन्त नहीं है। विभा ने इस ओर से आँखें मूँद ली

हैं। उसके शायद एक बच्चा और हो गया है। बीच में कोई ख़बर लाया था कि गौतम संन्यास लेने वाला है। मुश्किलों से उसे रोका गया है।

महरियों और जमादारनियों को छोड़कर वह किसी-से बात करने को तरस जाती है। लोग देखते हैं तो मानो आँखों से थूकते हैं। कभी-कभी उसे बहुत डर लगता है—कहीं पिंकी के साथ भी यही बरताव न किया जाए। राम जाने उसे स्कूल में दाखिला मिलेगा भी या नहीं।

ले-देकर एक शर्मा जी रह गए हैं, इस परिवार के मित्र! वह पहले ही बहुत बदनाम हैं, मगर फिर भी अँधेरे में ही आते हैं। उन्होंने उम्मीद दिला रखी है, कोआपरेटिव में सर्विस दिलवाने की। बाबूजी की नशाखोरी का अन्त नहीं है।

जया को यकीन होने लगा है कि पाप कुछ होता है और उसी की सज़ा वह भुगत रही है। तिरस्कृत और एकाकी, अवश और पतिता।

लेकिन बादल घिर आएं और ठंडी हवा चलने लगे तो वह जाने क्यों बदल-सी जाती है। बिलकुल नई होकर—खुले दरवाज़े से किसी की राह देखती। स्वेटर पहने हुए और सबको पहनाए हुए। शायद उसकी मूर्च्छित संवेदनाएँ जाग उठती हों।—बिजली कौंधने के साथ ही ताज़गी भरी सिहरन देह की अन्तर्यात्रा कर डालती है।

सूखे मौसम में जया वन्दिनी बनी टुकटुकाती रहती है। समय बहुत धीरे-धीरे खिसकता है ऐसे में। छाती में कचोट-सी उठती है—किसी से बोलने-बतियाने को। सिवा अल्पभाषी पिंकी के कोई फटकता नहीं।

मगर नहीं, एक नया सम्बन्ध ढूँढ़ निकाला है उसने। अब खाना देने जाती है पगली माँ को तब दरवाज़े पर रखकर ही लौट नहीं आती। बहुत देर तक अन्दर बैठी रहती है। माँ की सशक्त दृष्टि-भाषा वह समझने जो लगी है।—कोई अन्तर्यामी आकर देखे तो कहे माँ-बेटी बतिया रही हैं।

माँ की वापसी

माँ फिर आ गई है।

उसके आते ही घर का सन्नाटा फिर एक बार टूट गया है। अब यहाँ न शाम होने का पता चलेगा न रात का। जिस्मों को तोड़ती सुबह बराबर आती रहेगी। वह सुबह जिसमें मुर्दे कफ़न फाड़कर उठ बैठते हैं, फिर से ज़िन्दा हो जाते हैं।

पहले यह माँ की उपस्थिति वाली सुबहों का होना पल्लवी को बहुत डराता था। सूरज की आग में वह जल उठती थी। अन्दर-ही-अन्दर वह कराहती रही, मगर वह समूची नहीं जली। सिर्फ़ उसके पंख झुलसकर रह गए।

उसे इस बार कुछ वैसा नहीं लगा है। सिर्फ़ एक सन्तोषजनक स्थिति के टूट जाने का दुख है, एक शान्त दिनचर्या के छिन जाने का।—उसका वहम ही है। चील के घोंसले में माँस कहाँ बचता है—सन्तोष और शान्ति! इस घर की चारदीवारी में?

~

उसको पहली बार पैरों की कमज़ोरी से छुटकारा मिला। एक बहुत कम कीमत वाली चीज़ से। यानी प्लास्टिक की चप्पल उसे इतना सन्तोष दे जाएगी यह उसे खुद को भी मालूम नहीं था।

आजकल पटरी-फुटपाथ के मीना बाज़ारों में डेढ़-दो रुपये वाली प्लास्टिक की बेहतरीन लगने वाली चप्पलें चली हैं। पल्लवी ने नई चप्पलें खरीदीं—इस तरह। छात्राओं की लम्बी हड़ताल ने कॉलेज को बिल्डिंग फ़ीस लौटाने को बाध्य किया और अचानक ही उसके पास पैसे आ गए। उसने सोच रखा था—चप्पल एकदम खरीद ली। नई, अच्छी डिज़ाइन वाली और हल्की चप्पल। फालसई रंग

की—वह भी दो रुपये वाली सुपर डीलक्स। और उसकी आँखों को छुटकारा मिल गया। वरना वह हर समय अपने पैरों पर नज़र गड़ाए रखती थी। जगह-जगह से मरम्मतशुदा माँ की उतरी चप्पलों पर जिनकी पट्टी चलते-चलते कहीं भी छूट जाती थी और वह बेहद परेशान हो उठती...उसके बाद गन्तव्य-स्थल तक पहुँचना एक कला है, नहीं तकनीक है—कौशल है, जो सिर्फ़ उन्हें मालूम होता है जिनकी चप्पलें चलते-चलते, कहीं-न-कहीं से टूट जाया करती हैं और फिर मोची के पास ले जाकर दस मिनट और दस पैसे लगवाकर ही रहती हैं।

पल्लवी ने चप्पल के मामले को तूल दिया है। वह पुरानी चप्पलों की वजह से अपने आप को अभिशप्त महसूस करती रही है। हालाँकि उससे बड़े दुख सामने रहे हैं, और हैं। क्लास में, बस में और बाहर हमेशा नज़रों के डंक उसके पाँवों पर चुभते रहे हैं। भद्दी और बदशक्ल चप्पलों की वजह से।

वापस की गई बिल्डिंग फ़ीस उसे एक और बड़ा सुख दे गई। उसने अकेले फ़िल्म देख ली। उस फ़िल्म की इतनी चर्चा थी और इतने अरसे से थी कि सुन-सुनकर ही उसने अपनी कल्पना में पूरी फ़िल्म देख डाली थी। ऐसे में जबकि आपके पास किसी चीज़ के बारे में भरी-पूरी कल्पना हो तो उसे प्रत्यक्ष देखने में एक दिलचस्प अनुभव होता है। उस फ़िल्म का एक-एक गाना वह सैकड़ों बार सुन चुकी थी, रेडियो और गाहे-बगाहे बजने वाले ध्वनि-विस्तारक यन्त्रों पर—लड़कियों से। यहाँ तक कि अपने आप से भी, कई बार में।

प्लास्टिक की चप्पलें मानो साँचे में ढालकर बनाई गई हों—एक भी जोड़ नहीं दीखता। जोड़-तोड़ की आदी पल्लवी के पाँवों को समूचापन मिल गया। उसकी अपनी नज़र को भला लगने वाला।—वह बहु प्रतीक्षित फ़िल्म भी देखी, बिना किसी के साथ गए। बहुत अच्छा लगा। सबसे बड़ी बात तो यह, कि घर में, उसकी बहनों के फिर से पंख उग आने के कारण, एक असामान्य शान्ति फैली हुई थी।

बापी एण्ड कम्पनी की जुए वाली फड़ जाने क्यों स्थायी रूप से नटराजन के यहाँ उठ गई थी। बरसों पुरानी फड़-कालोनी की मशहूर फड़। इस फड़ पर इस घर के तमाम असबाब दाँव पर चल चुके हैं। यहाँ जीती हुई चीज़ कोई अपने घर नहीं ले जाता। ले भी जाता है तो फिर छोड़ जाता है।

साल-भर बाद लौटी है माँ। गोद में एक नन्हा-मुन्ना लिए। दाढ़ी वाला भास्कर साथ ही आया है। दोनों छोटे लड़के जो माँ के साथ गए थे, नहीं आए हैं। जाने किस दादी के पास हैं।

यह तीसरी दफ़े वह गोद में बच्चा लेकर लौटी है। दाढ़ी वाले भास्कर के साथ यह पहला ही मौका है। पहले दो बार वह आदमी कपूर था। कपूर के मुकाबले भास्कर छोटा है। दाढ़ी न हो तो लड़का ही लगे, जैसे कि कपूर लगता था।

हमेशा की तरह बापी माँ को लेकर व्यस्त हो गए हैं। ताँगा घर के सामने रुका नहीं कि उनके पैरों में पंख लग गए। दौड़कर पत्नी को गले लगाया। बच्चे को प्यार किया और दाढ़ी वाले से हाथ मिलाया...तमाम मोहल्ला जैसे हँस पड़ा। खिड़कियों से झाँक रही नज़रों में जाने कितनी घृणा उमड़ आई होगी—यह कल्पना करते ही पल्लवी को लगा कि उसकी आत्मा को सरेबाज़ार नंगा करके कोड़े लगाए जा रहे हैं। पिछले बारह महीनों में अर्जित गम्भीरता और आत्मसम्मान की भावना गंदले पानी की बाढ़ में डूबकर रह गई।

माँ का बोलना-चालना देखकर जाने क्यों एक बार फिर नफ़रत नये सिरे से उमड़ आई। बाबा रे, शर्म-हया भी कुछ चीज़ होती है औरत की ज़िन्दगी में! कुछ तो पर्देदारी होती ही है। मगर यहाँ तो बेमिसाल दुस्साहस है, जो उसके स्त्रीत्व को समूचा ही घोलकर पी गया है।

माँ ने प्यार से उसे जो छुआ तो वह सरापा विषैली हो उठी। इतनी तकलीफ़ उसने कभी महसूस नहीं की थी। कभी भी नहीं—जबकि कोई नई बात नहीं हुई है। कोई अनहोनी नहीं, यह तो होता ही आया है। वह जब किसी के साथ गई है तब खुलेआम गई है और आई है तो बेधड़क आई है।

सबसे बड़ा त्रास तो उसके लिए यह कि बाल्कनी उससे छूट जाएगी। घर-भर में यह बाल्कनी ही एक ऐसी जगह है, जहाँ बैठकर वह फ़र्श पर तैरते-उतराते तिलचट्टों के डर से मुक्त रहती है। अब इस बाल्कनी में बाल फैलाकर माँ बैठा करेगी, क्योंकि दाढ़ी वाला चला जाएगा। वह नाविक है, उसके ज़मीन पर रहने का समय बीत गया है। कब लौटेगा, कोई जानता नहीं। शायद नहीं लौटे, मगर माँ अपने दो बच्चों को उसके किसी गाँव में किसी दादी के पास छोड़ आई है। इससे तो कुछ और ही...मगर ऐसा तो कपूर के वक्त भी हुआ था।

अब बाल्कनी के रास्ते कोई और जवान इस घर में आ धँसेगा। माँ खींच

लेगी। उसे यह विद्या बहुत आती है। लोग कहते हैं—कामरूप का जादू है उसके पास, काला जादू!

~

पूरी शाम वहाँ बैठकर सुखी-सम्पन्न जोड़ों को देखना उसकी दिनचर्या का प्रिय प्रसंग बन गया था। उसकी तीनों बहनें भी उसी सड़क से किसी-न-किसी के साथ गुज़रती थीं, मगर उसे यह सह्य था—यह सब न होता तो घर कैसे चलता! मुश्किल-मुश्किल वक्त कैसे कटता—उसकी पढ़ाई तो शायद हो ही नहीं पाती। बापी को जेल जाना पड़ता। तब!

शायद इसीलिए उसे अपनी बहुत तन्दुरुस्त समझी जाने वाली बहनों पर न कभी क्रोध आया, न ही खीझ हुई। उनका क्या कसूर था! वह पढ़ न रही होती तो उसको भी वही सब न करना पड़ता? या उसने न किया हो ऐसी तो बात नहीं। जाने कितनी बार...कॉलेज की फ़ीस या कपड़ों के लिए उसे बापी की फड़ पर आकर बैठना पड़ा है। कभी रंगा, कभी नटराजन तो कभी सिंह। उसने नियति के इस दण्ड को हल्केपन से नहीं लिया, यह तो ठीक है, मगर ज़लील कभी नहीं हुई। उसे लगता कि ब्लड डोनेट कर रही किसी भी ज़रूरतमन्द लड़की की तरह वह भी किसी चूषक-प्रक्रिया को भुगत रही है।

उससे कभी कोई खुश नहीं हुआ, मगर जब कभी उसे ज़रूरत पड़ी है लोग आगे आए हैं। पढ़ी-लिखी होने का आकर्षण ही ऐसों के लिए कम नहीं होता। असंलग्नता में भी नवीनता का एहसास।

वह अगर बनी रही है तो उसका आधार है एक बहुत मार खाया हुआ बचपन। घर में खेले जाने वाले भीषण नाटकों के हज़ार-हज़ार रिहर्सल—कम-से-कम तीन से अधिक बार तो बापी घर से भागे हैं, 'आत्महत्या करने जा रहा हूँ,' ऐसी चिट्ठी छोड़कर। हर बार माँ ने मुँह बिचकाकर कहा है—'वह कापुरुष अपने-आपको मार ले तो ज़मीन हिल जाएगी। लौट आएगा दो-चार रोज़ में।' और सचमुच वह लौटे हैं।

वह एक छोटी लड़की थी तब से अब तक उसने माँ को कभी दबते या झुकते हुए नहीं देखा। किसी से भी। और हमेशा कोई-न-कोई खिलाड़ी मैदान में रहा ही है। कोई रूठकर गया, कोई नाराज़ होकर तो किसी को माँ ने धक्के देकर निकाला। धीरे-धीरे उसे समझ आती गई और वह ज़ुबान खोती

गई। उसकी वाक्-शक्ति का ह्रास देखकर अफ़सोस करने का समय किसके पास था! माँ किसी अपने में, बापी जुए में और बहनें जवानी आने से पहले ही जवान होने की कोशिशों में बेहद व्यस्त थीं। वह चौथी है—गूंगेपन और ठण्डेपन के कारण कम तन्दुरुस्त समझी गई है और इसी वजह से बची भी रही है, नहीं तो...।

~

वह पढ़ने बिला नागा जाती रही, क्योंकि घर से बाहर कहीं भी रहने में उसे अच्छा लगता था। स्कूल में कोई लड़की उससे मैत्री के स्तर पर कभी मिली हो, उसे याद नहीं है। वह सबसे पिछली बैंच पर अकेली बैठी रही है। स्कूल बस्ती में ही था। उसकी कक्षा की लड़कियों को अपने-अपने घरों से सख्त हिदायतें थीं कि खबरदार!...मगर उसे सबसे बड़ा दुख इससे नहीं था, इस बात से था कि वह नंगे पाँव जाती थी।

वह हसरत-भरी निगाहों से सहपाठिनों की चप्पलें निहारा करती। तरह-तरह के जूते, सैण्डिल और चप्पलें। जाने कितने रंगों में। और जुराबें। वह मन में तय किया करती कि मौका दिए जाने पर कैसा जोड़ा लेगी। यह उसकी कल्पना का खासा विस्तार होता। कभी-कभी तो पीरियड के पीरियड बीत जाते और वह ख़यालों में मनपसन्द, सुन्दर-सा जूता या अलबेली चप्पल पहने इठलाकर चल रही होती। उसके पाँवों में खून तेज़ी से दौड़ रहा होता। पगतलियों के नीचे शीतोष्ण तल होता। चमड़े का। चमड़े की नुकीली चमक उसकी आँखों में समाई होती।

वह कल्पनालोक में विचरने की कला का पहला पाठ था, जो उसने स्कूल में हिसाबी नुक्तों के साथ-साथ पढ़ा। इस कला ने उसके व्यक्तित्व में समय-समय पर अनुभव होने वाली रिक्तताओं को इस खूबी से भरा है कि घायल होकर भी उसे दर्द नहीं हुआ।

स्कूल से लेकर कॉलेज तक के सफ़र में उसने अपनी एक सत्ता बना ली है। अकेलेपन की एक घेराबन्दी। ख़यालों की दुनिया—जिसमें सब कुछ हो सकता है, न होते हुए भी। जहाँ वे घटनाएँ होती हैं, जो बाहर नहीं हो सकती हैं। खीरे की तरह अपने-आपको छील-छीलकर अलग करती हुई और अपने सन्दर्भों से कटती हुई पल्लवी उन चीनी सूइयों को पा गई है, जिनके प्रयोग ने

अवचेतकों की दुनिया में क्रांति की है। यह सूई जिस अंग पर लगा ली जाती है वह सुन्न हो जाता है, सहनशील हो जाता है और टीसता बिलकुल नहीं है।

वह बहनों की तरह नोच-खसोट की शिकार बनने जिस-तिस के साथ फ़िल्म देखने नहीं जाती। एक-दो बार गई तो ऐसा लगा कि वह किसी पुरानी फ़िल्म की तरह बार-बार कट रही है। उससे आगे नहीं हो सका—बहुत ही कच्ची उमर में ऐसा त्रास सहना पड़ा था उसे। उसकी बहनें फ़िल्म देखकर आतीं और वह उनसे पूरी स्टोरी मय खास-खास संवादों और गीत के मुखड़ों के सुनती और फिर अकेले में जाकर बैठ जाती। मस्तिष्क के किसी अँधेरे हॉल में एक प्रोजेक्टर अपने-आप चल पड़ता और वह जाने कब तक उस फ़िल्म को देखती बैठी रहती।

~

बूढ़े शेर वाली पंचतन्त्र टाइप कथा उसने पढ़ी थी। शेर शिकार के लिए बाहर नहीं निकल पाता था तो रामनामी ओढ़कर बैठ गया...उसकी गुफ़ा के बाहर चारों ओर आते हुए कदमों के निशान थे, जाते हुओं के नहीं। यही कुछ हाल उसे अपने घर का लगता रहा है, माँ के जाने के बाद। माँ रहती तो सिर्फ़ उसके गिर्द रहने वाले घर में जम सकते थे, लड़कियों से मेलजोल बढ़ाने का अधिकार भी माँ ही देती थी। बिना लिए कुछ भी देना उसने नहीं सीखा था।

लड़कियाँ शुरू में बहुत चालाक नहीं थीं, जिससे कि कई तरह के संकट पैदा हुए। फिर वे सब सीख गईं। बाहर जाने की आदत नहीं छूटी। घर में इतने लोगों के बीच रंग भंग होने का डर जो रहता था। वह अकेली छूटने लगी। बापी ने सोचा, 'बिचारी को कोई मिला नहीं,' इसलिए इस दिशा में अपने सद्प्रयत्न शुरू किए। जल्दी ही समझ गए। पहले तो इस विद्रोह पर बौखलाए, फिर कूटनीति का सहारा लेकर उसे अपनी समझ में लाइन पर किसी तरह डाल ही दिया।—वह जब भी गई, मजबूर होकर। कॉलेज में महीनों बगैर फ़ीस दिए बैठकर। रोल नम्बर लेने का दिन आने तक। पढ़ाई छूट जाना उसे बड़ा त्रास मालूम पड़ा। उसने छोटे त्रास को अंगीकार किया।—ग्लानि होकर भी नहीं हुई, क्योंकि उसके पास अनहुए को हुआ और हुए को अनहुआ करने की शक्ति थी। एकान्त, वह अपने में खोकर चोला बदल लेती। उसे लगता वह सदा-पवित्रा की तरह अक्षत है। उसमें कलुष ठहर ही नहीं सकता।

उसे व्यंग्यबाण सहने ही पड़ते। घर में और बाहर। बस्ती का तुच्छ से तुच्छ जीव उँगली उठाकर कहता, 'अरे...की लड़की है।' उसका साथ देने के

लिए तो खैर कौन आता, दूसरे कामों के लिए भी लोग कतराते। वजह थी उसके चेहरे पर उम्र के पहले ही आया हुआ पक्कापन।

माँ तो चिरयौवना थी ही, बहनें भी शिकन-थकन से मुक्त थीं। उन पर निखार आता ही जा रहा था। बूढ़ी हो रही थी तो सिर्फ़ वह। उसके चेहरे की कोमलता सिमटकर आँखों में समा गई। कई लकीरें छूट गईं इस प्रक्रिया में उसके मुखड़े पर। शृंगार उसने नहीं किया, क्योंकि उसका हक नहीं बनता था। हक से बाहर वह अपनी शिक्षा का खर्च ले ही रही थी।

जाने कब एक लम्बी निस्संग यात्रा उसे एम.ए. तक ले आई है। ये बाईस लम्बे वर्ष यातना के प्रहरी बने रहे हैं। धीमे-धीमे वह जलती रही है अपने परिवेश की ठंडी आग में। कंघी करते समय रोज़ाना दो-चार सफ़ेद बाल देखकर उसे जाने क्यों राहत-सी मिलती।

~

पल्लवी का विषय है—इतिहास। वस्तुतः उसे इतिहास से बेइन्तहा घृणा है। शायद इसलिए कि उसने अपने घर के इतिहास को भी साथ-साथ पढ़ा है। एक से एक ग्लानिपूर्ण और मारक आपबीतियों का सिलसिला जो उन लोगों के साथ गुज़रा है, उसने उसे मानव के समग्र इतिहास के समान्तर रखकर ही देखा है। उसके द्वारा किए गए लिखित विश्लेषणों से उसकी अध्यापिकाओं को कभी सन्तुष्ट होते नहीं पाया गया, फिर भी उसने उनका ध्यान खींचा है।

दो बड़ी बहनों के ब्याह हुए। अजीबोगरीब ढंग से। एक को तो सामान उधार देने वाले बनिये ने पसन्द कर लिया और दूसरी को पुलिस के एक सिपाही ने। शादी के सुअवसरों पर कालोनी-भर में चन्दा हुआ। लोगों ने किया। मगर अंजाम वही हुआ, जो होना था—लड़कियाँ लड़-झगड़कर बैरंग वापस आ गईं। एक तो वे खुद ही टिकने वाली नहीं थीं दूसरे उनके पति जल्दी ऊब गए। मैके आईं तो फिर जाना हुआ नहीं। उन दोनों की जब भी मर्ज़ी होती है यहीं आ जाते हैं। बीस-पच्चीस रुपये दे जाते हैं तो उतना यहीं बैठकर खा भी जाते हैं।

बापी ने जाने कितने लोगों से रुपया उधार ले रखा है। उधार ही नहीं, छल भी किया है। कितने ही लोगों को नौकरी लगवाने का आश्वासन देकर रिश्वत डकारी है। मजाल है कि किसी को फूटी कौड़ी भी वापस की हो।

रुपया आते ही घर में बहार आ जाती है। मीट-मसालों की गन्ध से घर भर जाता है। लाल-हरी बोतलें ठेके से आती हैं। माँ उस दिन बापी पर प्रसन्न

होती है। भरपेट पीकर वह अपने पति को गालियाँ देकर अनुगृहीत करती है। उन लोगों की बेशर्मी को सहने में लड़कियाँ असमर्थ हो जाती हैं।—खाने का मदमाता वैभव उस दिन न हो तो कुछ कर बैठें।

बहनों की निगाह पड़ोस के सारे अंकलजियों पर रहती है। किसी दिन कोई पुरुष किसी कारणवश अकेला हो तो यों ही अनजान बनते हुए पहुँच जाती हैं। खुली खिड़की से झाँककर पूछती हैं, "अंकल जी आंटी घर में हैं ?...आप क्या कर रहे हैं ?" इसके आगे अंकल जी के ऊपर है, जैसा जवाब दें।

सबसे कठिन दृश्य रहा है—माँ का प्रसंग। उस समय बापी का मुँह लाल हुआ रहता है। थोड़ी देर इधर-उधर खुजलाते हुए घूमकर वह सीधे वहाँ पहुँच जाते हैं। माँ की त्यौरियाँ चढ़ जाती हैं—असमय मरदुए के प्रवेश पर। मगर वे कहते हैं, "घर में आज खाने को बनेगा क्या ? कुछ भी तो नहीं है। मेरे पास तो पैसा है नहीं... ।" उनकी वापसी वहाँ उपस्थित व्यक्ति की जेब से कम-से-कम पाँच या ज़्यादा-से-ज़्यादा दस का नोट निकलवाकर ही होती है।—राशन कभी इकट्ठा नहीं आता। कागज़ के थैलों-लिफ़ाफ़ों या पुड़ियों में आता है। वह भी अक्सर उधार।

जब परचून की दुकान का बिल अदा हुए बहुत समय हो गया हो और सामान लाया जाना हो तो लड़कियों में से एक चली जाती है। विवाह के बाद तो दुकान ही उठ गई थी बेचारे की।

पल्लवी को याद है, बूचर के यहाँ से गोश्त उधार लाने वह भेजी गई थी तो...वह मुर्दा गोश्त के बदले ज़िन्दा गोश्त चाहता था। उसका टटोलना और उसकी वधिक-मुद्रा को देखकर उसको पसीना छूट गया था।

इसी इतिहास-बोध का कमाल है कि मुक्ति-संग्राम के दौरान हुए पाशविक अत्याचार और दमन-गाथाओं को सुन-पढ़कर उसे रत्ती-भर भी रोमांच नहीं होता। न ही कोई दहशत होती। वह इसे, बड़े स्तर पर किए गए बलात्कारों के घटना-क्रम को इतिहास-चक्र का एक नितान्त अभिन्न अंग मानती है और सहानुभूति में द्रवित होने वालों की चेतना पर तरस खाकर रह जाती है।

विपरीततम परिस्थितियों में फलने-फूलने वाले कृशकाय पीले पौधे की तरह आड़ी-टेढ़ी होकर प्रकाश की दिशा में बढ़ती जा रही है वह। उसके लिए वास्तविकताओं का दौर बेहद कड़ुवा सही, खुली आँखों के सपनों का एक काल्पनिक संसार तो सामने है, जो कि (किसी तरह) जीने के लिए काफ़ी है। उसने काम भी किया ही है—यहाँ तक कि बापी तक को उसकी शिक्षा की उपयोगिता नज़र आने लगी है। कुछ कहने के लिए, कुछ गर्व करने के लिए भी सामान हो गया है। माँ भी कभी-कभी घर में एकत्र समुदाय के सामने टसुए बहाते हुए-सी बोल जाती है, "कैसे-कैसे दुख उठाकर पढ़ा रहे हैं पाली को हम। किसी तरह बन जाए ज़िन्दगी उसकी।"

और पाली उर्फ़ पल्लवी को वह क्रूर सन्ध्या याद आ जाती, जब बी.ए. फ़ाइनल में बैठने के लिए उसे फ़ीस की व्यवस्था करने को माँ की वह व्यवस्था स्वीकार करनी पड़ी थी।

वह शिक्षिका बनना चाहती है। धवल और उजली। मगर होगा कैसे? बी.एड. किए बिना ग्रेड मिलेगा नहीं। बी.एड. के एडमिशन में जो धाँधली है उसको देखते हुए वह सोच भी नहीं सकती। न तो हज़ार-पाँच सौ रिश्वत के जुटेंगे, न ही किसी भारी आदमी की सिफ़ारिश। कहते हैं, सूई के छेद में से ऊँट भले ही निकल जाए मगर बी.एड.में एडमिशन गरीब आदमी का हो नहीं सकता। वह तरह-तरह की बातें सुनती है।...एक उम्मीद भी है, शिक्षा-क्षेत्र के किसी बेताज के बादशाह की भेंट खुद चढ़ जाए तो काम बन सकता है।

इतिहास-जैसे विषय को लेकर अध्यापन के अलावा और क्या नौकरी मिल सकती है!

या फिर बतौर अनट्रेण्ड टीचर ही सही। किसी भी सन्त कबीर या सन्त मीरा टाइप कॉन्वेंटी की तर्ज पर बने नफ़ीस स्कूल में काम मिल ही जाएगा। साठ-सत्तर रुपये मिल ही जाएँगे। सोचती है, नन बन जाए। चोला तो किसी तरह बेदाग हो सके। इतिहास पढ़ाए, मगर इतिहास से छुटकारा लेकर।

इन्हीं सपनों की नाव है जिस पर बैठकर वह जीते जी वैतरणी पार कर रही है। कहीं भी डूब सकती है।

माँ के अनायास प्रकट हो जाने से उसका मोह भंग-सा हो गया है।

बाल्कनी में बैठकर शाम को सैर के लिए निकलने वाले युग्मों को देखना उसके लिए एक अनचीता सुख था। दूसरा किनारा दिखाई देता रहे तो नाविक की हिम्मत बँधी रहती है। हालाँकि वह तो शुरू से ही विशाल समुद्र में छोटी-सी नौका खेकर पार उतरने का लक्ष्य लेकर चली है और इसके फलस्वरूप कतई अकेली पड़ गई है।

जवान जोड़ों को बेफ़िक्री से आते-जाते देखकर वह विभोर हो जाती है। बरसों काल-कोठरी में कैद रहने के बाद झरोखे वाली कोठरी पा जाने पर जो दशा आजन्म कैद पाए व्यक्ति की होती है, लगभग वही उसकी होती, बाल्कनी में बैठे हुए।

अब झरोखा माँ की आड़ में दुबक जाएगा। बाहर सड़क पर निकलने का साहस उसमें नहीं है। लोग पूछने लगते हैं। उसने तय किया है कि वह अपने अन्दर ही एक ऐसी सड़क का निर्माण कर लेगी, जिस पर वे लोग आ-जा सकें जो मुक्त हैं—इतिहास और अकेलेपन के शिकार नहीं।

इस पर भी यह क्या कम है कि उसका प्लास्टिक की नई चप्पलों द्वारा उद्भूत सुख और बाकी पैसों में देखी गई बहुचर्चित फ़िल्म को देख चुकने के नशे को कोई यूँ बगैर बताए छीन ले। कम-से-कम दो महीने के लिए यह सामग्री काफ़ी थी, अपने को भुलाए रखने के लिए। उसके बाद इम्तहान आ जाते...शायद वह एम.ए. पास कर ले। तब...या तो बी.एड. या फिर किसी अधकचरी संस्कृति की छाप वाले स्कूल़ में नौकरी। ये सब कुछ नहीं तो फिर, एक ही रास्ता बचता है—नन बन जाने का। इसके लिए उसे शायद धर्म नाम की अपनी किसी पहचान को बदलना पड़े, परन्तु वह मानती है कि जो बैरागन हो गई, उसका क्या धर्म!

अपनी इस मज़ेदार कल्पना पर वह बरबस ही मुस्कुरा उठती है। सफ़ेद लिबास में वह पवित्र बनी एक मीनार की तरह खड़ी हो जाएगी और उसका बलात्कारी परिवेश स्वयं बलात्कृत अनुभव करता रहेगा।

माँ की वापसी उसके लिए घबराहट का बाइस ज़रूर बनी है, परन्तु तनिक से भी उन्मीलन द्वारा वह अपने-आपको आशंकाओं से मुक्त और निरापद पाती है। यह उन्मीलन ही उसका विभव है।

बाल्डी गोल्डी

बहुत रात गए गाड़ी उस छोटे-से स्टेशन को क्रॉस करती है। इतनी तेज़ी से कि आभास-भर हो पाता है। महज़ फ़्लैश। मैं तब तक बराबर जागता रहता हूँ।

विद्युत प्रकाश से आपादमस्तक जगमगाता हुआ वह प्लांट दूर से ही दिखाई देता है। अँधेरे में लिपटा हुआ। खासकर सैकड़ों फुट ऊँचे टैंकों पर लगे रंगीन इण्डिकेटर दूर तक नज़र आते रहते हैं।

बम्बई जाते समय हमेशा यह छोटी-सी घटना होती है। गाड़ी गुज़र जाने पर एक गहरी साँस, अपने-आप रुकी हुई साँस बरबस ही छूट जाती है। मुक्ति का अनुभव होता है—उस कासेण्ट्रेशन कैम्प से निकल आने पर अपने को सराहने की इच्छा होती है। साथ ही एक टीस-सी उठती है उन लोगों के लिए जो अभी तक उस तिलिस्म में कैद हैं। गोल्डी उभर आता है—द्रवित होने को होता हूँ, मगर बम्बई तक का रास्ता बड़ा लम्बा है। टीस उठती है और अन्ततोगत्वा सो जाती है। सफ़र खत्म होने से पहले ही।

हर दफ़े जब भी उसका चेहरा आँखों के सामने अनायास उगा है—मैंने सोचा है कि उसे एक लम्बा खत लिखूँ। बाहर की दुनिया के अपने अनुभव सविस्तार लिखूँ ताकि कुछ क्षणों के लिए वह अपने उस दममारी माहौल से उबर आए। लिख कभी नहीं पाया। हमेशा जब भी लिखने बैठा, कलम हाथ में बँधी रह गई और यातनादायी स्मृतियों का ताँता बँध कर रह गया।

अपनी नियति के त्रास से इस कदर घिरकर भला किसी भी पुरुष का कितना दुर्भाग्य हो सकता है, इसका लेखा-जोखा आसान नहीं। बल्कि मुझे

लगता है कि उसका ख़याल आना ही एक बड़ा खलल है, असहायता की फाँस है, जो कायर बना देती है।

~

बस्ती से मीलों दूर बनी उस शानदार और अत्याधुनिक फ़ैक्ट्री में काम करने वहाँ पहुँचा तो एकबारगी लगा कि किसी खोए हुए टापू पर आ गया हूँ। यन्त्रचालित पुतलों के बीच, जिन्हें अपने काम को छोड़ और किसी बात में दिलचस्पी नहीं है।

हम बहुत-से लोग गेस्ट-हाउस में रहते थे। जिसे एक आदर्श छड़िस्तान का नाम दिया जा सकता है। वह सबसे सीनियर था, हर लिहाज़ से। उम्र में और अनुभव में। अपना बोरिया-बिस्तर लेकर वहाँ गया तो उसी को रिपोर्ट करने जाना पड़ा था। पहली पहचान में वह बहुत ही शुष्क और अक्खड़ लगा था।

संयोग से मुझे उसके साथ ही अटैच किया गया। ड्यूटी शिफ़्टों की थी। बड़े झंझटों से भरा काम था। शैतान की आँत की तरह फैला हुआ स्वचालित प्लांट बाहर के एक मुल्क से आया था। ज़रा-सी ठेस लगती और लेने के देने पड़ जाते थे। मैनेजमेंट इस कदर सख्त कि हर समय सिर पर तलवार लटकी रहती थी। दुर्भाग्य से मेरी शुरुआत अच्छी नहीं रही और मुझे दूसरों पर निर्भर होते रहना पड़ा। दब्बूपन ऐसे ही आता है। मगर उसने मेरी कमज़ोर स्थिति को बिलकुल दूसरे ही ढंग से लिया। वह आगे बढ़कर मेरी उलझनों को सुलझाने लगा था। उसकी इस उदारता ने मुझे काफ़ी अभिभूत किया, मगर वह बहुत ही अजीब आदमी था। खल जाता था कई दफ़े तो।

हम गेस्ट-हाउस से साथ ही चलते। वह बड़ी मुश्किल से अपने कमरे से निकल पाता। निकलने के पहले अजब-अजब हरकतें करता था। तान्त्रिक अंगूठी को छुआकर एक गिलास पानी पीता (ताकि प्लांट दुरुस्त रहे), साथ ले जाने के लिए देर तक किताबों का चुनाव करता (जिन्हें शायद ही कभी पढ़ता रहा हो), फिर थरमस, स्लाइस, जैम-जैली और जाने क्या-क्या अपने बैग में ठूँसता। यह सब हो जाए तो ताला हाथ में लेकर ताला ढूँढ़ते फिरना...इस सब में आधा घण्टा तो लगता ही और मैं बाहर खड़ा बोर होता रहता। जैसे-तैसे वह निकलता तो बगल के कमरों में से कोई-न-कोई छींक देता (जान-बूझकर)।

फिर पाँच मिनट के लिए बात गई। वह वापस लौटता, जूते निकालकर पानी पीता और फिर से पहनता।

रोज़ाना हम लेट पहुँचते। मुसीबत होती थी मेरी—बॉस की लाल-पीली मुझे सहनी पड़ती।

धीरे-धीरे मैं उसके करीब होता गया। उसने मुझे इस काबिल बनाने के लिए अपनी समझ में काफ़ी इनीशिएटिव लिया। प्लांट और सेक्स के बारे में लम्बे-लम्बे उपदेश पिलाए। डायग्राम बना-बनाकर।

उसके बाद तो हमारी बातें इस तरह चलीं, ऐसे चलीं कि लोग हमारे बारे में बातें करने लग गए थे।

~

खासा अजूबा था वह। कई बार तो उसके बारे में शक होने लगता था कि पागल है। उसे ठीक से जानने में मुझे समय लगा। बकबकिया वह बहुत था, मगर अन्दर से बहुत कोमल और कच्चा आदमी था। लम्बा-चौड़ा था, मगर कमज़ोर इतना कि बैठे-बैठे चक्कर खाकर लुढ़क जाए। सिर में दर्द हो तो उसकी बेचैनी देखी न जाए।

वैसा ही था उसका हुलिया—साँवला रंग, भरा हुआ चेहरा और करीब-करीब गंजा सिर। आँखें इतनी बड़ी-बड़ी कि मानो...और पुतलियों का भूरा रंग, जो घोर अविश्वसनीयता पैदा करता। शरीर अच्छा था, मगर पका-पका-सा लगता। सर्दी-ज़ुकाम का शिकार वह हमेशा रहता और इसीलिए कई जोड़े कपड़े ऊपर-नीचे करके पहने रहता था।

वह चालीसे में पहुँच गया था, लेकिन ज़ोर देकर अपने को पैंतीस का बताता। आगे सवाल करने पर घातक निगाहों से देखने लगता। वैसे लोग कहते कि पिछले पाँच सालों से वह अपने को पैंतीस का ही बताता आ रहा था।

औरत और सेक्स के बारे में वह स्वयंसिद्ध विशेषज्ञ था। अपने-आपको अथॉरिटी मानता। यार लोग तफ़रीहन टॉपिक छेड़ देते और वह शुरू हो लेता। फिर उसे रोकना मुश्किल होता।...यह उसका ज्ञान मेरे लिए बड़े कुतूहल का विषय बना। बड़ी भयंकर थीं उसकी जानकारियाँ। मुझ-जैसे अनाड़ी छोरे वहाँ काफ़ी थे, जो उसका रुआब खाते थे। हम लोगों के लाभार्थ उसने व्याख्यानों

तक ही अपने उपकार को सीमित नहीं रखा। एक बार स्पेशल शो का भी आयोजन किया था। अपने एक खास जोड़ीदार को लेकर।

गेस्ट-हाउस में किसी ज़माने का एक छकड़ा स्लाइड प्रोजेक्टर पड़ा था। उसी को दुरुस्त करके यह शेडोप्ले नामक डिमॉन्स्ट्रेशन आयोजित किया था उसने।

हम लोग अंधेरे कमरे में प्रोजेक्टर की तरफ़ कुर्सियों की बैक करके बैठे थे। पहले स्ट्रिपटीज़ जाना कि क्या होता है, फिर अभिनय शुरू हुआ। सामने दीवार पर छायाकृतियाँ अनोखी लीलाएँ करने लगीं, प्रतीकात्मक रूप से और हमारे ज्ञान-चक्षु खुलते गए। जाने कितने नमूने अंजाम किए गए और अन्त में मनमाने-ढंग से नाच होने लगा था। मज़ाक नहीं, शायद उन्माद था। हम सब दिल खोलकर हँसने लगे। संस्कारों की गर्द झड़ रही थी।

~

कुछ दिनों बाद मुझे लगा, उसकी सबसे बड़ी ख़्वाहिश है, शादी। उसे चालीसा बुरी तरह खाए जा रहा था। कुछ आश्चर्य भी हुआ कि उस जैसे खाते-कमाते की शादी आखिर क्यों नहीं हो रही? कोशिश ही नहीं की होगी—अनुमान लगाया। लेकिन नहीं, उसने कुछ भी उठा नहीं रखा था। मैट्रीमोनियल लिखा-पढ़ी की फ़ाइल फूलकर कुप्पा हो गई थी और कोई नतीजा नहीं निकला था। सैकड़ों सिलसिले चले, मगर अंजाम न दे सके। कभी उधर से और कभी इधर से—बात टूटती ही रही।—अपनी वुड-बी के बारे में वह ज़रूरत से ज़्यादा सिनिकल था। उसकी कल्पना की सुन्दरी और गुणवती कन्या अखबार के दूसरे पन्ने पर कहाँ से उतरती!

वह (खुद को समझाने के लिए) दावा करता कि उसका यौवन अक्षय रहेगा, क्योंकि वह योगाभ्यास करता है। इस किस्म की कोई-न-कोई खुराफात वह करता भी था। रुद्राक्ष-माला उसके तकिये के नीचे रहती थी। नियम से ध्यान-समाधि लगाने बैठता था।

बकौल उसके, उसे समाधि के दरम्यान इलहाम होता था। लोग कुछ-कुछ इस बात को मानते भी थे। कारण, वह अपनी (प्रोफ़ेशनल) परीक्षा का प्रश्नपत्र, परीक्षा वाले दिन से पहली रात को आउट कर देता था।

उस समय कोई उसके कमरे में नहीं जा सकता था। चला जाता तो बहुत बवाल मचता। घण्टे-डेढ़ घण्टे की साधना के बाद वह पसीने में तर बाहर निकल

आता। हम लोग पहुँचते उसके पास तो वह अपनी खास व्यंग्य-भरी मुस्कान के साथ कहता, "देखा! मदर ने एक-एक क्वेश्चन बता दिया...नोट करो!..."

यह बात और थी कि वह खुद बरसों से उस परीक्षा में फ़ेल होता आ रहा था। क्योंकि उसे सिर्फ़ सवाल मालूम होते थे, जवाब नहीं।

एक बार समाधि के सिलसिले में ही उसने यह कहकर मुझे चकित कर दिया कि मेरा प्रेम-प्रसंग फलाँ तरह की लड़की से फलाँ तरह से चल रहा है। क्योंकि यह मेरा नितान्त गोपनीय रहस्य था (जो शायद उस लड़की को भी नहीं मालूम था)।

हम एक-दूसरे में दिलचस्पी लेने लगे थे। उसे तो जैसे प्रतीक्षा थी मुझ जैसे किसी धैर्यवान श्रोता की। धीरे-धीरे वह सब कुछ कह गया, अपने बारे में, अपनी वीरानी ज़िन्दगी के बारे में।

हर छुट्टी के दिन वह शहर जाता था—तलाश में। दूसरे दिन एक बहुत तड़के आने वाली पैसेंजर ट्रेन से क्षत-विक्षत-सा लौट आता। यह बात नहीं कि उसके जीवन में स्त्रियाँ आई ही नहीं, बल्कि एक लम्बी फेहरिस्त उसके पास थी।

उसके पास एक डायरी थी। जब भी किसी नई के पास जाता तो डायरी में एक प्रविष्टि बढ़ जाती। एक नया नम्बर लग जाता। मेरे वहाँ से लौटने तक यह संख्या शायद तिहत्तर तक पहुँच गई थी। फिर भी...फिर भी वह एक बहुत ही तरसाया हुआ व्यक्ति था। नारी का प्रेम पाने की प्यास उसके रोम-रोम में बसी थी। उसने तो माँ का प्यार नहीं पाया था।

उसके पीछे, बहुत पीछे एक अनाथ बचपन था। उसे माँ के बारे में तो कुछ भी पता नहीं है, हाँ पिता की एक धुँधली-सी स्मृति है, बस। उस अनाथ लड़के से चालीस बरस के गोल्डी बनने तक की कहानी बहुत लम्बी है और सपाट भी।

उसकी बुआ ने उसे पाला। वह बेचारी स्वयं विधवा थीं। उन्हें मामूली-सी पेंशन की रकम मिलती थी। उसमें मुश्किल से दो जून का खाना हो पाता था। जाने कैसे उस छोटे लड़के में पढ़ने की लगन ज़ोर मार गई। तरह-तरह के पापड़ बेलता वह पढ़ता रहा।

महानगर कलकत्ता में किसी लड़के को खर्चा चला सकने लायक काम उन दिनों मिल ही जाता था। भद्र परिवार उदारतापूर्वक उसकी सहायता करते रहे, हालाँकि इस उदारता के बदले उसने बरतन माँजने से लेकर आटा पिसाने तक के काम किए। करता रहा। एक-आध घर नहीं मोहल्ले का मोहल्ला उसे हाँकता रहा। थपथपाता भी रहा। यही क्या कम मेहरबानी थी लोगों की कि उसको स्कूल जाने-आने का समय फ्री मिल जाता था।

आठवें दर्जे के बाद अखबार का धन्धा किया। दसवीं के बाद ट्यूशनें और इण्टर के बाद बाकायदा पार्टटाइम नौकरी। मगर पढ़ना नहीं छूटा। बूढ़ी पीसी-माँ मर-खप गई। मोहल्ले छूटते रहे। काम बदलते रहे—उसने ग्रेजुएट होकर ही दम लिया। ऐसे कोई फ़िल्मी ढंग से नहीं, बीच में रुकता रहा—कभी परीक्षा में बैठ नहीं सका तो कभी फ़ेल हो गया। मगर जमा रहा।

उसके बाद घोष बाबू ने उसे थाम लिया और अखबार के काम से मुक्ति मिली। ट्यूशनें भी छोड़ दीं। उनके साथ दिल्ली चला आया।

घोष बाबू जिस फ़र्म में थे उसमें वह लग गया। ठौर-ठिकाना भी उन्हीं के यहाँ था। खासा बड़ा परिवार था उनका—उसे दम मारने की फ़ुर्सत नहीं मिलती थी। ऑफ़िस से लौटता तो बाज़ार का काम—वहाँ से आता तो बच्चों को पढ़ाने का। मेहनती वह बचपन से ही था, इसीलिए निभ रही थी या कुछ और भी था?...अब भी वह स्वीकारते हुए डरता है कि पूरबी घोष उसे अच्छी लगती थी।

पूरबी घोष को पढ़ाता था वह। उस समय वह अपनी दिन-भर की थकान भूल जाता। मगर अपना दीन-हीनपना कैसे भूल सकता था? जाने कितनी राख की पर्तों के बीच दबी एक चिंगारी को हवा देने का साहस उसमें नहीं हो सकता था।—पूरबी घोष के लिए सिर्फ़ यह कि, वह पूजा के दिनों स्थापित होने वाली भव्य मूर्तियों जैसी है, के सिवा वह कुछ और नहीं सोच सका।

कभी शीशा उठाकर देखने लगता तो दहल जाता। उस 'उदार' महानगर ने उसे सहारा तो दिया, मगर क्या हालत कर छोड़ी थी उसकी। सिर के बाल तक उतारकर रख लिए थे। लकीरें और शिकनें तो जाने कितनी थीं।—फिर भी, पूरबी बहुत अच्छे लगने वाले ढंग से उसकी ओर देखती थी।...वह किताब खोले पेन्सिल मुँह में चबाते हुए बैठी रहती—स्पन्दित होती हुई और गोल्डी मन-ही-मन 'सिंड्रेला' की कहानी दोहराता।

उसके सामने-सामने पूरबी बड़ी हो गई। उसका ब्याह हुआ। दुलहन बन डोली में बैठकर चली गई। सब रोए—वह भी रोया, मगर आँसुओं से नहीं। दूल्हा भी बाल्डी था।

उसने मन में ठान लिया कि अब ठीक-ठिकाने लगना ही होगा। घरेलू नौकरपने से वह तंग आ गया था। उसे लगा कि वह यूँ ही अकेला-अकेला रह जाएगा। कुछ बना नहीं तो पूरबी जैसी दुलहन उसे नहीं मिलेगी।

और तब उसे घोष बाबू ने यहाँ लगवाया। टैक्नीकल काम में। उन दिनों वह प्लांट लग रहा था। पहली भर्ती का आदमी है वह।—उसने काम सीखा और किया भी। शुरू के वर्ष उसके लिए दमतोड़ काम करने के बरस रहे। इरेक्शन, इन्स्टालेशन और ऑपरेशन—सब कुछ किया उसने। उसे तरक्की मिलती गई और एक दिन वह सीनियर फ़ोरमैन हो गया। हज़ार रुपये तनख्वाह।

मगर समय बहुत बीत गया। वह चालीस के करीब-करीब पहुँच गया था। नाते-रिश्ते में कोई बचा नहीं था जो उसकी शादी की फ़िक्र करता। एक घोष साहब थे, वह भी इस बीच अल्लाह को प्यारे हुए। उनके परिवार ने एक-आध रिश्ते ढूँढ़ कर दिए तो ऐसे कि उस समय हाँ करते नहीं बना। आज शायद वह अपनी उस भूल के लिए बहुत पछताता हो।

अखबार के माध्यम से कोशिश की। कहीं भी, उसकी पसन्द की जगह पर उसे पसन्द नहीं किया गया। लोगों ने सलाह दी—एक विग खरीद लो। गंजापन बहुत विकर्षक होता है। मगर वह चिढ़कर रह गया।

~

जवानी की दहलीज़ को पार करता वह अपने अकेलेपन से इस कदर त्रस्त हो चुका था कि हमसफ़र के नाम पर किसी जानवर को भी गले बाँधने के लिए उतावला हो उठा। वह कल्पित स्वप्नसुन्दरी उसके भेजे से उड़ गई थी।

उसके मन में सदमा बैठ गया था कि बेडौल जिस्म और गंजेपन की वजह से कोई बाला तो क्या प्रौढ़ा भी उसको समेटने को तैयार नहीं होगी। एक-एक दिन करके जाने कितने बरस गुज़र गए थे और मुट्ठियों में भर सकने लायक बालू भी नहीं मिल पाई थी इस कटे हुए जज़ीरे में उसे।

उसके लिए कुछ करने की इच्छा बलवती हो उठी तो मैंने रोज़ाना

अखबार में वैवाहिक विज्ञापन देखने शुरू किए।—उसने अपने पर्टीकुलर्स साइक्लोस्टाइल करवा रखे थे, जगह-जगह भेजने के लिए। मुझे यह कुछ जमा नहीं। इस तरह से दूसरी पार्टी को स्थिति का अनुमान हो सकता था कि लम्बे समय से छुट्टा चला आ रहा है। मैंने एप्लीकेशन टाइप की और बढ़िया किस्म के लिफ़ाफ़े में रखकर रवाना की।—वह तो इस सबसे फ़ेडअप हो चुका था, परन्तु मुझे उत्सुकता थी। बेचैनी से रिस्पॉन्स की प्रतीक्षा करने लगा।

कोई महीने भर बाद यकायक एक लिफ़ाफ़ा आया, शुभ सन्देश लेकर, याने इण्टरव्यू का बुलावा। तत्काल उसका उत्तर दिया गया। हफ़्ते भर में मिलने-मिलाने का स्थान-समय निश्चित हो गया। मेरी खुशी का ठिकाना नहीं था।

मार-मारकर उसे नये कपड़े और जूते खरीदवाए। मैं तो विग के लिए भी बहुत ज़ोर डालता रहा, मगर वह माना नहीं। मैं जितना उत्साहित और प्रफुल्लित था वह उतना ही मुर्झाया-सा और बीमार नज़र आने लगा। मैं झिड़कता तो वह व्यंग्यपूर्वक मुस्कुरा देता।

—हमने यह बात गुप्त रखी, लेकिन उस दिन जब वह नये सूट में नक्शे से बाहर निकला तो ताड़ने वाले ताड़ ही गए।

रास्ते में ही उसका निष्काम भाव हवा हो गया था।

शहर में मेरे साथ वह ऐसे चल रहा था जैसे घोड़ी चढ़ा वर। हो सकता है कि नये सूट का असर रहा हो। बार-बार रूमाल निकालकर चेहरे पर पोंछा लगाता था।

टैक्सी उस शानदार बंगले के सामने रुकी तो हम लोग पहली झलक में ही गौरवान्वित हो उठे। उसने पहले टैक्सी में लगे शीशे में झाँका और मुखमुद्रा दुरुस्त की, फिर कफ हटाकर घड़ी का डायल देखा, फिर कुछ कनखीबाज़ी करने लगा—मैं नीचे उतरकर खड़ा था। उसे उतरते न देखकर कहा, "भई अभी तो इण्टरव्यू के लिए आए हो। ये नखरे बारात के लिए रख छोड़ो।"

उतरते हुए उसने पछतावे से भरे स्वर में कहा, "यार, विग ले लेते तो अच्छा रहता।"

सवालों की मार एकतरफ़ा ही रही। उस घामड़ बूढ़े के पेटभर सवाल। एक से एक बेहतर सवाल। ऐसी शामत कभी न देखी थी। मसलन—बैंक की पासबुक लाए हैं ?...पे-स्लिप दिखा सकेंगे इन सपोर्ट ऑफ़... ? आपकी माँ के

ज़ेवर तो रखे होंगे? मेडिकल फ़िटनेस?

वह नज़रें झुकाए बैठा रहा, जैसे मण्डप में नववधू। ज़्यादातर जवाब मैंने ही दिए, उनमें भी मूर्खतापूर्ण संशोधन करने से वह नहीं बाज़ आया। तनख्वाह मैंने बारह सौ बताई तो वह हौले से बोल पड़ा, "नहीं, नौ सौ पचासी।" तब मुझे बोनस और हाउस-रेंट का खुलासा देना पड़ा।

मैंने एक-आध सवाल पूछा ही था कि वह कन्यारत्न स्वयं प्रकट हो गईं। दरअसल उन्हें देखकर मैंने कुछ और ही समझा था (लड़की की माँ या मौसी)। मगर बुड्ढे ने तुरन्त सगर्व घोषित किया, "यही है हमारी भतीजी। आगे की बात उनकी सहमति पर निर्भर करती है।"

उल्टे तवे से कुछ खुलता हुआ रंग, खुरदरे गाल और करीब छह फुट ऊँचा ढाँचा—ये कुछ ऐसी व्यक्तिगत विशेषताएँ थीं, जो पहली नज़र में ही उजागर हो गईं। उनके व्यक्तित्व का सबसे आकर्षक पहलू यही था कि वह किसी हायर सेकेण्डरी स्कूल में टीचर थीं और लगभग पाँच सौ रुपये महीना कमाती थीं।

बिना किसी लिहाज़ के वह उसे घूरकर देखने लगी। वह बिलकुल टुल्लू बना हुआ बैठा था। थोड़ी देर तो नज़रें झुकाए रहा, फिर बड़ी पच्चीकारी से एक तिरछी नज़र अपनी सम्भावित पत्नी पर डाली और चेहरे पर ऐसा इम्प्रैशन दिया मानो धन्य हो गया हो। मैं उस मास्टराइन के घूरने की अदा को देखकर सुलगा जा रहा था। जी कर रहा था, या तो ठहाका मारकर हँसूँ या फिर अपने बाल नोचने लगूँ। लेकिन गोल्डी ज़रा भी बोर हुआ हो ऐसा कतई नहीं लग रहा था।

तभी चाय के प्याले आड़े आ गए। फिर भी उस कम्बख्त ने अपना घूरना चालू रखा। मैंने उनकी ओर मुखातिब होकर पूछा, "आपकी हॉबीज़?"

बुड्ढा चाय का प्याला रखकर बोला, "देखो जी, हम तो बच्चों से ऐसे चोंचले करवाते नहीं हैं, न ही उन्हें करने देते हैं कि तीतर-बटेर बने बैठे रहें। हॉबीज़ क्या हैं..."

उनकी बात पूरी होने से पहले ही उनकी मैना बोल पड़ी, "हमें पिक्चर देखने का बहुत शौक है।"

खैर, यह सब तो होता रहा। मज़ा तब आया जब लड़की के चचाजान ने

बड़े लाड़ से अपनी भतीजी से पूछा, ''क्यों बिटिया! क्या राय बनी तुम्हारी?'' और वह बड़ी अदा से बोली, ''इनकी एज ज़्यादा लग रही है। वैसे तो सब...'' और सकुचाकर अपने उजले दाँत, काले होंठों में दबा लिए।

लौटते समय मैं काफ़ी भुनभुनाता रहा। गोल्डी शान्त था। पूरे समय में उसने एक ही बात कही, बड़े आत्मविश्वास के साथ, ''राज! देखना इन लोगों की तरफ़ से प्रपोज़ल आएगा। बहुत जल्दी!''

मगर उसकी यह अपेक्षा गलत निकली थी।

~

उस घटना के बाद वह कुछ बदला-बदला-सा रहने लगा। फिर यह बदलाव उखड़ेपन में बदल गया और प्रकारान्तर से तब्दील हुआ एक नई सनक में।

एक दिन वह शहर से लौटा तो रेकॉर्ड-प्लेयर उसके साथ था और शास्त्रीय संगीत के रेकॉर्डों से भरा एक डिब्बा। नये तमाशे की उम्मीद में छड़िस्तान के निवासी उसे घेरकर खड़े हो गए—हमेशा की तरह वह किसी से धुन नहीं मिला रहा था। ठसक में था, मगर लोग बाजा बजवा कर ही माने। एक से एक उबाऊ रेकॉर्ड था, भीड़ जल्दी ही छँट गई।

मैंने पूछा, ''गोल्डी साहब! ये क्या उठा लाए?''

उसने शून्य में देखते हुए कहा, ''अरे यार, कम-से-कम तुम तो उन लोगों की तरह चीप टेस्ट न दिखाओ। संगीत में जो स्प्रिचुअल प्लेज़र है वो है किसी और चीज़ में? अब मेरी ज़िन्दगी में संगीत के सिवाय तुम कुछ भी नहीं पाओगे। चाहो तो तुम भी...डोंट वरी, डियर! शास्त्रीय संगीत मैं तुम्हें सिखाऊँगा।''

हफ़्तों वह अपने इस डिवाइन प्लेज़र में डूबा रहा। काम से वापस आता और दरवाज़ा बन्द करके बैठ जाता। तंग आकर लोग उसके बाजे को टंडीरा कहकर पुकारने लगे।

उस रात—हम दोनों 'बी' शिफ़्ट करके आए थे। रात के ग्यारह बजे। शरद पूर्णिमा या उसके आस-पास की कोई खिली हुई रात थी। रास्ते में हम खेतों के बीच से गुज़रते हुए बड़ी रूमानियत झाड़ रहे थे कि गेस्ट-हाउस आ गया। अपने दरवाज़े पर खड़े होकर उसने पूछा, ''फलाँ बाई का गाया हुआ दादरा (या ठुमरी) सुनने का इरादा है?'' मैं चुप लगा गया। मेरा इरादा कमरे में जाकर सोने का था।

अपने कमरे में पहुँचकर मैंने मुँह धोया, ड्रेसिंग गाऊन डाला और छत पर खड़े होकर चाँदनी का जायज़ा लेने लगा। जाने क्यों उस घड़ी मन बहुत ही प्रफुल्लित था और एक अव्यक्त गुनगुनाहट मेरे सिर पर सवार थी। मैं अपने रंगीन सपनों के संसार में पहुँचकर एक और शिफ़्ट लगाने जा रहा था कि नीचे गोल्डी के कमरे से आने वाली आवाज़ों ने मेरी तन्द्रा तोड़ दी। धर-पटक की आवाज़ें। लगा कोई सामान उठा-उठाकर फेंक रहा है। लगभग भागता हुआ मैं उसके कमरे में पहुँचा। वहाँ का हाल देखकर स्तब्ध रह गया—

वह बार-बार माथा ठोक रहा था और खोपड़ी पर बचे गिने-चुने बालों को रह-रहकर नोचने लगता था। टूटे हुए रेकॉर्डों के टुकड़े उसके चारों ओर छितराए पड़े थे। लग रहा था, किसी ने बेरहमी से एक-एक रेकॉर्ड चूर-चूर कर डाला है।

''किसने तोड़े हैं ये रेकॉर्ड?'' मैंने चिल्लाकर पूछा।

''क्यों! मैंने तोड़े हैं...मैंने ही तोड़े हैं। तोड़े हैं! ... तोड़े हैं!'' कहते हुए वह फिर अपना माथा ठोंकने लगा। उसको न जानता होता तो यही समझता कि वह पागल हो गया है। शुक्र था कि रेकॉर्ड-प्लेयर उसके हत्थे अभी नहीं चढ़ा था।

मैं चुप ही रहा। जानता था कि अपने-आप वह सब कुछ कह डालेगा।

वह बड़बड़ाता रहा, ''साला डिवाइन प्लेज़र इन रेकॉर्डों में है! आई एम फ़ेडअप विद देम ओह! माँ... !!''

किसी अदृष्ट दबाव से उसकी शिराएँ फटी जा रही थीं। मुझे लगा, यदि इसे ठंडा नहीं किया गया तो कोई भी सीरियस ब्रेकडाऊन हो सकता है।

तभी मुझे बंजारों के उस पड़ाव की याद आ गई जो उन दिनों स्टेशन के पीछे लगा हुआ था। गेस्ट-हाऊस से कोई एक फर्लांग पर। मैं उसे पकड़कर वहाँ तक ले गया और...

दूसरे दिन वह एक शिशु की तरह मासूम और कोमल नज़र आ रहा था। जमादार ने झाड़ू से उसके कमरे में बिखरा एक-एक टुकड़ा समेटकर उठा लिया था। फ़र्श बिलकुल साफ़ था और चमक रहा था।

~

मेरी वहाँ से रिहाई का दिन। मुझे दूसरी नौकरी मिल गई थी।

नौकर मेरा सामान नीचे उतार रहे थे। तब वह थका-हारा शिफ़्ट से लौटा। मुझे एकदम जाते देखकर उसे जाने क्या हुआ कि वह भागकर अपने कमरे में चला गया...मेरे बहुत अनुरोध करने पर भी उसने दरवाज़ा नहीं खोला था।

गार्ड ने झंडी हिलाई और पैसेंजर गाड़ी चूँ-चर्र करके धीरे-से हिली और सरकने लगी। मैं दरवाज़े पर खड़ा आखिरी झलक उस काले टापू को देख रहा था। तभी वह भागता हुआ प्लेटफ़ॉर्म पर उभर आया।

उसकी निगाह मुझ पर पड़ी और वह दीवानावार मेरे डिब्बे की ओर दौड़ा। भागते-भागते उसने मुझे एक बार को पा ही लिया। चिल्लाकर बोला—"राज! अब मैं अकेला रह गया। मैं अकेला..." तब तक गाड़ी गति पकड़ चुकी थी।

दूसरे ही क्षण हमारा फ़ासला बहुत हो गया था।

विदेह पौरुष

पुरुष

मेरे सामने दो टिकट हैं—बम्बई के। भटनागर अभी-अभी दे गया है। जाने कितनी लम्बी लाइन में लगकर रिज़र्वेशन करवाया होगा उसने। मैंने कृतज्ञता ज्ञापित की तो थकान धुल गई थी उसके चेहरे पर से। उसके लिए और उस जैसे कइयों के लिए मैं अभी भी बहुत कुछ हूँ। बॉस हूँ। कॉन्फ़ीडेन्शल रिपोर्ट लिखने वाला हूँ—भाग्यविधाता हूँ। भटनागर अभी टेम्परेरी है। मेरी एक मुस्कान उसे निहाल कर सकती है। ताकत है मुझमें...है।

सच बात है, मर्द के अंग-अंग में ज़ोर होता है। मुझे यह समझना चाहिए—सिर्फ़ एक जगह से कमज़ोर हुआ हूँ। अपंग-अपाहिज तो हो नहीं गया। फिर मैं इतना उत्तेजित क्यों हूँ?

पापा ने कितने उत्साह से शतरंज का खेल सिखाया था मुझे!

कहते थे, ''शेखर का टेम्परामेंट इस खेल के लिए बड़ा मुआफ़िक है। बड़ा कूल-हेड लड़का है।'' कितने ही लोगों ने पापा की इस बात को जगह-जगह और समय-समय पर दोहराया है। टीचर्स ने, मित्रों ने, अफ़सरों ने, मातहतों ने और पत्नी ने। मैं जल्दी उत्तेजित नहीं होता हूँ। शतरंज की बाज़ी में बहुत कम हारा हूँ।

ममा कहतीं, ''बेटे, तुम तो बिलकुल मिट्टी के बने हो। तुम्हें कोई कुछ कह जाए—कुछ कर जाए, कोई असर नहीं होता!''

इस समय मैं इतना उत्तेजित क्यों हो रहा हूँ? तनाव तन पर इतना हावी हो गया है। शायद बम्बई के टिकटों को देखकर। हाँ, यही वजह है और मैं जान-

बूझकर परेशान हो रहा हूँ—अपनी आकुलता का कारण ढूँढ़ता हूँ।

यह दूसरा टिकट किसका है?

अभी तक तय नहीं हो सका। ममा की ज़िद के आगे किसकी चलेगी! ममता लगता है हार जाएगी। कह देगी,—'ठीक है ममी, आप ही जाइए।' और बुढ़िया तैयार हो जाएगी। मैं अगर कहूँगा, 'कपड़े वगैरह ठीक से रख लिए हैं न?' तो एक विलम्बित-सा फिकरा 'अरे कपड़े क्या स्वाहा करेंगे, मेरे बेटे तू ठीक हो जाए तो मैं जी जाऊँ। हाय राम...!'

ममा को ही जाना है मेरे साथ। सोचता हूँ, ममता हुई तो क्या होगा! अपनी आँखों एक औरत के अन्दर की औरत को मरते हुए देखना पड़ेगा। वह मेरे अन्दर पुरुष को समाप्त होते देखेगी। कितना फ़र्क होता है किसी के समाप्त होने में और किसी के मरने में!

बम्बई के दो टिकट मेरे सामने पड़े हैं और मैं यात्रा कर रहा हूँ। रेलगाड़ी पर आगे जाकर जिसका काँटा गलत लग जाना है और यह भयावह सम्भावना लिए मैं बैठा हूँ। ममता होगी तो वह क्या मुझसे भी अधिक डरी हुई नहीं होगी!

ममा की बात कुछ और है। वह डरना जानती है। डर को अपने अभ्यास से निभा लेगी। उसके चेहरे की तमाम लकीरें मिलकर किसी ऐसी वर्णमाला का रूप ले लेंगी, जिसकी रचना सिर्फ़ प्रार्थनाएँ रचने के लिए हुई हो।

मैं समाप्त नहीं होऊँगा। सिर्फ़ विखण्डन होगा। जैसे किसी बाज़ी में वज़ीर पिट जाए—शह देने की सामर्थ्य लगभग समाप्त हो जाए। ममता अपने मोहरे लिए खड़ी रहेगी—किसी मात की कभी न खत्म होने वाली प्रतीक्षा में। जाने फिर कब उसे समझ में आएगा, बिना शह दिए मात नहीं हो सकती।

तब क्या वह बिसात उलट देगी? हाँ, यही उचित होगा। पिटते हुए मोहरे बिसात पर रखे नहीं सोहते।

पुरुष (अफ़सर)

विश्लेषण मेरी प्रवृत्ति बन चुकी है। मुझे अपने टेम्परामेंट पर गर्व रहा है। भीषण तनाव-भरी स्थितियों में मैं मुस्कुरा सकता हूँ। डूबते हुए जहाज़ पर बैठकर शान्तचित्त बैठा यह गणित लगाता रह सकता हूँ कि पूरा डूबने में कितना समय लगेगा और तब तक वह बहते-बहते कहाँ पहुँच जाएगा।

इस वैश्लेषिकी के द्वारा मैंने जोड़-घटाकर शेष निकाल लिया है। मेरे में से देह निकल गई तो सिर्फ़ अफ़सर बच जाएगा। एक विदेह अफ़सर। तब मेरी कुशलता और क्षमता और भी बढ़ जाएगी। उत्तेजनाएँ पूरी तरह पैकअप कर जाएँगी।

अफ़सरी सही मायने में पौरुष है। हर किसी पुरुष के बस की बात नहीं। मैं इसमें जिया हूँ। लोगों को दबाया है, झुकाया है। मर्दों से सजदे करवाए हैं। गुलामों की तरह बरता है।

एक पूरा दफ़्तर मेरी मेज़ पर शतरंज की बिसात की तरह बिछा रहा है। खिलाड़ी सिर्फ़ मैं। मैंने अपने प्यादों से अपने ही मोहरे ज़ोर पर रखे और काटे हैं। किसी को बादशाह बनाया है, फिर पैदली मात दी है। मज़ेदार खेल। पुरुष थ्रिल का खेल।—यही तो मेरा कुल आतंक रहा है। बादशाह से लेकर फ़रज़ी (बेगम) तक सब इसके तहत हैं—उन पर, उनके दिलो-दिमाग पर मेरी उँगुलियों का आतंक रहता है।

कभी-कभी मैं किसी मोहरे को उठाए सोचता रहता हूँ तो बाकी, मोहरे सहम जाते हैं। जाने कहाँ रख दूँ, किसके लिए खतरा हो जाए! और उठाया हुआ मोहरा, वह अपने को मेरी उँगुली समझता होता है।

भटनागर भी मेरे हाथ में उठा हुआ एक मोहरा है। एक टेम्परेरी क्लर्क। पूरी सफ़ की सफ़ साँस रोके प्रतीक्षा कर रही है—परमानेंट हो गया तो किसी-न-किसी का तबादला होकर ही रहेगा।

भटनागर अभी-अभी तो टिकट देकर गया है। बम्बई के टिकट। प्योरली बिज़नेस-टूर होगा। है पर्सनल ही, मगर उतना नहीं। मेरी जगह कोई भी होता तो शायद उतर जाता। टूट जाता। रोने लगता। सो नहीं पाता, सो जाता तो रातों को उठकर चीखता। मगर मैं टफ़-गाई हूँ। श्रूड अफ़सर हूँ। मैं वैसा नहीं दिखाई देता जैसा कि मैं खुद को देखता हूँ। मेरे पास मुद्राएँ हैं, गट्स हैं। नपे-तुले कदम और गरिष्ठ लहज़ा, जो कुल मिलाकर वरिष्ठता का ही आभास देते हैं। मैं अगर 'नहीं' कहता हूँ तो वह किसी के लिए निश्चित रूप से ही 'नहीं' होती है। फिर उसे उस 'नहीं' का सामना करना ही पड़ता है।

सबूत?—ममा। वह मुझको बरसों से अफ़सर समझकर बेटा कहती है। बुढ़िया कैसी बदल गई है। नहीं तो...कितनी हावी थी यह हम सब पर। पापा पर भी। पापा भी अफ़सर थे, हावी होने वाले अफ़सर, मगर हरेक की कुछ कमज़ोरियाँ होती हैं। ममा उनकी कमज़ोरी थीं। ममा के लिए कभी होंठ

बिचकाकर नहीं कह सके, "लुक ऐट हर! फ़ुलिश...!"

पत्नी तो मुझ पर भारी हो ही सकती थी। तीन साल कम नहीं होते किसी औरत के लिए सूजे हुए पुरुष पर भारी होने के लिए। मगर वह नहीं हो सकी। बराबर मेरे जूते उतारती रही है। अभी तक...मेरी ओर देखकर तब आगे बात चलाती है। यह मेरी, मेरे पौरुष की ही तो कामयाबी है! आहत पौरुष की!

पौरुष कोई स्थूल चीज़ नहीं है, एक अमूर्त शक्ति है। पंचमुखी शक्ति। एक ही मुँह तो बन्द हुआ है। दबदबा कायम है। मेरी टाई की नॉट अभी तक ममता के लिए उतनी ही महत्त्वपूर्ण है, जितनी मेरी स्टेनो के लिए। उसकी सुथराहट पर दोनों की नज़रें अटक जाती हैं।

किसी पर कभी नाराज़ होना मैंने नहीं सीखा। खुश भी नहीं होता हूँ। बर्फ़ हूँ, मगर पिघलने वाली नहीं।

बम्बई का प्रोग्राम बन चुका है। मुझे जाना है। कम्पनी पूरा खर्चा देगी। मेरा ग्रेस बराबर कायम रहेगा। ममा जाए तो क्या और ममता जाए तो क्या!

पुरुष (पति)

तीन सालों से ममता वहाँ नौकरी कर रही है। मैंने ही इनीशिएटिव लिया था। वह इस बीच यहाँ रहती तो मुझे बहुत अकेलापन लगता और उसे भी। हर दफ़े वह ही आई है। मैं नहीं गया। जा भी नहीं सकता था।

उसके घर को मैंने पसन्द किया था। सम्पन्न-सुरुचिपूर्ण सभ्य परिवार। भारी पर्दे और कूलर, फ्रिज और रेडियोग्राम। स्मार्ट लड़के-लड़कियाँ। गरिमामण्डित चेहरों की पूरी एक कतार। वहाँ इस हालत में जाकर खुद ही चोट खाता। बरबस ही दिन याद आ जाते। मेरे और ममता के अति-रंजनापूर्ण दिन।—गहरे रंग वाली दीवारों के सहारे, कार्पेट पर या डनलप पिलो की ढुलमुल स्क्वायरनैस पर, भारी पर्दों की आड़ में—दूधिया रोशनी में कूलर के सामने—दाएँ-बाएँ जाने कितने खेल, जाने कितने कौतुक!

सन्तुष्ट साँसों से भरे कमरे वाले दिन। जाऊँ तो क्या फिर याद नहीं आएँगे वे दिन? अन्दर कहीं, भारी पर्दे के पीछे वीभत्स रूप से क्षत-विक्षत मैं, कच्चे-पक्के टाँकों से भरा एक पहलू लेकर कहाँ जाऊँ!

उसने तो एक बार भी नहीं देखा है इस पर्दे को उठाकर। यह मेरे लिए

कितनी बड़ी यातना रही है पूरे तीन सालों तक, मैं ही जानता हूँ।—उसके लिए भी रही होगी। उसको यह कल्पना करनी पड़ती होगी कि मैं कितना क्षतिग्रस्त हो गया हूँ।

ऑपरेशन के एकदम बाद ही उसे विदा कर दिया था मैंने। तब कई गलत उम्मीदें थीं। प्लास्टिक सर्जरी का आसरा दिलाकर लोगों ने तैयार किया था मुझे—ऑपरेशन के लिए। जानता तो शायद...शायद क्या! यह तो होना ही था। वह सूजन कितनी मारक बन गई थी हमारे लिए! ममता तो बेहद डरी हुई-सी रहती थी। मेरे ख़याल से उस दिन के बाद वह कभी मुक्त होकर भी मुक्त नहीं हो सकी।

...हल्की नीली रोशनी के स्वीमिंग पूल में तैरते हुए मैं एकाएक चीख पड़ा था। "ममता," हाँ अगर उस दमकती हुई एक देह-स्मृति को ममता ही कहूँ तो, एकदम हतप्रभ रह गई थी। मेरे मध्यदेश में दर्द की ऐसी तीखी लहर उठी थी कि सर्दी के मौसम में भी पसीना आ गया।

सहम जाने की, डर जाने की उसकी एक अदा है। बहुत प्यारी अदा। धीरे-धीरे हिम्मत बटोरकर वह नज़दीक आई और पहली बार मुझे आभास हुआ कि मेरे साथ कोई गलती हो रही है। उस समय तक मैं अपनी इस व्याधिनुमा तकलीफ़ को ढँके हुए था। उस दिन शायद रुई बोझ से ढके होने पर असावधानी हो गई। मगर चोट में असह्य तिलमिलाहट थी।

दर्द जब असह्य होता है तो भी देखने की ही चीज़ होती है। वह भी देख ही रही थी।

उस रात मुझे क्या मालूम था कि तफ़तीशों का इतना लम्बा सिलसिला चलेगा। यह सूजन एक ओर की एक घातक बीमारी निकलेगी जिसे रेडियोलॉजी के सहारे पकड़ा जाएगा।

डॉक्टरों ने कहा, "कैंसर इन टेस्टिकल्स। एकदम ऑपरेशन करना होगा।" इतनी ज़ोर से कहा कि सब सम्बद्ध लोगों ने सुना और एक दुर्वह प्रक्रिया की शुरुआत हुई, इस आश्वासन पर कि यह एक अभिशाप की समाप्ति पर समाप्त होगी।

मैंने अपने को शह से बचाने का इन्तज़ाम किया। ममता को निकाला दे दिया। यानी उसे अपने शहर में जाकर पुरानी नौकरी पर जाने को बाध्य किया। नहीं तो दोनों में से कोई भी इस परिस्थिति को सह नहीं पाता।

यन्त्रणा के तीन चरम वर्ष ममता को कितना पथरा गए होंगे, इसे नापने का कोई पैमाना मेरे पास नहीं है। नारी के इतने निकट आने का मौका मुझे नहीं मिल पाया। बहुत-से बरस तो कैरियर को बनाने में खर्च हुए और फिर जब समय आया तब यह आघात!...

प्रथम दर्शन में ही ममता की सुगढ़ मांसलता ने मुझे खींच लिया था। उसे साथ लेकर निकलने का मतलब था, लोगों यानी राहचलतों की नज़रों को चुराना। उसके चेहरे पर इतनी मासूमियत न हो तो वह एक दबदबे वाले अफ़सर की तरह लगने लगे। वह पुरुष हो पाती तो शासन करने के लिए ही बनी थी। शुरू में ऐसा डर भी लगा था, लेकिन उसके पास समर्पण के सिवा कुछ नहीं निकला।

जब वह कन्सीव्ड हुई थी तब कैसा प्रभामण्डल बन आया था उसके मुखड़े के गिर्द। सारा बदन गदरा गया था और चेहरे पर सत्ता का भाव। उसे लिवाकर लाया तो ममा देखती रह गई थीं। उनके मुँह से निकला था—"अरे, बहू तो जगद्धात्री लग रही है बिलकुल!" नज़र न लग जाए, इसका उपाय किया था उन्होंने।

मगर नज़र तो लग ही गई। वह दुर्घटना मेरे लिए कितनी गरू हो गई है आज! एक औलाद होती तो निश्चित रूप से उपलब्धि का पलड़ा पालने की तरह झूलता होता। ऊपर अटककर न रह जाता। इस अलग-अलग घुटन और मन्द दहन से निजात मिलती हमें।

ममता से पर्दा किया है और ममा प्रार्थनारत-सी रही हैं। मैं ऐसा अकेला पड़ गया हूँ कि सिवा अफ़सरी के और कुछ बचा नहीं है गतिविधियों के नाम पर। नष्ट होते जा रहे पुंसत्व का असर मुझ पर है। अभी तक मैं डॉ. मल्होत्रा वगैरह से संकोच करता हूँ। तीन साल इन लोगों के सहारे काटे हैं, परन्तु एक पल के लिए भी अपने हनन से जुदा नहीं हो सका हूँ। पछतावा भी कम नहीं होता—समय रहते मैं क्या नहीं कर सकता था! कम-से-कम नंगा होकर तो नाच लेता एक बार। सहपाठियों से लेकर स्टेनो तक जाने कितनी मंज़िलें पार कर चुका होता—लिफ़्ट के फ़ेल हो जाने तक।

मैं लिफ़्ट में कैद हूँ। ममता ऊपर किसी दूर मंज़िल पर मेरी प्रतीक्षा कर रही है। कब तक कर सकेगी, नहीं जानता। सिर्फ़ यह जानता हूँ कि यह लिफ़्ट ठीक भी हुई तो ऊपर नहीं जाएगी।

स्त्री (पत्नी)

कैंसर भी अजीब बीमारी है। टेस्टिकल्स में है तो असर होता है लंग्स पर। अब लंग्स में तकलीफ़ है। यहाँ के अस्पताल में इलाज नहीं हो सकता, बम्बई जाना पड़ेगा इन्हें। एक ऑपरेशन तो पहले ही हम लोगों को बुरी तरह झिंझोड़ गया है। 'हम' कहती तो हूँ, पर अब 'मैं' अलग हूँ। उन्होंने बिलकुल काट लिया है अपने आपको। डॉ. मल्होत्रा हमेशा मुझे समझाते हैं, उनसे बहुत सहानुभूतिपूर्वक पेश आना चाहिए, नहीं तो डिप्रेशन उन्हें और वीक कर देगा। कोई मुझे समझना नहीं चाहता, मैं कितनी वीक होती जा रही हूँ।

डॉक्टर ने मुझसे कई बार कहा है—पोटेंसी बरकरार रहेगी। इस एक तरफ़ के ऑपरेशन से कोई फ़र्क नहीं पड़ता। हाँ, शायद बच्चा न हो सके। यह एक तसल्ली ही तो है। मैं उन्हें जानती हूँ, अब वो कभी जीते-जी मेरे साथ खुलकर पेश नहीं आ सकेंगे, मुझे पास रखने से कतराते हैं।

क्या यही पोटेंसी है! किस्मत है अपनी-अपनी। अब भी जब कभी उनका सान्निध्य प्राप्त होता है तम्बाकू की नशीली महक से क्षण-भर को मूर्च्छा-सी आने लगती है। एक बोझिल तन्द्रा। मगर उनका तनावग्रस्त चेहरा देखकर मन टूट जाता है।

मुझे उनकी बीमारी से रत्ती-भर भी गिला नहीं। भगवान जानते हैं। गिला है तो सिर्फ़ इतना कि ऑपरेशन के बाद मुझे भी रोगग्रस्त अंग की तरह काटकर फेंक दिया गया है। मैं उनके बहुत योग्य तो नहीं हूँ पर काम तो चल ही रहा था। अपना दुख मुझसे बाँट लेते तो क्या मैं सुखी नहीं होती? उन्होंने किनारा किया है, शायद इसलिए कि मैं गर्भधारण करके भी माँ नहीं बन सकी। सारा धुआँ और दबाव इसी रास्ते से निकल गया है।

क्या बचा है मेरे जीवन में! निराशा ही निराशा। टूटन ही टूटन। हम लोग टूटे हुए खिलौनों की तरह अपने-अपने हाल पर पड़े रो रहे हैं। पिछले तीन साल तो जैसे-तैसे कट गए मगर फिर से इनकी हालत बिगड़ जाने की खबर सुनकर ऐसा लगा था कि पूरी तरह रोते रहने की घड़ी आ गई।

कल नहीं तो परसों, एक और बड़ा ऑपरेशन होगा। चीर-फाड़कर कैंसर के टुकड़े फिर से निकाले जाएँगे और पति के नाम पर एक पुतला बचा रहेगा। ममता अग्रवाल जिसे अपना देवता समझकर पूजती रहे और दूर बनी रहे।

औरत का जन्म भी क्या है! बँधी नाव की तरह है। किनारे से पानी उतर

गया तो फिर रेत में धँसे रहना है जीवन-भर। चलो यह भी सही, पर अपने-आप को सावित्री कैसे बनाऊँ? मौत के मुँह से कैसे छीन लाऊँ अपने सत्यवान को! सौ नहीं तो कम-से-कम एक पुत्र का वरदान तो माँगूँ किसी तरह किसी से।—कुछ नहीं। यह काया, यह योनि बेकार हो गई। व्यर्थ। न तो पति मिल पाया ठीक से, न पुत्र। और होता क्या है औरत की ज़िन्दगी में!

यह तो अच्छा है अपने यहाँ कि पुनर्जन्म की थ्योरी पर लोग यकीन करते हैं। नहीं तो मेरे जैसी अतृप्त रूहें फिर अनन्त काल तक भटकती ही फिरतीं।—दुख मेरा ही नहीं है। बूढ़ी सास पर ज़्यादा तरस आता है मुझे। यह इकलौता बेटा उसकी आँखों का तारा है। उसने अपनी कोख से जना है इसे।

इसे नाकारा होते देखकर क्या गुज़रती होगी उसके दिल पर! पिछले तीन दिनों से पीछे पड़ी है—बम्बई उनके साथ जाने के लिए। मैं तो खुद ही वहाँ जाने से घबरा रही हूँ, जाने क्या नतीजा निकले। चूड़ियाँ फोड़े बिना वैधव्य की एक दुखदायी किस्म लेकर लौटना पड़े। इससे अच्छा तो यही है कि ममा उनके साथ जाएँ। जाएँगी तो कुछ सेवा कर ही लेंगी—वैधव्य को सह चुकी हैं वह। मेरे से तो कुछ भी नहीं हो पाएगा। जीने-मरने के बीच मेरे प्राण अटके रहेंगे। ममा को ही जाने दूँ।

स्त्री (माँ)

लड़के का दुख अब देखा नहीं जाता। दिन-रात मन-ही-मन घुलता रहता है। किसी से कुछ कहता भी नहीं गरीब। ऑपरेशन के बाद कितना कहा कि चार-छह महीने की छुट्टी ले ले और हिल-स्टेशन घूम आ। ओ मेरे राम! कैसा दुख दे दिया तूने! मैं तो पहले ही कहती थी चीर-फाड़ मत करवाओ—कुछ बचेगा नहीं। ऐसे चीरे कोई भरी जवानी में लगाए जाते हैं! कुछ बरस रुक जाते अभी। आस-औलाद से हो जाते हम लोग। चिराग जल जाता, फिर चाहे जो करते। पर मेरी सुनता कौन है! बहू कुछ कहती सो वो भी किस्मत की मारी इस धोखे में आ गई कि चीरा लगा और आदमी चंगा हुआ।

मैं इस करके नहीं बोली कि लोग कहेंगे, 'पढ़ी न लिखी, दुनिया-भर का कानून बघार रही है।' अब कलई खुली न डॉक्टरों की। कहाँ गुर्दे मियानी का दर्द, कहाँ फेफड़ों में पहुँच गया। हमने तो नहीं सुना कभी। चीरा नीचे लगे तो बीमारी ऊपर पहुँचे। क्या करें! ज़माना है।

इस लड़के के लिए क्या-क्या नहीं किया। पूजा-उपास-बरत कुछ नहीं छोड़ा। इसे पढ़ाया-लिखाया। इत्ता बड़ा किया तो वो चल बसे। बहू का मुँह नहीं देखा बेचारों ने और पेन्शन कमूट करवा गए—लड़के को किराए के मकान में नहीं रहना पड़े।...हमारी तो गोद मार ली दुश्मनों ने। एक ही था खानदान को आगे बढ़ाने वाला सो भी काम का नहीं रहा। बहू का मुँह देखकर अलग जान सूखती है। कैसे काटेगी बेचारी अपना बखत! किस्मत ऐसी कि राजा मिला, मगर पाँसे पलट गए। वाह री बैमाता, गोद भरी तो भी नाम धराने को! कहते हैं न कि सत्यानाश होता है तो चारों तरफ़ से होता है।

अभी फिर जा रहा है बम्बई। बहू ज़िद करती है। अरे, तुम्हें समझ हो तो हम क्यों रोड़ा बनें। एक बार तो करवा दिया, सो आधे प्राण निकल गए। अबकी बार जाने क्या निकालेंगे। मुझे जाना ही होगा। मैं होती तो पहली बार भी सब सँभाल लेती। अंग काटने नहीं देती। बहुत बैद-हकीम हैं दुनिया में। बिना चाकू-छुरी के ज़िन्दा कर दें। गुन होना चाहिए। शफ़ा हो हाथों में। सत्यानाशियों ने लड़के की जड़ काट डाली। नास जाए ऐसों का।

जो हुआ सो हुआ, अब तो बम्बई में प्राण बचाने हैं इसके। कहीं फेफड़े ही न निकाल डालें जालिम। अरे मज़ाक है क्या! वापस ले आऊँगी लड़के को जो चाकू-छुरी दिखाई तो।...आज वो होते तो क्या हम लोगों की ये हालत होती!

भगवान! जैसी लीला मेरी बहू के साथ की, किसी के साथ मत करना। औरत अपना सुहाग और गोद बचा ले किसी तरह तब उसकी ज़िन्दगी है, नहीं तो जीना-मरना एक जैसा है।

लगता तो नहीं, बहू इसे छोड़ देगी। आगे राम जाने, पेट में घुसकर तो देखा नहीं जाता।...बातों का भरोसा क्या! सेठ खानदान तो पहले भी अधरम कर चुका है। इसी की बुआ थी रांड—करमजली। रहा नहीं गया तो ब्याह रचा बैठी।

पुरुष

हो सकता है कई बरस खिंच जाएँ। देखने में मैं अजनबी निगाहों को अपोलो लगता रहूँ, मगर अपनी सामर्थ्य को नहीं पा सकता। लोग तो झूठी तसल्लियाँ देते रहते हैं कि ट्रांसप्लांट हो जाएगा—बकरे या मेढ़े से, वह सिर्फ़ एक दुराशा है। अमेरिका या पश्चिमी देशों में चिकित्सा-विज्ञान काफ़ी आगे बढ़ गया है,

इस क्षीण आशा के सहारे ममता को कब तक रोका जा सकेगा। सेठ साहब को अभी वस्तुस्थिति ठीक से पता नहीं है—जिस दिन जान जाएँगे रुकेंगे नहीं। तलाक के लिए यह एक कारण ही काफ़ी है।

फिर ममता को रोके रखना करीब-करीब वैसा ही है जैसे घोर तृषित को खाली सुराही के सामने बिठाए रखना। धरम-करम सब बकवास है, उसका जीवन क्यों नष्ट किया जाए?

जिस तरह से यह बीमारी शतरंज खेल रही है और ऊँट की चाल चल रही है उससे तो लगता है कि एक बहुत लम्बी राह पर कारवाँ चल पड़ा है, जो मरघट तक जाकर खत्म हो जाती है। यह भी तो पता नहीं कि कितनी लम्बी है यह राह। क्या जाने कब खत्म हो जाए। कितना असहाय और अकेला कर छोड़ा है इस बीमारी ने। नहीं, ममता ने। वह स्वस्थ है, नॉर्मल है—प्यासी है, और मैं कायम होते हुए भी ऐसी हीनता का शिकार हो गया हूँ कि अब किसी से जुड़ नहीं पाऊँगा। ममा से भी नहीं। ममा भी तो स्वस्थ हैं। और औरत हैं।

बम्बई के दो टिकट मेरे सामने पड़े हैं। पहले कभी वह अस्पताल नहीं देखा है। सुना है कई मंज़िलों वाली बड़ी इमारत है उसकी। वहाँ बड़ी संख्या में मेरे आपरूप और समरूप मिलेंगे। ज़िन्दगी को खोकर पाते हुए। सँकरे-सँकरे लम्बे गलियारे होंगे और हर गलियारा समकोण बनाता हुआ होगा। जाने किस मंज़िल पर, किस गलियारे से, किस कमरे में ले जाकर मुझे आगे ज़्यादा-से-ज़्यादा समय तक जीवित रखने के लिए फिर से काटा जाएगा। कहते हैं, लहू बहता है खूब ऐसे ऑपरेशनों में।

मरना मैं भी नहीं चाहता। बहुत कुछ है अभी मेरे पास। उठने-बैठने की ताकत बनी रही तो बतौर अफ़सर निश्चय ही जी लूँगा। ममता को खोना नहीं चाहता, मतलब बिलकुल खो देना। वह किसी तरह से भी अगर बँधी रह सकी तो रखूँगा।—नियोग तक मुझे मंज़ूर है। शास्त्रोक्त भी है और एकमात्र उपाय है उजड़ने से बचने का। मैं जानता हूँ, कट्टरपंथी होते हुए भी ममा आड़े नहीं आएँगी।

बम्बई से लौटकर अफ़सरी, ममा-ममता और हो सका तो एक...। मगर मैं तो कटी पतंग की तरह इन तारों से अटका अधर में लटकता रहूँगा। अकेला! हाँ, मेरा यह अकेलापन हर कोई नहीं पढ़ सकेगा।

बम्बई के दो टिकट मेरे सामने पड़े हैं। बर्थ रिज़र्व हो चुकी हैं।

हम विषपायी जनम के

उनतीस इंच का फ़र्क

अजब तूफ़ानी रात थी। हवा पूरा ज़ोर लगाकर खेमों को झिंझोड़ रही थी। फिर छींटे शुरू हुए। चारों ओर पड़-पड़ होने लगी। ठंडक काफ़ी बढ़ गयी थी।

कथरी में लिपटा वह जाग रहा था। उसे लगा बड़े पिंजरेवाला शेर जाग रहा है। उसके जागने की आवाज़ आ रही थी। कैनवास और सलाखों की दीवारें न होतीं, तो अब तक वह शेर से अनन्य आत्मीयता स्थापित कर चुका होता। हमेशा उनका तंबू शेरों के आगे लगता रहा था, क्योंकि अली उनके तंबू में रहता था।

उसने मुँह निकाल कर अली और नारायनन की ओर देखा। दोनों कंबलों में मुँह छुपाये सो रहे थे। उनकी चारपाइयाँ उसके खटोले से दूनी लंबी-चौड़ी थीं और ऊँची भी। 'रानी भी ऐसी ही किसी चारपाई पर सोती होगी,' उसने सोचा।

उसका बिस्तर दरवाज़े के करीब था। पर्दे के बीच वाली झिरी से होकर कुछ बूँदें उसके चेहरे पर पड़ीं। उसे अनुभव हुआ, उसने चेहरे पर पुता जिंक ऑक्साइड नहीं छुड़ाया है। समय नहीं मिला था। शो के बाद वह देर तक लड़के-लड़कियों के ट्रेनर की खुशामद करता उसके तंबू के नज़दीक खड़ा रहा था। हमेशा की तरह उसने उसे बाहर से ही टरका दिया था। अंदर ले जा भी नहीं सकता था, क्योंकि वह लड़कियों के कैम्प का वार्डन था।

अभी बहुत देर है। वह पड़े-पड़े सोचता रहा। उसे लगा आज काम नहीं बनेगा। थोड़ी ही देर में पनाले फूट पड़ेंगे। तंबुओं में से होकर पानी बहने लगेगा। शायद वह नहीं आ सकेगी। यह भी हो सकता है कि खेमे सँभालने वाले लोग

जाग जायें और मुआयना करते फिरें। और कहीं एक-आध खेमा उखड़ गया तो फिर कुछ भी न किया जा सकेगा।

~

बचपन में पीपा को रोटियाँ चुरा कर खाने की आदत थी। तिरस्कार से फेंके गये कुछ टुकड़ों से उसका पेट नहीं भरता था। इस बात के लिए उसे खूब लतियाया जाता। जब घर के सारे प्राणी मिल कर उसकी खाल उधेड़ रहे होते, तो वह तिगनी की तरह नाच-नाच कर झूठी कसमें खाता रहता था।

उससे छोटे भाई भी कमाने जाने लगे थे। कोई भी उसकी तरह तीन फुटा और निकम्मा नहीं था। कोई माँ के साथ गिट्टियाँ तोड़ने जाता था, कोई साइकिल की दूकान में काम करने। पीपा दिन भर घर में बैठा गली के छोकरों के साथ खेला करता था। उसकी चोरी की आदत सारे कस्बे में इस कदर मशहूर हो चुकी थी कि उसे काम देना तो दूर रहा, लोग पास फटकने भी नहीं देते थे।

एक रात दबे पाँव उठा, घर का अधेली-रुपया बटोरा और भाग निकला था, सीधे बंबई। क्योंकि उसे अपने विश्वस्त सूत्रों से पता लगा था कि फ़िल्मों में उस जैसे लोगों की ज़रूरत होती है।

उसने बहुत दिनों स्टूडियो की कैंटीन में बरतन माँजे। उसका रसूख फ़िल्मवालों में बढ़ता गया। बड़े-बड़े हीरो उसे चायवाले छोकरे के रूप में पहचानने लगे थे। छोटे-मोटे एक्टर तो उससे घुल-मिल कर बातें करते, मगर उसकी फ़िल्म में काम करने की आकांक्षा पूरी होती नहीं दीख रही थी। उसके लायक रोल नहीं होता था या फिर लोग उसे सीरियसली नहीं लेते थे। जबकि उस कैंटीन में काम करने वाले अन्य छोकरे चार-पाँच फ़िल्मों में काम कर चुके थे।

वे सब उसकी तरह ही घरों से भाग कर आये हुए लड़के थे। हीरो बनने के लिए। किसी ने नहीं पूछा। आखिर को घर लौटने और अपमानित होने के बजाय स्टूडियो की कैंटीन में काम करने लगे थे।

पीपा के भक्ति भाव से प्रसन्न होकर एक छोटे निर्माता-निर्देशक ने अपनी छोटी फ़िल्म में एक छोटा-सा रोल उसे दिया। फ़िल्म का नायक, बचपन में, कुछ छोकरों के साथ कंचे खेलता है। इस दृश्य में पीपा बालक के रूप में अवतरित हुआ। इसके बाद साल भर प्रतीक्षा करता रहा। न तो वह फ़िल्म ही

रिलीज़ हुई, न उसे कोई दूसरा रोल मिला। उन्हीं दिनों दि ग्रेट अपोलो सर्कस बंबई आया। एक शुभचिंतक की सलाह मान कर वह सर्कस के मैनेजर के पास गया था।

उसके बाद चार-पाँच बरस देखते-देखते गुज़र गये। साठ रुपये से दो सौ रुपये तक। डबल व्हील साइकिल से सिंगल व्हील तक। छोटे फार्स से बड़े फार्स तक, जिसमें चादर ओढ़े लेटा हुआ आदमी ऊपर उठता है। और अली की दोस्ती से रानी तक। यह सफ़र उसकी सर्कसी ज़िन्दगी की शुरुआत थी।

दि ग्रेट अपोलो सर्कस में रहते हुए किसी लड़की से संबंध बनाना तो दूर रहा, लोग आकर्षित होते हुए भी कतराते थे। इंतज़ाम की हद थी। लड़कियों के कैम्प को ऐसा घेर दिया जाता था मानो और लोगों के लिए वह वहाँ हो ही नहीं। नालीदार चद्दरों की दीवारें खड़ी करके, एक कोलेप्सेबुल गेट लगा दिया जाता। इस गेट पर बराबर पहरा रहता था। यहाँ तक कि उनके मेकअप रूम भी अंदर ही थे।

चार साल तक लगातार मेहनत और प्रयत्न करने के बाद वह उस सर्कस के प्रमुख मसखरों की जमात में शामिल हो गया था। उसने अपनी फ़िल्मी अनुभूतियों को सहज ही रिंग क्रीड़ाओं में उतार लिया था। उसे अपनी इस पृष्ठभूमि पर नाज़ था। शो में बतौर कार्पेट क्लाउन पेश होने के लिए उसने कई आईडिये सेट किये। इनमें अधिकांश घटिया हास्य प्रहसनों के रूप में थे, जो उसने फ़िल्म की शूटिंग में बार-बार देखे थे। दर्शकों ने इनमें काफ़ी रुचि प्रदर्शित की। उसका सिक्का जमता गया।

तीन फुट के इस मसखरे को पैसा खर्च करना नहीं आता था। स्टूडियो की कैंटीन में मिलने वाली पगार, जो सिर्फ़ बीस रुपया महीना थी, तक वह जोड़ता आया था। तब से अब तक उसके पास यही मैली चीकट कथरी और टीन का संदूक चला आ रहा था। हाँ, कपड़ों के दो जोड़े उसने बनवा लिये थे। करीब-करीब यही हाल उसके साथियों का था। भगवान और रामलाल का। वे उससे एक-एक इंच ऊँचे थे। ये तीनों मिल कर कार्पेट-क्लाउनिंग में देने के लिए प्रहसन तैयार करते थे। सुबह आठ से ग्यारह तक प्रैक्टिस का समय होता था। उसी समय वे रिहर्सलें करते थे। ऐसी ही एक रिहर्सल के दौरान रानी उसके प्रति आकर्षित हुई थी। वह हँसते-हँसते लोट-पोट हो गयी थी।

रानी उन दिनों चढ़ान पर थी। मामूली एक्रोबैटिक्स (कलाबाज़ी) से निकल कर लूज़ वायर के खेल की प्रैक्टिस कर रही थी। बहुत जल्दी ही उसने इस आइटम में दक्षता पा ली। उसे फ़्लाइंग ट्रिपीज़ और बैलेंस का काम सिखाया जाने लगा। उसके लचीले बदन और तीखे नाक-नक्शों को देखते हुए लोग उससे बड़ी उम्मीदें रखने लगे थे।

उस भावी सर्कस स्टार को मसखरों में बहुत दिलचस्पी थी। यह दिलचस्पी उनमें से किसी के लिए वरदान बन जायेगी, कौन जानता था। पीपा लड़कियों के साइकिल पर सवार होकर खेले जाने वाले बास्केट बॉल मैच में जोकर टाइप रेफ़री बनता था। रानी इस खेल में आयी तो बार-बार साइकिल से गिर जाती थी। उससे एक भी गोल न करते बनता था। पीपा ने उसका उत्साह बढ़ाया, उसे कुछ गुर बताये। प्रैक्टिस के समय पर स्वयं उपस्थित रह कर गाइड किया। रानी जल्दी ही इस रोल को पकड़ गयी। अब वह गोल पर गोल दागती।

और कई बातों से पीपा को लगने लगा कि रानी उसको बात-बात में प्रभावित करने की चेष्टा करती है। देर तक आँखों से आँखें मिलाये रहती है। आखिर क्यों! यह सवाल रह-रह कर उसके मन में उठने लगा। रानी उसमें काफ़ी रुचि रखने लगी थी। पीपा के दिल में फ़िल्मी तर्ज पर हूक-सी उठने लगी। अपने तक ही बनाये रखना असंभव हो उठा, तो उसने अपने जिगरी दोस्त अली से मशविरा किया। वह रानी के गाँव का आदमी था। उसने अपने नाटे दोस्त को बढ़ावा दिया—वह तुम्हें चाहने लगी है। उसी से पता लगा कि वह बहुत गरीब घर की लड़की है। एक बड़ा परिवार उसी के सहारे पल रहा है।

उन्हीं दिनों रानी की माँ को लकवा मारे जाने की खबर आयी। रानी बहुत चिंतित हो उठी। वह अपनी सवैतनिक छुट्टियाँ बिता आयी थी। साल में एक बार ही घर जाने का वापसी किराया मिलता है। अब वह जाती तो पैसे कटते और टिकट अपने पास से लेना होता। यह उसके लिए मुमकिन नहीं था। वह अली के पास सहायता के लिए आयी। अली ने दोस्ती का फ़र्ज़ निभाया। उसने पीपा को बुलाकर रानी की समस्या बताते हुए सहायता करने को कहा। पीपा की छुट्टियाँ बाकी थीं और पैसा तो वह जोड़ता ही आया था। वह तुरंत मान गया। छुट्टी लेकर रानी के गाँव गया। उसकी माँ का इलाज करवाया, दिल खोल कर पैसा खर्च किया। शहर में लाकर रखा और बराबर दवादारू करवायी। उसके वहाँ रहते माँ की हालत में काफ़ी सुधार हुआ। रानी के भाई बहनों के लिए

उसने नये कपड़े-जूते दिलवाये और आते समय दो सौ रुपये माँ के हाथ पर रख आया।

रानी की माँ के मन में यह बात पैठ गयी। मुसीबत का वक्त था, क्या-क्यों-कौन नहीं पूछा जा सका, परंतु जिस तरह से पीपा ने बुढ़िया की सेवा की उससे उनको एतबार हो गया कि हो न हो यह लड़का रानी को बहुत चाहता है। इस बात का पता पीपा को तब चला जब रानी गाँव में छुट्टियाँ बिता कर आयी। उसने बताया, माँ उसका ब्याह पीपा के साथ करने को राज़ी है, अगर वह ब्याह के बाद उसी गाँव में बसने को तैयार हो। पीपा खुशी से पागल हो उठा। उसकी ज़िन्दगी का ढर्रा ही बदल गया। उसे सजने-सँवरने का शौक हो गया था। वह बराबर सौ रुपये बुढ़िया के नाम मनीऑर्डर करने लगा था।

अली को छोड़ कर इस बात की खबर किसी को नहीं हुई। सर्कस जीवन की तमाम पाबंदियों के बावजूद रानी और पीपा रातों को चोरी से मिलने लगे थे।

पिंजरों के बीच लावारिस कुत्ते की तरह टहलते हुए वह उन खतरों को सूँघ कर टटोल रहा था, जो उसके गिर्द रातों को मँडराने लगे थे। आखिरी पिंजरे के पीछे से झाँक कर मुतमइन हुआ कि कुट्टी डंडा खड़काता नहीं घूम रहा है। सबसे ज़्यादा डर उसी से हुआ करता था। लड़कियों के कैम्प में जाने का एक मात्र रास्ता बंद था। कोलेप्सेबुल गेट सिलवर शाइन देता हुआ चमक रहा था।

वह नालीदार चद्दरों की दीवार के सहारे लेटा पड़ा था। बराबर भीगता हुआ। उसके अभ्यस्त हाथ ज़मीन से एक फुट ऊँचे पर लगे एक आयताकार पैच के बोल्ट ढीले कर रहे थे। चौकन्नेपन से एक-एक बोल्ट निकाल कर जेब में रखता जा रहा था, क्योंकि लौटते समय इसको इसी तरह से बंद करना होता था।

उसके कपड़े लथपथ हो गये थे। चेहरे पर चिपका मेकअप चिनचिनाने लगा था। रानी का खयाल उसे रेंगाता रहा। वह पार्क के विलायती लॉन पर फिसलता हुआ तीसरे नंबर के तंबू के पास पहुँच गया, पत्थर की बैंच के पास। तंबू से बाहर निकली एक रस्सी थी, जो उसके वहाँ पहुँचने की सूचना रानी तक पहुँचाती थी।

उससे उनतीस इंच ऊँची प्रेमिका सीमेंट और पत्थरों से बनी बैंच पर बैठी थी। वह खड़ा था और इस तरह उसके बराबर का हो गया था। रानी उसके इस साहस पर स्तंभित थी और आह्लादित भी। इस ठंड और बारिश के तूफ़ानी

मौसम में अपनी जान की बाज़ी लगा कर सबको हँसाने वाला बढ़िया क्लाउन उसे प्यार करने आया है।

बहुत जल्दी दोनों ब्याह की बातों पर आ गये। इस बार रानी और वह दोनों एक साथ छुट्टी पर जायेंगे, रानी के गाँव। वहीं पर शादी होगी। यहाँ सर्कस में करना ठीक नहीं। कुछ मज़ा नहीं आयेगा। शादी के बाद दोनों सर्कस में काम करेंगे। घर भी रुपया भेजेंगे और जमा करते रहेंगे, ताकि वहाँ ज़मीन खरीदी जा सके। बाद में रानी काम छोड़ देगी।

भावावेश में आकर रानी ने बैठे-बैठे अपनी बाँहों में भर कर उसे चूम लिया, "अरे, तुम तो एकदम बर्फ़ हो गये हो!" वह व्याकुल हो उठी। बेचारा उससे मिलने के लिए कितनी तकलीफ़ उठा कर आता है। उसने पीपा के शरीर को अपनी गोद में समेट लिया। वह खुद भीग रही थी, मगर उसे उष्णता पहुँचाने की पूरी कोशिश करती रही।

और पीपा तो उन्माद की आँधियों में बह गया था। उसे लगा कि वह घर लौट गया है और हमेशा उसे मारने-पीटने वाली कठोर हाथों वाली (गिट्टी तोड़ने वाली) माँ उसे प्यार कर रही है।

रानी को अपना शरीर गौरवान्वित होता प्रतीत हो रहा था। वह देवता स्वरूप व्यक्ति, जिसने उसकी माँ को ज़िन्दगी बख्शी, भाई बहनों को प्यार दिया, जो सबको हँसाता है, कितना भोला और सूक्ष्म होकर उसमें समा जाने को आतुर है। उसे बाज़ुओं में भरे वह अनुभव कर रही थी, एक माँ अपने बच्चे को स्नेहातिरेक में किस तरह छाती से लगा लेती है, और वह तो प्रेमी भी था। पीपा की शक्ल में पकापन कूट-कूट कर भरा था। छोटे-से शिशुवत शरीर पर इतना बड़ा सिर और रेत पर खिंची रेखाओं की तरह खुलती-बंद होती आँखें। काँटेदार चेहरे की रेखाएँ...उसे लगा जैसे उसका हमेशा झगड़ने वाला संगदिल और शराबी बाप फिर से ज़िंदा हो आया है, बहुत भला बन कर। इस बार उसने अपना डीलडौल भी आवश्यकतानुसार घटा लिया है, जिससे बच्चों को दुविधा और डर न रह जाये। अब वह माँ के साथ मीठेपन से पेश आयेगा। उसको और बच्चों को जानवरों की तरह पीटने के बजाय...।

ऐसा बालक, प्रेमी या बाप कोई खो देने की चीज़ है! कोई रोज़-रोज़ मिला करता है! उसने पीपा को अपनी बाँहों के बीच कस कर भींच लिया। खूब कस कर, इतना कि उसे यकीन हो गया कि उसने पा लिया है।

छूटने पर घड़ी-दो घड़ी पीपा डगमग-डगमग हो गया। उसे नशा चढ़ गया था। उसकी आँखें सुलगी जा रही थीं। उसका मन हो रहा था कुछ कर डाले। उसने रानी को छूकर आज़माना चाहा। सच है कि सपना चल रहा है। रानी कुछ और समझी। उसने कहा, "डरते क्यों हो? देखो, खूब छूकर देखो मुझे। मैं तुम्हारी ही हूँ। समझे मेरे छोटे-से पीपा!"

"अब अपने टेंट में जाओ। नहीं तो तुम्हें सर्दी लग जायेगी," पीपा ने होश में आकर फ़िक्र भरे स्वर में उससे कहा। वह पूरी तरह चैतन्य हो गया था और जेब में हाथ डाल कर पैच के बोल्ट टटोल रहा था।

उन दोनों की शादी की खबर सुन कर उस सर्कस के लोग आसमान से गिरे। कुछ तो नटुवे को कोसने भी लगे, हाथोहाथ, मगर वह सामने नहीं था। अब लोगों की समझ में आया उसकी केरल-यात्रा का रहस्य, वह मलियाली नहीं था, फिर भी सवैतनिक छुट्टी पर वहाँ गया तो कुछ तो खटका था, लेकिन ऐसी कोई आशंका नहीं थी।

रानी के अलावा और कोई मामूली लड़की होती तो लोग इस मामले को लेकर ज़्यादा माथापच्ची नहीं करते। रानी बहुत ही होनहार और आकर्षक लड़की थी। रंग उसका केरलीय था, मगर अंग-अंग तारिकाओं वाले साँचे में ढला हुआ था। उसकी दंतमुक्ता-मुस्कान पर लोग लट्टू हो उठते थे। फिर सबसे ज़्यादा पैसा लेने वाली लड़की थी, क्योंकि अनगिनत नंबर उसकी उँगलियों पर थे। ट्रिपीज़ में वही एक ऐसी युवती कलाकार थी, जो टू-एंड-हाफ़, थ्री-एंड-हाफ़ तथा कैचर का काम तक कर लेती थी। ये आइटम उसने इतनी जल्दी सीख लिये थे कि साथ के लड़के सब पिछड़ कर रह गये।

खैर, लोगों ने मान लिया, जोड़ा यहाँ नहीं बनता, ऊपर से बन कर आता है। राममिलाई इस जोड़ी में अजब कंट्रास्ट था। सिर्फ़ ऊँचाई का फ़र्क ही उनतीस इंच था। दो महीने की छुट्टियाँ बिता कर यह हनीमूनी जोड़ा वापस मैदान में आ गया। पीपा को रानी के गाँव के लोगों से घुलने-मिलने में कोई दिक्कत नहीं हुई। अरसे से मलियाली लोगों के बीच रहते हुए वह उनकी भाषा, भाव और खानपान से अच्छी तरह वाकिफ़ हो गया था। साथ ही पोल्सनिंग में उसने कोई कसर उठा नहीं रखी। यहाँ से गया था तो रानी की माँ और भाई-बहनों के लिए पेटी भर सामान ले गया था। वहाँ आठ सौ रुपये पेशगी देकर एक ज़मीन पक्की कर आया था, अपना खुद का मकान बनवाने के लिए। उसने अपने

स्टूडियो की कैंटीन वाले दिनों से लेकर उस समय तक की बचायी हुई पाई-पाई उस मौके पर दिल खोल कर खर्च की। गाँववाले अश-अश कर उठे! रानी की किस्मत पर और दिलदार तीन फुटे दूल्हे पर।

जिस दिन ज़मीन का सौदा तय हुआ था, उसी दिन उनकी पहली रात मनी थी, रानी गाँव में आकर पूरी तरह वही तरसती हुई गाँव की गरीब लड़की हो जाती थी। पीपा ने उसके नाम ज़मीन खरीद दी, यह उसके रोम-रोम को कृतज्ञ कर देने वाली बात थी। उस रात सिरहाने रखे चिराग को गुल किया गया, तो वह बौना काफ़ी लंबा हो गया था।

वह सारी रात भन्नाये हुए पतंगे की तरह शमा के गिर्द अनथक प्रयत्न करता रहा। यहाँ तक कि...

~

दोनों की ज़िन्दगी में बदलाव आया। सुखद और संतुष्टिदायक। उन्हें फ़ेमिली कैम्प में तंबू मिल गया। रानी को पीपा का छोटा खटोला और कथरी नहीं भायी। उसने खटोला खड़ा कर दिया और कथरी को पायदान के तौर पर इस्तेमाल करने के लिए रख दिया। एक बड़ा-सा निवाड़ वाला स्टील पाइप का पलंग था, जो उस तंबू के अंदर एक डबलबेड की अहमियत रखता था, कम-से-कम पीपा के लिए। पीपा का नाम भी शुद्ध किया गया, पी. चौहाण।

रानी की गिनती महत्त्वपूर्ण कलाकारों में होने लगी। अभी तक उसे एक लड़की समझ कर ज़्यादा अहमियत नहीं दी जाती थी, अब उसमें गुरुत्व आ गया था। पीपा ने पाया कि उसका सम्मान तंबुओं के संसार में बढ़ता जा रहा है। कुली और लास्कर उसे चौहाण साब कह कर पुकारने लगे थे। उसने अपने सहयोगी मसख़रों का नेतृत्व बखूबी सँभाल लिया। दिमाग को कुरेद-कुरेद कर कई नये आइटम निकाले। तनख्वाह भी बढ़ गयी।

तंबुओं में होने वाली बैठकों में तरह-तरह के अनुमान लगाये जाते रहे। आखिर किस तरह रानी ने पीपा को अपने लिए चुना होगा। अंत में लोग इस निष्कर्ष पर पहुँचे कि सब पैसे की माया है। बस इससे आगे जा भी नहीं सकते थे।

~

पीपा की बढ़ती आत्मसजगता में जब कुछ ठहराव आया तो उसे लगा, सब कुछ होने के बावजूद रानी की तुलना में वह अत्यंत तुच्छ है। उसे रानी के मुकाबले आधा वेतन मिलता था। रानी के बैलेंस वाले नंबर के समय मसखरों को काफ़ी कुछ काम रहता था। वे अपने भोंडे करतब दिखाते और गिरते-पड़ते हुए दर्शकों को हँसाते। ठीक उस वक्त तक जब तक रानी के नंबर का दर्शनीय हिस्सा न आ जाये।

रानी के कंधे पर एक लड़की, उस लड़की के कंधे पर एक और लड़की और ऊर्ध्वाधर बिना किसी सहारे के खड़ी सीढ़ी के आखिरी पायदान पर संतुलन बनाये खड़ी हुई रानी। तालियों से तंबू गूँज उठता। उसी समय एक नाटा मसखरा दूसरे मसखरे के पीछे फंटी मारता। वह यही क्रिया तीसरे के साथ करता। तीसरा चौथे के साथ। आखिर में पीपा के फंटी पड़ती तो लोग खिलखिला कर हँस पड़ते। रानी नंबर समाप्त कर चुकी होती और दर्शकों को सगर्व अभिवादन करने आगे आती। उस समय वह अपने कूल्हे सहला रहा होता।

फ़्लाइंग ट्रिपीज़ में रानी ने कैचर का काम शुरू किया तो पीपा भी आगे बढ़ आया। पहले मनोहरन ट्रिपीज़ में क्लाउनिंग करता था। पीपा ने बहुत मेहनत से, गिर-गिर कर यह काम सीखा। अन्य फ़्लायर्स की तरह वह भी झूलता हुआ कैचर नंबर एक तक जाता, फिर एक स्विंग लेकर उसे कैचर नंबर दो यानी रानी की पकड़ तक जाना होता था, बीच में कलाबाज़ी खाते हुए। यही वह हँसाने वाला अभिनय था। उसे जान-बूझ कर नीचे नैट में गिर जाना होता था।

यहाँ उसका कद आड़े आ गया, वह कैचर नंबर एक के हाथों तक पहुँचने में ही असफल रहता और सहसा गिर जाता था। इससे गलत स्थिति में गिरने का खतरा तो रहता ही था, अभिनय की कलात्मकता भी काफ़ी कम हो जाती थी। उसे आइटम से हटा दिया गया। हालाँकि सर्कस में ऐसी बातें कोई फ़ील नहीं करता है, परंतु पीपा का दिल बैठ गया। वह ज़िन्दगी में पहली बार गंभीरता से उदास हुआ। उसने इसके लिए बहुत मेहनत की थी।

उसकी उदासी को रानी ने भाँप लिया, परंतु चुप रही। वह कुशल पत्नी थी। पति का मनोविज्ञान समझती थी, उसे मालूम था, हमदर्दी जताने से वह और टूटेगा।

इस बीच सर्कस में एक नया तमाशा बढ़ाया गया। सुअरिया गाड़ी, विलायती सुअर के बच्चे एक छोटी गाड़ी में जोत दिये जाते थे। इस गाड़ी को

हाँकने का काम, ज़ाहिर है, किसी नाटे मसखरे को दिया जाना था, सो पीपा से उपयुक्त कोई आदमी उन लोगों को नहीं नज़र आया। यह बला उसके मत्थे मढ़ी गयी। बला इसलिए कि पीपा को इस प्रदर्शन के दौरान आंतरिक पीड़ा होती थी। उसे लगता था, वह इसी काबिल है। कहाँ परियों जैसी मोहक रानी, जिसे सर्कस का मुख्य आकर्षण गिना जाता है और कहाँ सुअरिया गाड़ी हाँकने वाला पीपा।

शादी के बाद अन्य विवाहित युग्मों की तरह छुट्टी के दिन वे भी शहर घूमने या सिनेमा देखने जाते थे। पीपा के लिए ये बहुत ही मर्माहत कर देने वाले क्षण होते थे। रास्ते में, बाज़ार में, सिनेमा में हर जगह लोग उसे देखने के लिए इकट्ठे हो जाते थे। सिनेमा में तो खासतौर से परेशानी होती। उसे खड़े होकर भी मुश्किल से दीखता था। पहले की बात और थी, तब तो सबसे आगे की क्लास में बैठना होता था। मगर उसने यह सब कभी रानी पर ज़ाहिर नहीं होने दिया। वह जब भी चलने को कहती, वह तैयार हो जाता था।

और साथ ही रानी की देह खूब फल-फूल रही थी। उसके बदन पर कसाव का स्थान भराव लेता जा रहा था। वह तन कर खड़ी हो जाती तो रेखाएँ बोलने लगती थीं। चलती तो जवानी दो कदम आगे रहती। पीपा को यह जीता हुआ गढ़ फिर से दुर्भेद्य लगने लगा था। ऐसे में तो ज़रा भी आत्मविश्वास चूका और स्थिति हाथ से फिसलने लगती है। रानी उससे बहुत खुल गयी थी। और खुलती जाती थी। वह दुबका जा रहा था। अपने को ढक कर रखना चाहने लगा था। रानी कभी-कभी झुँझला भी जाती थी।

अगर गाँव जाने के दिन न आ जाते, तो शायद पीपा बिलकुल ही हिम्मत हार बैठता।

८

गाँव से लौटे, तो रानी को शक हो रहा था। अगले महीने वह शक ज़ोर पकड़ कर पक्की खबर बन गया था। उसने पूरी तरह आश्वस्त होने के बाद यह खबर पीपा को सुनायी। पीपा जी उठा। उसका मनमयूर मुग्ध होकर नाचने लगा। उसका आत्मविश्वास पूरा का पूरा लौट आया। वह बाप बनने जा रहा था। उसने बहुत सोचा, बहुत ज़्यादा सोचा और इस नतीजे पर पहुँचा कि उसमें कोई कमी नहीं है, सिर्फ़ इसके कि वह अपनी बीवी से उनतीस इंच छोटा है।

अब पीपा तीन लड़कियों का बाप है। बड़ी लड़की ऊँचाई में अभी से उसे पार कर गयी है। बच्चे रानी की नस्ल के हैं। उस पर कोई भी नहीं गया।

रानी का शरीर उसके हाथ से जाता रहा है। देह पर सिर से पाँव तक चर्बी छा गयी है। पहले वाले सब आइटम छोड़ दिये हैं। कुछ दिन तो काम ही छोड़ दिया था, मगर खाली पीपा की तनख्वाह से गुज़ारा नहीं हो सकता। उन्हें कम पैसे में गुज़ारा करने की आदत नहीं रही है, क्योंकि अभी तक दोनों मिला कर अच्छी रकम पीट लेते थे।

पीपा रुपये कमाने की धुन में है। जम कर ओवरटाइम करता है। दोनों शो वह रिंग पर ही गुज़ारता है, बिला नागा। रानी ने भी एक सोलो आइटम तलाश लिया है, जीप दौड़ाते हुए कुदाने का।

वह सर्कस के प्रवेश मार्ग से जीप दौड़ाते हुए रिंग की उठती एक बनायी गयी चढ़ान के शीर्ष तक लाती है। यहाँ से जीप करीब दो मीटर की छलाँग लेकर बीच के अवकाश को पार करते हुए धम्म से सामने बने प्लेटफ़ॉर्म पर जा गिरती है। तालियों की गड़गड़ाहट होती है। और बस, पंद्रह मिनट में काम खत्म।

मगर पीपा और रानी को न तो अपने भविष्य के बारे में कुछ पता है, न अपने बच्चों के। वर्तमान ही उनका सत्य है और हो सकता है।

ज़िंदा औरत का ताबूत

"सच क्यों नहीं बोलता है!" इस दफ़ा उसके बोलने का लहज़ा बदल गया था। शीला ड्रेसिंग रूम में ही थी। इंजेक्शन लगना बाकी था।

चंद्रन से उत्तर देते नहीं बना। उसके चेहरे पर अपराधी मुद्रा बनी रही। उसे लग रहा था, डॉक्टर गलती पर नहीं है। शीला महज़ संयोगवश जख्मी नहीं हुई है। वह उसके हाथों फेंके गये छुरे से घायल हुई है। डॉक्टर उसकी चुप्पी से झल्ला उठा। सिरिंज से पानी की तेज़ धार उछालते हुए बोला, "देखो मिस्टर! ये पुलिस केस मालूम होता है। मैं अभी...!"

उसने अटकते हुए बताना शुरू किया कि वे सर्कस के लोग हैं। ऐसा हो जाया करता है। प्रेक्टिस के दौरान छुरा लग गया है, जान बूझ कर नहीं। उसके कच्चे-कमज़ोर बयान ने डॉक्टर की दिलजमई नहीं की। हो भी नहीं सकती थी। सर्कस के लोग होते तो गाड़ी से नहीं आते।

इंजेक्शन तैयार करके डॉक्टर अंदर चला गया। उसने गहरी साँस छोड़ी। अभियोग लगा सकने वाला सही जगह चला गया है। हर बार ऐसा ही होता रहा है। शीला डॉक्टर को समझा देगी।

शीला बाहर आयी। बाँह से लेकर गले तक पट्टियाँ बँधी हुई थीं। हमेशा की तरह जर्द और क्लांत चेहरे पर फीकी मुस्कान थी। मानो कह रही हो—चिंता न करो। मैंने डॉक्टर को समझा दिया है।

यह क्षीण मुस्कान उसके लिए ही थी, ताकि उसे अपनी पत्नी के घाव छू न जायें। यह धंधा छोड़ दूँगा—वह मन-ही-मन दुहरा रहा था। उसको डॉक्टर के चेहरे पर उमड़ आयी घृणा और विरक्ति ज़हर मालूम पड़ रही थी। उसको अपने हाथ खून में रंगे मालूम पड़ रहे थे। उसके मन में आया, डॉक्टर को सब कुछ

सुना डाले। अपना पेट भी दिखा दे। सिर्फ़ हाथ देखने से सच्चाई कहाँ दीखती है। परंतु उसे फिर एक बार अपना मुँह सिला हुआ नज़र आया। इतना स्पष्टीकरण तो वह मामा के सामने भी नहीं दे पाया था। नहीं तो हालात कुछ और ही होते।

और उसकी आँखों के आगे छुरों से बेतरह गोदा हुआ वह लकड़ी का तख्ता नाचने लगा। भय और आतंक से वह सिहर उठा। यह तख्ता उसकी प्रेमिका और पत्नी का ताबूत था। ज़िंदा औरत का ताबूत। उसे इस खूनी तख्ते से बेइंतहा नफ़रत थी। उसका बस चलता, तो वह उसे फूँक डालता। मगर नियति उसे रोज़ सुबह नाश्ते के बाद उस तख्ते के सामने ला खड़ा करती थी।

यह नहीं कि वह बेज़ुबान रहता आया हो। दिल खोल कर भभका करता था। कई बार तख्ते को उखाड़ कर फेंक चुका था। मगर हर बार शीला बीच में आ जाती थी। उसने यही जगह चुन ली थी। तख्ते और उसके बीच में रहने की।

उसका ख़याल कुछ और था। वह कहती थी, "देखना! एक दिन यह तख्त फट जायेगा और एक रास्ता हमारे लिए खुल जायेगा। आज जो लोग हमें मामा के दबाव में काम देते कतराते हैं, हमारे पीछे-पीछे घूमेंगे। ऐसा शानदार आइटम किसी सर्कस के पास नहीं है।"

वह अधिकारपूर्वक उसके हाथों में छुरों का सेट थमा देती और खुद जा कर तख्ते से सट कर खड़ी हो जाती।

निशाना साध कर छुरे फेंकता हुआ वह अंदर-ही-अंदर पछताया करता था। काश! मामा को इस तरह नाराज़ न किया होता। ऐसी जल्दी क्या थी। कुछ दिनों बाद अपने आप राज़ी हो जाते। तब, कितना कुछ मिलता। एक दिन वह डायमंड सर्कस का मालिक होता। डायमंड सर्कस, जिसमें चालीस लड़कियाँ थीं, दो किंग पोल, सत्तर से ऊपर जानवर...।

तब भी शीला ही अड़ गयी थी। बाप के खिलाफ़ बगावत करने को उतारू हो उठी थी। उसको, हाथ पकड़ कर, खेमों और तंबुओं की दुनिया से बाहर खींच लायी थी। पहली बार वे खुले आकाश तले आज़ाद होकर जिये थे। मगर कितने दिन!

~

मामा ब्रिजिस और कोट पहने गाँव आते, तो धूम मच जाती थी। ऐसे चटखदार मामा और किसके यहाँ आते थे। माँ का रोम-रोम खिल उठता। पास-पड़ोस

की औरतें और बच्चे अपनी मासूम जिज्ञासाओं का समाधान माँ के माध्यम से ही करते थे। उनसे तो बात करने की हिम्मत नहीं होती थी।

मामा मामूली आदमी नहीं थे। बाल-प्रभात सर्कस के मालिक थे। उनका सर्कस दूरदराज तक मशहूर था। देस-देस घूम कर उन्होंने नाम और पैसा कमाया था। अव्वल दर्जे के घुड़सवार थे। उनके नाम पर सर्कस चल रहा था। ज़ाहिर था कि चंद्रन की माँ अपने भाई से कुछ उम्मीद रखती, अपने लड़के के बारे में। मामा के कोई लड़का नहीं था। औलाद के नाम पर एक लड़की थी, शीला। दक्षिण भारत में मामा की लड़की से ब्याह करने का आम रिवाज़ है। चंद्रन इस लिहाज़ से भाग्यशाली लड़का समझा जाता था।

वह बारह बरस का भी न था कि मामा को सौंप दिया गया। मामा उसे त्रिची ले गये। वहीं उसने पहली दफ़ा सर्कस देखा। देखा, तो देखता ही रह गया। परी-कथाओं में वर्णित अद्‌भुत करतब और तमाशों से भरी चमक-दमक भरी दुनिया में कदम रखा। जल्दी ही उसकी ट्रेनिंग शुरू हो गयी।

पहले उसकी हड्डियों के जोड़ खोले गये। एक-एक हड्डी अलग-अलग बजा दी गयी। एक्रोबैटिक्स और पल्टियाँ सीखते-सीखते उसने अपना गाँव में पला बदन खो दिया। उसे एक नया, यंत्रचालित-सा शरीर मिल गया। बीसियों हमउम्र लड़के-लड़कियों के साथ पल्टी और बैलेंस के आइटम देते हुए उसके पहले दो बरस चुटकी बजाते गुज़र गये। उसे गाँव भेजा गया। उसके पास ढेर सारे कपड़े थे, खिलौने थे और गाँववालों को सुनाने के लिए अनोखी बातों का खज़ाना था। उसे गाँव में रहते नहीं बन रहा था। राम-राम करके दो महीने की छुट्टियाँ कटीं। उसे सर्कस का तंबू एक बड़े चुंबक की तरह अपनी ओर खींच रहा था।

शीला उससे एक बरस छोटी थी। दोनों साथ-साथ काम सीखते थे। शीला की माँ घुड़सवारी और झूले के करतबों में माहिर थी। दोनों पति-पत्नी सर्कस-चर्या में इतने व्यस्त रहते थे कि शीला की ओर ध्यान देने का अवकाश ही नहीं मिलता था। अब मामा बाहर के काम करने लगे थे, मसलन आर्टिस्टों की भर्ती, नयी जगह पहुँचने से पहले किये जाने वाले इंतज़ाम। सर्कस का नेतृत्व शीला की माँ के हाथों में था।

मामी की हिदायतों के अंतर्गत चंद्रन ने ट्रिपीज़ का काम सीखना शुरू किया। बाल प्रभात सर्कस एक छोटा सर्कस था। उसमें झूले के आइटम भी छोटे

ही थे। चंद्रन ने शीला को भी यह सीखने के लिए प्रेरित किया। मगर खुद उसे यह काम रास नहीं आया। उसका बदन कसा हुआ ज़रूर था, मगर यह खेल बहुत फुर्ती और मनोयोग चाहता था। शीला कर ले गयी।

एक दिन वह बहुत बुरा गिरा। हड्डी-पसली बराबर हो गयी। यह प्रेक्टिस के दौरान हुआ। वह कैचर को अपने हाथ थमाने में चूक गया था। नतीजा ये हुआ कि उसे ट्रिपीज़ की जानलेवा बीमारी से छुटकारा मिल गया। उसे जगलर के हवाले कर दिया गया। इस दफ़ा उसे अपनी पसंद का काम मिला। वह हैट में कबूतर डाल कर, बिल्ली के बच्चे निकालने लगा।

शीला ने भी ट्रिपीज़ का काम अधबीच में छोड़ दिया। सबने बहुत कहा। वह नहीं मानी। मालिक की लड़की थी, कोई क्या कहता! शीला हमेशा चंद्रन के साथ बनी रहना चाहती थी। उधर चंद्रन खतरनाक कलाबाज़ियों से विरक्त हो गया था। उसे बाज़ीगरी भा गयी। कम-से-कम जान का जोखिम तो नहीं था। शीला ने घुड़सवारी में हाथ डाला। इसी बीच वह घटना घटी, जिसने उसके और शीला के मन में सर्कस के प्रति वितृष्णा जाग्रत कर दी।

शीला की माँ ने घोड़े की सवारी का नया नंबर सेट किया था, एक बड़े सर्कस की तर्ज पर उसमें घोड़ा रिंग में बहुत तेज़ रफ़्तार से दौड़ता था, वृत्ताकार दायरे में। और घुड़सवार चलते घोड़े की पीठ पर खड़ा होकर बैलेंस के नंबर दोहराता था। यह आइटम बहुत पसंद किया गया। सर्कस में भीड़ बढ़ने लगी थी। बड़ा दिलकश और रोमांचक नंबर था। दौड़ते घोड़े की पीठ पर खड़े होकर मुँह में एक तलवार पकड़ कर, उसकी नोक पर दूसरी तलवार खड़ी कर देना। एक विशुद्ध करिश्मा, जो सर्कसी करतबों की श्रृंखला में एक बेमिसाल उपलब्धि थी। शीला की माँ ने इस दुरूह और असाध्य नंबर को अपने सर्कस में खुद उतार कर हंगामा खड़ा कर दिया था। मगर कितने दिन?

वह चौथा शो था। उन दिनों सर्कस का सिर्फ़ एक शो हुआ करता था। रात के नौ बजे से आधी रात तक। तिल-तिल करके साधा हुआ अरबी घोड़ा जाने कैसे बदहवास हो बैठा था। एक तलवार की नोक पर ऊर्ध्वाधर खड़ी दूसरी तलवार शीला की माँ के सीने में सीधी उतर गयी थी।

रिंग की सा-डस्ट लहू से लाल हो गयी थी। उबलते खून का वेगवान फव्वारा उठ रहा था, सर्कस की रानी के सीने से। शीला बेहोश हो गयी थी,

चंद्रन के पैरों तले की ज़मीन खिसक गयी थी। दर्शकों में जाने कितने कमज़ोर दिल लोग...

चंद्रन को लगा अब यह पैशाचिक ढाँचा गिरा दिया जायेगा।

अगले दिन सुबह अर्थी निकली। पहली बार उसने देखा सर्कस में काम करने वाले की अर्थी कैसे निकलती है। उस मातम से भरे हुए तंबू में आखिरी रस्में अदा हुईं। वह सुहागिन मरी थी और काम करते हुए मरी थी। मामा की आँखों में उदासी से भरी घटाएँ तो थीं, मगर वे बरसने का नाम न लेती थीं। शीला की आँखें रोते-रोते दुख आयी थीं। वह कटी पतंग की तरह कभी ये खंभा कभी वो बल्ली थामती रही थी।

लोग लाश को दुल्हिन का श्रृंगार देकर कुछ बनाने की कोशिश कर रहे थे। उससे न देखा गया। उसकी नज़रें अपने उस्ताद को ढूँढ़ रही थीं। उस बूढ़े बाज़ीगर को, जिसके लंबे टोप में से दर्शकों की प्रसन्नता और आश्चर्य का सामान निकलना कभी बंद नहीं होता था। सब लोग सदमे को आँखों के आगे झेलते वहाँ खड़े थे। बाल प्रभात सर्कस की आत्मा उनसे बिछुड़ रही थी। मगर बूढ़ा जगलर शायद अपने टेंट में था। वह उस ओर बढ़ गया।

उस दिन, उस वक्त, उस तंबू में उसने जाना एक गम घोलक तरल पदार्थ भी होता है, जिसे बस पीना भर काफ़ी है। होश कलाबाज़ी खाने लगते हैं। उसने पहले झटके को महसूस किया और महसूस हो पाने की इस अदा पर मर मिटा।

शव यात्रा में आखिरी कतार में दो लोग लड़खड़ाते कदमों से इस तरह जा रहे थे, जैसे वापस लौट रहे हों, या लौटने की कोशिश कर रहे हों।

इस दुर्घटना का सर्कस के शेड्यूल पर रत्ती भर भी असर नहीं हुआ। मामा पत्थर हो गये थे। उन्होंने शीला को प्रेक्टिस में आने से मना कर दिया था। यह सर्कस के अर्थों में एक ज़बर्दस्त प्रतिक्रिया थी। उन्होंने सर्कस में अपनी पत्नी की मृत्यु से हुई क्षति की पूर्ति करने का प्रयास किया। नयी भर्तियाँ कीं। कलाकारों की ट्रेनिंग पर ज़ोर देना शुरू किया।

चंद्रन का मन उचट गया था। उसे सर्कस से नफ़रत होती जाती थी, और मामा को उससे। अगर शराब का सहारा न मिल गया होता, तो वह सर्कस की दुनिया को सलाम करके गाँव चला गया होता। भले ही वहाँ फाके करने पड़ते। मामा को शिकायत यह थी कि वह महज़ एक जगलर बना जा रहा है। उसे कुछ

महत्त्वपूर्ण आइटम सीखने चाहिए थे—बार बैलेंस, ट्रिपीज़ या कम-से-कम क्लाउनिंग ही! उन्होंने कई दफ़ा इस बात को घुमा-फिरा कर जता दिया था।

वे सर्कस के प्रशासनिक और व्यवस्था-संबंधी कार्य शीला को सौंपना चाहते थे। खतरों से बची रहे और समय आने पर सब कुछ सँभाल भी ले। मगर माँ की मौत के आघात ने शीला को अत्यधिक डाँवाडोल कर दिया था। उसे इन लादे गये उत्तरदायित्वों में ज़रा भी दिलचस्पी नहीं हो पायी। मालिक की लड़की समझ कर लोग उससे कुछ अलगाव और औपचारिकता बनाये रहते थे। एक चंद्रन ही ऐसा था, जिसके साथ वह खुल कर बातें कर लेती थी। वह उसके दुख को जानता-समझता था और धैर्यपूर्वक उसकी बातें सुनता। धैर्य भी बँधाता।

वे एक-दूसरे के करीब आते गये। शीला इसी कोशिश में रहती थी कि जैसे भी हो, चंद्रन पास बना रहे। मामा ने देखा-समझा, मगर पी गये। उन लोगों ने इसे स्वीकृति और मान्यता के अर्थों में लिया, औरों ने भी। वे सीमा से आगे बढ़ गये थे, सर्कस जीवन के लौह-दंड अनुशासन को भूल कर। यही उनकी यातना का कारण बन गया।

उन्हें सुबह प्रेक्टिस के समय रिंग से अनुपस्थित और किसी एकांत में बातें करते पाया गया। रात ढले, चाँदनी में नहाते और खुली आँखों से मिल कर सपने देखते पाया गया। शीला तो मालिक की लड़की थी, मगर चंद्रन क्या था! सर्कस की व्यवस्था के छोटे पाये उनके सम्पर्क के बोझ से चरमराने लगे और मामा के तेवर बदलते गये। चंद्रन को सब तरह की छूटें मिलनी बंद हो गईं। उसे लाज़िमी तौर पर प्रेक्टिस के वक्त रिंग में रहना पड़ता था। उसे खतरनाक नंबर दिये जाने लगे। रात को उसके तंबू के द्वार पर पहरेदार बैठने लगा। गरज ये कि सारे रास्ते बंद कर दिये गये। घर से माँ की चिट्ठी आयी, इसी विषय में, कि यहाँ हम इतने मजबूर हैं, मुफ़लिसी में वक्त काट रहे हैं, उधर तुम काम से जी चुरा रहे हो। उसने कलेजा मज़बूत कर लिया। काम सीखने से नहीं भागूँगा। उसने खतरनाक आइटमों की प्रेक्टिस शुरू कर दी और बड़े मनोयोग और मन की मज़बूती से काम करने लगा। इसके पीछे दारू का बहुत बड़ा हाथ था। शीलाविहीन रातों को, प्रेक्टिस में खायी चोटों का दर्द कुछ इस तरह दिल के दर्द के साथ मिल-जुल कर उठता था कि चंद्रन को सहते नहीं बनता था।

वह उस्ताद के खेमे में पहुँच जाता था। लौटते समय उसे कुछ भी याद नहीं रहता था, बल्कि एक टूटन भरा खुमार सुबह तक बना रहता था। जो

प्रेक्टिस के लिए रिंग तक पहुँचने का सेतु बन जाता था। उन्हीं दिनों उसने तलवारों के बैलेंस वाला नंबर सीखा। सीखा ही नहीं, उसमें मास्टर बन गया।

शीला ने यह सब देखा, तो अपने विशेषाधिकार का प्रयोग आरंभ कर दिया। उसे कौन रोक सकता था! वह मालिक की लड़की ही नहीं थी, व्यवस्थापक भी थी। उसने सारे कानून-कायदे ताक पर उठा कर रख दिये।

एक दिन मामा और शीला में भिड़ंत हो गयी। शीला ने साफ़-साफ़ कह डाला—उसे चंद्रन से प्यार है और वह उसी की...

चंद्रन को सर्कस छोड़ देने का नोटिस मिल गया था कि या फिर वह अपनी सीमाओं को समझ ले। उस जैसे नाकारा, मामूली और पियक्कड़ आदमी के साथ शीला नहीं ब्याही जा सकेगी। वह सिर्फ़ मुलाज़िम है, उसी के ढब में रहे, यदि रहना हो तो। उसने मामा के सामने रोते-रोते सब कुछ मंज़ूर कर लिया था। उसे माँ का बहुत ख़याल था। मामा ने उसे समर्पण करते पाकर यह भी इशारा दे दिया था कि यदि वह अपना कौशल और चरित्र अनुकरणीय कर पायेगा, तो उसे सर्कस का भावी मालिक बनाने की बात सोची जा सकती है।

शीला बहुत स्वाभिमानी लड़की थी। उसे यह सह्य नहीं हुआ कि पिता अपनी लड़की की इच्छाओं को इस तरह से ठुकरा दे। उसने दूर चले जाने का इरादा कर लिया था। चंद्रन ने बहुत समझाया-बुझाया, मगर वह टस-से-मस नहीं हुई थी। उसने चंद्रन को कह दिया—अब इस कैद से मुक्त होना ही है। अपने पैरों पर खड़े होकर दिखा देना है कि हम खिलौने ही नहीं हैं, किसी की इच्छाओं के गुलाम नहीं हैं, चाहे वह कोई भी हो। उसे संदेह था कि उसके पिता उसका हाथ चंद्रन के हाथों में सौंपने को कभी तैयार होंगे।

चंद्रन मजबूर हो गया था। शीला की आँखों में इतनी करुणा भरी थी और दिल में इतना प्रेम कि वह सब कुछ कुरबान करने को तैयार हो गया। भावुकता भरे सपनों में दोनों बहे, तो बहते चले गये। यहाँ तक कि उस सर्कस की घेराबंदी से बाहर आ गये।

एक तो पास में कोई खास इल्म नहीं, दूसरे मामा द्वारा फैलायी गयी बदनामी, कोई सर्कस उन्हें रखने को तैयार नहीं हुआ। मामा बहुत क्रोधित और क्षुब्ध थे। उन्हें कतई उम्मीद नहीं थी कि पत्नी के बाद पुत्री भी दगा दे जायेगी। उनका सर्कसी पुख्ता मिज़ाज उन्हें इस बात की इजाज़त नहीं देता था कि वे मानवीय

धरातल पर खड़े होकर एक स्नेहशील पिता की नज़र से पूरे कांड को देखें, और नज़रअंदाज़ कर जायें।

हरक्यूलियन सर्कस एक छोटा-सा सर्कस था। चंद्रन ने काफ़ी दावे किये, तो उन्होंने रख लिया। मगर तलवार वाले नंबर को छोड़ कर उनकी पेशकश में कोई आकर्षण नहीं था। जगलरी के खेल दिखाने वाले आर्टिस्ट पहले ही सरप्लस थे। बहुत कम तनख्वाह, नाममात्र की सुविधाएँ और उपेक्षा। इसके सिवा उन्हें कुछ न मिल सका। ऊपर से तुर्रा यह कि मालिक शीला को समझा-बुझा कर बाल प्रभात सर्कस के मालिक के पास जल्दी-से-जल्दी पहुँचाने का श्रेय लेने को उतारू थे। दोनों तंग आ गये। छोड़ना पड़ा।

एक बड़े सर्कस के मालिक के पास गये। उसने कायदे की सलाह दी। सीज़न शुरू होने में दो महीने थे। उस वक्त तक कोई ज़ोरदार आइटम सेट किया जा सकता था। ज़ोरदार का मतलब था, जो उस सर्कस के दिखाये जाने-वाले प्रदर्शनों की फेहरिस्त में न हो और ऐसा हो कि देखने वाले कलेजा थाम लें। शीला ने सुझाव दिया—दो महीने के अंदर छुरे फेंकने वाला खेल तैयार किया जा सकता है। उतने वक्त तक काम चलाने के लायक जमा पूँजी थी ही। नहीं होगा, तो जेवर बेचे जा सकते हैं (एक-दो जेवर बदन पर थे)।

सर्कस के मालिक ने मेहरबान होकर प्रेटिक्स के लिए ज़रूरी सुविधाएँ देना स्वीकार कर लिया था। लूज़ वायर पर रिहर्सल उन्हीं के यहाँ किया गया।

आइटम यह था कि बारह फुट ऊँचे एक घूमते तख्ते से सट कर लड़की खड़ी होती है और आर्टिस्ट लूज़ वायर पर खड़ा होकर छुरे फेंकता है। छुरे एक-एक करके लड़की के शरीर के रेखाकार के गिर्द धँसते जाते हैं। एक-एक करके बीस छुरे दायें-बायें जाकर तख्त में धँस जाते हैं। देखने वाले सकते में रह जाते हैं। खतरा उठाने की हद है! एक इंच भी इधर-उधर हो गया तो...

शीला तख्त के साथ सट कर खड़ी होने वाली लड़की बन गयी थी। और कोई चारा नहीं था। खाली तख्ते पर निशाना साधते-साधते वह वक्त आ गया, जब उसे खड़ा होना था। पहले ही दिन चंद्रन का दिल कमज़ोर पड़ गया था। छुरा शीला की जाँघ खरोंचता हुआ जाकर धँस गया। कट लग गया था। उसने छुरे उठा कर फेंक दिये और तौबा कर ली—यह चलने वाला नहीं है। इस चक्कर में कहीं शीला को खो बैठा तो क्या बचेगा। माँ से नाता टूट चुका था और मामा जान के दुश्मन बन गये थे।

पत्नी ने बड़े प्यार से पति को हिम्मत दिलायी। वह पूरे खतरे उठा कर भी उसे एक ऊँचा कलाकार बनाना चाहती थी, जिससे बड़े सर्कस में काम मिल सके। वह अड़ा रहा, खूब बहस हुई। आखिर उसे झुकना पड़ा। नहीं करेगा तो क्या करेगा। और कोई हुनर तो आता नहीं। पढ़ा-लिखा है नहीं। मज़दूरी करने से न तो पेट भरेगा और न ही उसका भविष्य बन सकेगा, जो पेट में था। शीला माँ बनने वाली थी।

शाम को उसने खूब पी। शीला ने सहृदय होकर उसे इजाज़त दे दी थी। पीने के बाद उसने मामा को बहुत कोसा, सर्कस के यंत्र को बहुत गालियाँ दीं और रोने लगा। जो कुछ वह कह नहीं पाता था, उसके मुँह पर आ गया था। उसका सिर अपनी गोद में लिये शीला उसके मुक्त उद्‌गारों में प्रतिध्वनित होती सर्कसी ज़िन्दगी के प्रति असीम घृणा को करीब से महसूस करती रही।

शुरू के वे अभ्यासी दिन! अनभ्यस्त हाथों से कभी गर्दन, कभी बाँह तो कभी जाँघ, कहीं-न-कहीं छुरा लगता ही रहा। कभी मामूली कट लगता, तो कभी फव्वारे छूट जाते। वह हतप्रभ खड़ा रह जाता। शीला कटे हुए हिस्से को ज़ोर से दबा कर खून को रोकने का प्रयत्न करती।

चीनी का डिब्बा खाली कर देने पर भी जब खून नहीं रुक पाता, तो मजबूरन किसी-न-किसी डॉक्टर के पास जाना पड़ता था। ढेर पट्टियाँ चढ़वा कर लौटती हुई शीला रास्ते भर उससे यही कहती आती, "अब ऐसा नहीं होगा। दिल न तोड़ो..."

चंद्रन की आँखें गुड़हल का फूल हो रही हैं। यह तीसरा पेग है। मैं उसके सीने में दबी आहों का अनुमान करके रोमांचित हो जाता हूँ। आज यह कलाकार छुरी-तलवार के प्रदर्शनों का माहिर गिना जाता है। लूज़ वायर पर खड़ा होकर घूमते तख्ते के साथ खड़ी लड़की की परिधि के गिर्द छुरों से आकार बना देने वाला आइटम मैंने देखा है। एक तलवार मुँह में पकड़ कर उसकी नोंक पर दूसरी तलवार खड़ी करते भी देखा है।

मैं उस मॉडल लड़की की सुरक्षा के बारे में पूछता हूँ—क्या वह कोई एहतियात ले सकती है? या कोई बचाव?

"नहीं, नहीं। उसकी लाइफ़ मेरे हाथ में रहती है। इस हाथ में। वह बेचारी कुछ नहीं कर सकती। कुछ नहीं।" अपना छुरे फेंकने वाला हाथ

बेबाकी से दिखाते हुए चंद्रन जवाब देता है।

नशा ज्वार पर है। वह हा-हा करके हँसने लगा है। दूसरे ही क्षण गंभीरता छा जाती है। बहुत रहस्यमय स्वर में कहता है, "जानते हो, जब पहली दफ़ा सर्कस के मालिक के सामने यह नंबर दिखाया था, तब कोई मॉडल नहीं मिला था। वहाँ, वहाँ खड़ा हुआ हमारा वाइफ़!...प्रेगनेंट वाइफ़! समझा। हाँ-हाँ-हाँ!..."

यही नहीं गर्भवती शीला को पहले-पहल एक महीने तक रोज़ाना तख़्ते पर चढ़ना पड़ा। जब तक विश्वास न हो जाये, सर्कस की कोई लड़की मॉडल बनने को तैयार नहीं होती थी। खैर, वक्त था, निकल गया। आज उस बात को अरसा गुज़र गया। जाने कितनी लड़कियाँ मॉडल बनीं और सर्कस छोड़ कर ज़िंदा वापस होती गयीं। मगर चंद्रन का आइटम पुराना नहीं पड़ा है।

"जानते हो! मॉडल की जान कौन बचाता है!...जब लड़की पर छुरा फेंकता हूँ, तो आँखों के सामने वाइफ़ का फ़ेस आ जाता है। ऐसा लगता है, हमारा प्रेगनेंट वाइफ़ वहाँ खड़ा है। और निशाना कभी गलत नहीं होता है...कल क्या होगा कह नहीं सकता, बारह साल तो गुज़र गये ।" चंद्रन अधमुँदी आँखों से शून्य में कुछ देखते हुए कहता है। मेरे प्रश्न का समाधान हो जाता है और नहीं भी होता।

ज़िन्दगी तीन चेहरों पर अटकी हुई

एकाक्षी मेनन की आँख चमक उठी। यही तो है वो, जिसकी बरसों से तलाश थी। उसे लगा, उसका बचपन उसके सामने आकर खड़ा हो गया है। वैसा ही गहरा पक्का रंग, वैसी ही अधमुँदी लगने वाली आँखें और वही घुँघराले बाल। सबसे बड़ी बात थी, उसके चेहरे पर छायी हुई, मासूमियत का विभ्रम उत्पन्न करती हुई, वह दुर्लभ किस्म की तटस्थता, जो किसी समय भी एक निस्संग क्रूर मुद्रा में ढल सकती थी। उसके कंधे उसी की तरह अस्वाभाविक रूप से ऊँचे थे और कोहनियों-घुटनों के जोड़ कतई निर्दोष थे।

ग्यारह साल का वह अनाथ लड़का, बिना हिले-डुले, अपलक दृष्टि से उसे देखता खड़ा रहा, उसकी एकमात्र आँख के पाशविक सम्मोहन को झेलता। मेनन को यकीन हो गया, इस एकटक दृष्टि को दहकाया जा सकता था और उस दहक से दहला कर पाशविक घातभरी दृष्टियों को सम्मोहन के नागपाश में बाँधा जा सकता था।

वह लड़का सर्कस में रख लिया गया, बल्कि कैद कर लिया गया। मेनन ने उसे अपने कैम्प में रखा। यह कैम्प खतरनाक समझे जाने वाले जानवरों के बीच लगा करता था। मेनन विकराल पशुओं का ट्रेनर था। उसके शिकंजे में आकर हिंस्र आदमखोर बेहद विनम्र और आज्ञाकारी हो उठते थे। करीब बीस छोटे-बड़े सर्कसों में उसके साधे हुए जानवर थे। वह उनका मनोविज्ञान ही नहीं समझता था, बल्कि उनकी एनाटॉमी-फिजियोलॉजी तक जानता था। उसे कर्मठ रिंग मास्टर समझा जाता था।

यह उपलब्धि सहज ही प्राप्त नहीं हुई थी। इसके लिए उसने अपने कई मानवीय तत्वों की बलि दी थी। उसकी एक आँख वनराज से संघर्ष करते हुए

इसी की भेंट चढ़ गयी। छोटे-मोटे घाव तो अनगिनत रहे होंगे। एकाक्षी हो जाने के बाद उसने दर्शकों के सामने आना बंद कर दिया था। उसका काम जूनियर रिंग मास्टरों को सिखाने और जानवर काबू करवाने तक सीमित हो गया था। स्वामी के रूप में उसे अपना उत्तराधिकारी प्राप्त हो गया था। वह उसकी पसंद का शिष्य था।

सिविल अस्पताल के जनरल-वार्ड में पड़े-पड़े वह ऊब गया है। उसे दिल के दौरे पड़ते हैं। इस बार हालत कुछ ज़्यादा ही नाज़ुक हो गयी थी। एक भी दिन वह रिंग में नहीं उतर पाया है, यहाँ तक कि सर्कस दूसरे शहर में जाने की तैयारी कर रहा है।

उसे ठीक होने तक यहीं रहना पड़ेगा। सर्कसवाली मालगाड़ी उसके बिना चल देगी। दूसरे शहर में शानदार सर्कस परेड निकलेगी। हाथियों की कतारें और पीछे शेर-चीतों के पिंजरे। यह सब उसके बिना होगा।

उसे लग रहा है, सर्कस की गाड़ी उसे छोड़ती जा रही है। अब उसके सर्कस-जीवन की शाम हो गयी है, क्योंकि वह ढल चुका है। जिसके सामने भयानक नरभक्षी दुम हिलाते थे, वह स्वामी अब निस्तेज और निरस्त हो चुका है। दिल ने जवाब दे दिया है। यह एहसास उसे संज्ञाहीन कर देता है। वह सब कुछ भूल जाता है। उसके मानस पटल पर किसी फ़िल्म की तरह बीता हुआ जीवन चित्रित होने लगता है...वही ग्यारह साल का अनाथ लड़का सर्कस में भर्ती होने के लिए आता है। मैनेजर उसे एकाक्षी मेनन के सामने ला खड़ा करता है...

हफ़्तों उसे शेर-चीतों की गंध के बीच रहने का अभ्यास कराया गया। शेर के पिंजरे के बिलकुल पास उसे सुलाया जाता था। वह जन्मजात यतीम था, उस समय तक भरपेट खाने के लिए तरसता रहा था। उसे इससे गरज नहीं थी कि उसे कहाँ रखा जा रहा है, और किस तरह रखा जा रहा है! वह भरपेट खाता था और जानवरों के पिंजरों के बीच आकर सो जाता।

एक दिन उसे पिंजरे से बाहर निकले शेर के सामने ले जाया गया। शेर खुले में खड़ा था। स्वामी को डर लगा। उसके पाँव ठिठक गये। मेनन ने उसे पास आने का इशारा किया। उसकी हिम्मत नहीं हुई। मेनन के करीब जाने के लिए शेर के पास से गुज़रना पड़ता। तभी सपाक! सपाक! दो आवाज़ें हुईं हंटर की,

और शेर बैठ गया। फिर एक आवाज़, सपाक! वह खड़ा हो गया। अब मेनन ने सगर्व स्वामी की ओर देखा। मानो कह रहा हो, चले आओ। मेरे यहाँ रहते कोई डर नहीं है। हंटर हाथ में रहते शेर पालतू कुत्ते से अधिक कुछ नहीं है।

आँखें मींच कर वह आगे बढ़ गया था। उसे लग रहा था, शेर अब लपका, अब दबोचा...मगर सही-सलामत पहुँच गया। दिल बुरी तरह धड़कने लगा था। मेनन उसे गौर से देखता रहा।

अगले दिन से बाकायदा ट्रेनिंग शुरू हो गयी थी।

उसे शेर के पास ले जाया गया। शेर ज़ंजीरों में जकड़ा हुआ था। खतरे की कोई गुंजाइश नहीं थी। मेनन ने उसे शेर की पीठ पर बैठने का आदेश दिया। पहले तो उसे यकीन नहीं हुआ कि उसी से कहा जा रहा है, परंतु जब आदेश ज़रा सख्ती से दोहराया गया, तो वह वहाँ से भाग खड़ा हुआ।

उसे पकड़ कर मेनन के पास लाया गया। भय और आतंक से उसका बदन थरथरा रहा था। मेनन को यह देख कर संतोष हुआ कि इस अवस्था में भी उसके चेहरे पर याचना जैसा कोई करुण भाव नहीं था। बस भय था, विशुद्ध भय जान का। मेनन ने सपाट स्वर में उसे शेर की पीठ पर सवार होने को कहा। वह अपनी जगह से हिला तक नहीं। उसे फिर कहा गया। नहीं...सपाक! इस बार हंटर उसकी पीठ पर पड़ा था। फिर मेनन का हाथ नहीं रुका। जब तक कि वह ज़ंजीरों में जकड़े शेर की पीठ पर नहीं बैठ गया।

~

शेर अचकचा कर खड़ा हो गया। वह बुरी तरह शेर की पीठ से चिपक कर रह गया था। उसे लग रहा था, शेर की खाल में काँटे भरे हैं। ऊपर से हड्डियों की मर्मांतक चुभन। स्वामी की त्वचा के रोएँ खड़े हो गये थे।

सपाक! सपाक! की आवाज़ों के बीच वह और शेर दोनों प्रकृतिस्थ हो गये थे। शेर अपना गुस्सा दबाये हुए खड़ा था। उसे हंटर का डर न होता, तो जाने क्या करता।

यह नाटक रोज़ दोहराया जाता रहा। स्वामी और शेर दोनों अपनी मजबूरियों के अनवरत दबाव में अपनी-अपनी प्रतिरोधक शक्ति खोते जा रहे थे। अब वह निडर होकर शेर के गले से लिपट जाता। पीठ पर बैठता या उसे जगह-जगह सहलाता रहता। शेर आदी हो गया था, मगर ज़ंजीरें अभी पड़ती थीं।

मेनन ने उसे हंटर पकड़ना सिखाया, बंदर, भालू, हाथी और यहाँ तक कि गैंडे से भी परिचित कराया। धीरे-धीरे जानवरों के मनोविज्ञान की जानकारी उसे मिलती गयी। उनके खाने-पीने-रहने की व्यवस्था कैसे की जाती है, यह उसे मालूम हो गया। फिर इस राह पर उसके कदम रुके नहीं। वह बढ़ता ही गया। शेर बिना ज़ंजीरों के उसकी प्रतीक्षा में रहता। वह निडर होकर उसके पास जाता। हल्की गुर्राहट बनी रहती थी, मगर मेनन के वहाँ रहते उसे ज़रा भी चिंता नहीं होती थी।

एक दिन उसे हंटर देकर अकेला भेजा गया। वह बड़ा मुश्किल दिन था। मेनन की गंध हवा में न पाकर शेर बेकाबू हुआ जाता था। कई बार हंटर का प्रयोग करना पड़ा। अंत में शेर को पिंजरे में बंद करके लौटा, तो उसकी कमीज़ पसीने से तर थी।

स्वामी जवान होता गया और एकाक्षी बूढ़ा और अशक्त।

मेनन की तनख्वाह घट कर चौथाई रह गयी थी और वह सर्कस कैरियर के कगार पर पहुँच चुका था। स्वामी का बदन निकल आया। चेहरे पर पथरीलापन छा गया, आँखों में क्रूरता। कुल मिला कर अब वह एक दबंग रिंग मास्टर बन गया था। उसने रिंग में पहला कदम रखा ही शेरों के साथ था। उसके बाद यह सिलसिला बंद नहीं हो सका। वह सर्कस का अत्यंत महत्त्वपूर्ण कलाकार माना जाने लगा था। एक दिन बैठे-ठाले एकाक्षी मेनन अल्लाह को प्यारा हो गया। हार्ट फेल! उसे फूँक कर आये, तो स्वामी को रिक्तता का एहसास सताने लगा। मेनन उसके सिर पर छाया की तरह बना रहा था। उसे अपने अज़ीज़ उस्ताद की जुदाई का सदमा तो पहुँचा, मगर आँखों में आँसू तो क्या, नमी तक नहीं दिखाई दी। यह उस्ताद की ही ट्रेनिंग थी।

उसे जानवरों से खेलने का शौक हो गया। यह उसका एकमात्र शौक धीरे-धीरे नशे का रूप धरता जा रहा था। उसे इस क्षेत्र में बहुत कामयाबी हासिल हुई। उसने उस सर्कस के एक-एक करके सारे जानवरों को काबू करके देखा। उनसे कई तरह के नये आइटम करवाये।

उन्हीं दिनों बड़े सर्कसों में शेर के साथ मॉडल पेश करने का रिवाज़ चला। यानी कोई सुंदरी रिंग मास्टर का रोल अदा करे। शेर के गले में हाथ डाले, उसे अपने इशारों पर नचाये। स्वामी के सर्कस को भी ऐसी मॉडल तैयार करनी पड़ी।

उसका नाम सावित्री था। वह किसी छोटे सर्कस से आयी थी। पहले जानवरों के साथ काम किया हुआ था, मगर शेर के साथ काम करने का पहला अवसर था। बहुत अच्छी तनख्वाह पर उसे लिया गया। उसके पास रूप-रंग था। उसे शेर के साथ खेलते हुए देखना दर्शकों के लिए बहुत बड़ा आकर्षण साबित होता। मैनेजर के बहुत कहने पर उसे सेट करने की ज़िम्मेदारी स्वामी ने मंजूर कर ली। वहाँ उससे सीनियर दो-तीन ट्रेनर और थे। कायदे से यह काम उन्हें ही दिया जाना चाहिए था। मगर स्वामी शेरों का विशेषज्ञ समझा जाने लगा था।

यह बहुत बड़ा दर्दे-सिर था। शेर सावित्री को मान्यता देने को कतई तैयार नहीं था। देखते-देखते वह बागी हो उठता था। उसे सावित्री के कोमल अंगों का स्पर्श नहीं रुचा। स्वामी और चाबुक के आतंक में वह घड़ी-दो घड़ी के लिए उसका आलिंगन बर्दाश्त कर लेता था, मगर जल्दी ही गुर्राने लगता। भय और रोमांच से सावित्री की आँखें बंद हो जातीं। मगर वह मुँह नहीं मोड़ सकती थी। उसे इस काम के लिए तिगुने पैसे मिल रहे थे। उसका भला-बुरा सब स्वामी के हाथ में था।

स्वामी ने धीरे-धीरे करके सावित्री को शेर के लिए सहनीय बना डाला। अब वह ज़्यादा शोरोगुल नहीं करता था। सावित्री सर्कस की खास बिकनीनुमा जरी गोटेदार ड्रेस पहनकर अपना अंग-सौष्ठव छलकाती शेर के करीब पहुँच जाती थी। वह उसके इशारे पर देखते-देखते एक स्टूल पर चढ़ जाता था। उतर कर आता, तो वह उसके गले में बाँहें डाल देती थी। दर्शक देखते, उत्तेजित हो उठते और तालियों से आसमान गुँजा देते थे।

दरअसल यह सब सावित्री के पार्श्व में खड़े स्वामी के इशारों पर होता था। वह सूत्रधार था इस नाटक का। दर्शक समझते थे, लड़की उससे सब करवा रही है।

~

जितने समय तक यह शो चलता था, सावित्री की समस्त चेतना उस ओर केंद्रित रहती थी, जिस ओर स्वामी हंटर लिये खड़ा रहता था। उसे मालूम था कि नरभक्षी वनराज मौका पाते ही उसे चीर-फाड़ डालने को उत्सुक है। उसके पिंजरे का फाटक खोलते समय उसे लगता कि वह मौत के मुँह में सिर रख

रही है। पिंजरे में शेर की वापसी तक वह अधर में झूलती-सी रहती थी। मगर उसे संतुलित दिखने वाला अभिनय करना होता था। दर्शकों के लिए शेर से बचाव का प्रबंध होता था। रिंग के गिर्द जाली खींच दी जाती थी। उसके बाद तमाम स्पॉट लाइटें शेर और सुंदरी पर केंद्रित हो जाती थीं। सावित्री के बचाव का सिर्फ़ एक प्रबंध होता था—कठघरे में स्वामी की उपस्थिति। यही उसका संबल था, शक्ति-स्रोत था, चैन था। खतरे भरे रूटीन में बँधी वह लड़की हर समय स्वामी के बारे में सोचती रहती थी। उसे यह सोचना ही वहाँ बनाये हुए था, नहीं तो काम छोड़ देती।

उसके मन में स्वामी की उपस्थिति के प्रति यह अविकल सजगता कालांतर से एक दूसरी ही भावना बन गयी, जिसके अंतर्गत वह उसके समक्ष आत्मसमर्पण करने को व्यग्र हो उठी। उसके हाव-भाव और मन:स्थितियाँ बदलती गयीं। अपने आइटम में उसे बजाय जोखिम के, रस आने लगा। उसने फैलना शुरू किया, ताकि स्वामी को घेर सके। पहले इशारों में फिर खुले तौर पर उसने ज़ाहिर भी कर दिया। मगर स्वामी एक जुदा किस्म की मिट्टी से बना था। वह जान गया और पहले के मुकाबले अधिक निस्पृह हो उठा, मानो उसका इन सब चीज़ों से कोई वास्ता ही न हो।

सावित्री ने बहुत प्रतीक्षा की। संकोच त्याग कर प्रणय याचना तक की, परंतु स्वामी पत्थर बना रहा। वह इस उपेक्षा और अग्राह्यता को सह न सकी। एक दिन वह बड़ा सर्कस छोड़ कर चली गयी।

उसके बाद स्वामी कभी भी किसी लड़की को ट्रेन करने के लिए तैयार नहीं हुआ। वह आइटम खेला जाना बंद हो गया।

स्वामी का स्वप्न भंग होता है। उसे आभास हो उठता है कि वह किसी और जगह पर है। अपने कैम्प में नहीं है। अपने जानवरों के पास नहीं है। अस्पताल के जनरल वार्ड में है और जानवरों से डरने वाले और उनको मारने वाले आदमियों के बीच में है। उसे ख़याल हो आता है, आज इस शहर में सर्कस का आखिरी शो होगा। कल...

नर्स उसका ब्लड प्रेशर लेने आयी है। उसे अनुभव होता है, यह उसकी यात्रा का अंतिम पड़ाव है। ग्यारह साल की उम्र तक खुले आकाश के नीचे रहने के बाद उसकी अब तक की ज़िन्दगी खेमे और तंबुओं में ही कटी है। अस्पताल का माहौल उसे कैसे रास आ सकता है। मगर मजबूरी है, शरीर जवाब दे गया

है। लगता है, बदन का तमाम खून किसी ने निचोड़ लिया है। अब इस शरीर की कीमत ही क्या है!

वह अपने हाथ-पाँव देखने लगता है। उसे आश्चर्य होता है, ये सर्कस के सिवा और किसी काम के क्यों नहीं! क्या सर्कस से निकलते ही उसकी मौत हो जायेगी? शायद...तभी उसकी आँखों के आगे मार्गरेटा का चेहरा उभर आता है, जिसने इस शरीर को खरीदने का प्रस्ताव रखा था, अपने इस्तेमाल के लिए। क्या आज भी कोई इस तरह के सौदे के लिए तैयार होगा!

वह फिर अतीत की परछाइयों में भटकने लगता है। बीड़ी उसके हाथ में ही अटकी रह गयी है। जलाने का मौका नहीं मिल पाया। मार्गरेटा के सान्निध्य में गुज़रे दिन ऐसे ही अजीबोगरीब थे कि याद आते ही आदमी खो जाये।

उन दिनों वह सर्कस एशिया का 'बिग टॉप' कहा जाने लगा था। श्रेष्ठ कलाकारों और जानवरों के अद्‌भुत संग्रह के कारण। सबसे बड़ा आकर्षण था, इसका लाजवाब रिंग मास्टर—स्वामी। वह शेर और शेरनी को साथ लेकर रिंग में आता था। उस समय रिंग एक गोल कठघरा बन जाता था। उस कठघरे में भयंकर जोड़े को अपने इशारों पर नचाता स्वामी दर्शकों को स्वयं किसी शेर से कम नहीं लगता था। यदि सावित्री सर्कस छोड़ कर नहीं जाती, तो सर्कस की लोकप्रियता इससे भी कई गुनी हो गयी होती।

हॉलीवुड का एक फ़िल्म निर्माता जंगल की पृष्ठभूमि पर आधारित रोमांच और सिहरनों से भरपूर फ़िल्म बनाने के सिलसिले में भारत आया। वह अपनी फ़िल्म में यहाँ के जंगल और शेर इस्तेमाल करना चाहता था। किसी की सलाह पर वह बिग टॉप सर्कस देखने आया। शेर-शेरनी के जोड़े को काबू करते हुए स्वामी को देखकर उसे लगा कि उसकी तलाश पूरी हो गयी है। उसने तुरंत सर्कस के मालिक से सम्पर्क स्थापित किया। वह शेर और स्वामी को अपनी फ़िल्म के लिए अनुबंधित करना चाहता था। इसके एवज में एक बड़ी रकम देने का प्रस्ताव उसने किया। बात तय हो गयी।

पहले भारत के जंगलों में शूटिंग का प्रोग्राम बना, परंतु अत्यधिक तकनीकी असुविधाओं के कारण शूटिंग अफ्रीका के जंगलों में और हॉलीवुड में हुई। इस फ़िल्म की पटकथा एक ऐसी सुंदरी के जीवन से संबंधित थी, जो जंगल में ही पैदा हुई, वहीं पली। उसने कभी आदमी तो क्या आदमी की परछाईं

भी नहीं देखी थी। सभ्यता के संसार से उसका कोई सम्पर्क नहीं हो सका था। ऐसे में शिकार पर आये हुए एक दल ने उसे जंगल के जानवरों पर शासन करते देखा और उन्हीं की बोली बोलते सुना। फिर कैसे नायक उस पर मुग्ध हो गया, कैसे उसने नायिका का दिल जीता और कैसे उसे सभ्यता की रोशनी में लाया गया, यही कशमकश फ़िल्मायी जाने वाली थी।

नायिका हॉलीवुड की प्रख्यात अभिनेत्री मार्गरेटा थी। वह उन दिनों अमरीकी दर्शक वर्ग के दिलोदिमाग पर हॉट केक की मादक खुशबू बन कर छायी हुई थी। उसकी तस्वीर में उन्हें खुमार ही खुमार नज़र आता था। फ़िल्म निर्माता भी इस उद्योग का 'मैग्नेट' था। बहुत बड़ी रकम अदा करके उसने मार्गरेटा को राज़ी कर लिया। यह खबर सुन कर फ़िल्म उद्योग में हलचल मच गयी। कहाँ गुलबदन, नाज़ुकतम अदाकारा मार्गरेटा और कहाँ शेर-चीते! फ़िल्म की स्क्रिप्ट में नायिका को शेर की सवारी करते दिखाया गया था। लोगों को सुन कर मज़ा आ गया। उधर निर्माता और स्वयं मार्गरेटा ने दावा किया कि फ़िल्म में इन दृश्यों के लिए डुप्लीकेट का प्रयोग नहीं किया जायेगा। वह निरावरण शेर पर बैठ कर कैमरे को फ़ेस करेगी। हंगामा खड़ा हो गया। लोग इसे स्टंट ही समझते, यदि अमरीका की एक प्रमुख बीमा कंपनी मार्गरेटा स्मिथ के जीवन का, कई लाख डॉलर का बीमा करने की घोषणा न करती।

ये सब दावे स्वामी की योग्यताओं के आधार पर किये गये थे। इस धंधे में लाखों के कितने ही सौदे हुए, मगर स्वामी को व्यक्तिगत उपलब्धि कुछ हज़ार रुपये से अधिक नहीं हुई। उसे तो अनुबंध पर अंगूठा लगाते समय यह भी मालूम नहीं था कि इस काम के बदले उसे कुछ मिलेगा या नहीं! मालिक ने कहा, उसने मान लिया, सर्कस को इस सौदे से बहुत लाभ हुआ। पैसा मिला और पब्लिसिटी भी। इसका कोई श्रेय स्वामी को नहीं दिया गया। मालिक का कहना था कि शूटिंग में भेजने के लिए शेर को छोड़ना सर्कस को आर्थिक क्षति पहुँचायेगा। इस अनुबंध से मिलने वाली रकम इसकी पूर्ति के लिए है।

पानी के जहाज़ पर स्वामी और शेर (पिंजरे में) अपनी इस अनोखी विदेश यात्रा पर चल पड़े थे।

उन रोमांचक दृश्यों की शूटिंग करने के लिए महीनों तैयारी की गयी। मार्गरेटा भी अजीबोगरीब औरत थी। भय तो उसे छू भी नहीं गया था। शेर की सवारी

करने को वह इतनी उत्सुक थी कि कई बार शेर की झपट में आते-आते बची। उसका धैर्य छूटा जाता था। स्वामी ने शेर को ज़ंजीरों में कैद करवाया और अल्प वल्कल वस्त्रों में ढकी वह अभिनेत्री बेहिचक उस पर जा बैठी। जैसे कोई बच्चा मेले में लकड़ी के घोड़ेनुमा झूले पर जा बैठता है। उसने स्वामी से कहा, "इसकी ज़ंजीरें खुलवा दो।" उसकी जल्दबाज़ी पर स्वामी को आश्चर्य हुआ। वह खुद इस स्थिति से गुज़र चुका था और सावित्री! दोनों ज़ंजीरें खुलने के ख़याल से ही डरते रहे थे। वह समझ गया, वह बड़े जीवटवाली अभिनेत्री है।

कैमरा सामने आते ही शेर का मूड उखड़ जाता था। उसकी गुर्राहट उपस्थित लोगों को खतरों से आगाह करने लगती थी। निर्माता ने सुरक्षा की पूरी व्यवस्था कर रखी थी। एक आदमी राइफ़ल लिये बराबर शेर को कवर किये रहता था। मार्गरेटा के अद्भुत साहस के समक्ष शेर जैसे हार गया था। उसका प्रतिरोध कम-से-कम था, परंतु उसकी गतिविधियों का नियंत्रण हंटर लिये स्वामी के हाथ में था। शूटिंग होने लगी। बीहड़ जंगलों में दृश्य फ़िल्माये जाते रहे।

मार्गरेटा पूरी तरह क्वीन बनी हुई थी। उसके तन पर वस्त्रों के नाम पर केवल कमर के नीचे एक पत्तों की झालर रहती थी। वह उन दृश्यों में शेर की पीठ पर सवारी करती, उसकी पीठ पर हाथ रखे उसके साथ घूमती, उसे किनारे पर छोड़ कर झील में नहाती दिखाई देती थी। कैमरे की सीमा से सटा हुआ स्वामी बराबर साथ चलता।

उस यूनिट के सब लोग अनुभव कर रहे थे कि फ़िल्म की नायिका को शेर के सान्निध्य का नशा हो गया है। वह हर समय शेर के बारे में बातें करती रहती थी। उसका वश चलता, तो उसके साथ उसके पिंजरे में ही रहने लगती।

मार्गरेटा शेर को अपने हाथों से खिलाती थी। पिंजरे के साथ सट कर स्टूल पर बैठी मांस के टुकड़े फेंकती जाती। इस सिलसिले में वह उसे बार-बार भूखी नज़रों से देखता था। बार-बार दोनों की आँखें मिलतीं। मार्गरेटा की देह सनसनाने लगती। वह टुकड़ा फेंकने में समय लगाती और उस झुरझुराने वाली नज़र का भरपूर जायज़ा लेती। यही नहीं, शूटिंग हो न हो, शेर उसके लिए पिंजरे से बाहर किया जाता था। स्वामी चाक-चौबंद बना रहता, रह-रह कर हंटर फटकारता रहता और वह शेर के साथ...

एक दिन निर्देशक ने स्वामी से कहा कि वह नायक से शेर के संघर्ष को

चित्रित कराने के लिए तैयारी करे। क्लोज़अप के दृश्यों में उसे नायक के लिए डुप्लीकेट का काम करना था।

इस दृश्य की शूटिंग ने यूनिट के सदस्यों को थर्रा दिया था। कदम-कदम पर जान-जोखिम में पड़ जाती थी। स्वामी ने अपनी समस्त शक्ति और अनुभव का प्रयोग करके जैसे-तैसे इन दृश्यों की शूटिंग करवायी। संघर्ष के क्षण कई लोगों के लिए महँगे पड़े। शेर के पंजे के निशान कई लोगों के शरीर पर उतर गये। स्वामी तो जगह-जगह जख्मी हो गया था। एक स्थल पर नायक को बचाना प्राय: असंभव सा हो गया था। पहरुए राइफ़लधारी की उँगली का दबाव ट्रिगर पर बढ़ता गया। शायद गोली मार दी जाती, मगर ऐन मौके पर शेर को काबू कर लिया।

मार्गरेटा बड़े मज़े में एक कुर्सी पर बैठी यह सब देखती रही।

मार्गरेटा का सेक्रेटरी उसे बुलाने आया था—मैडम आपसे कुछ ज़रूरी बातें करना चाहती हैं। उसका काम वहाँ खत्म हो चुका था और वह लौटने की तैयारी कर रहा था।

मार्गरेटा ने अपने भव्य बेडरूम में उसका स्वागत किया। सेक्रेटरी के माध्यम से औपचारिक बातें होती रहीं। उसकी खातिर में शराब वगैरह आयी। उसे जताया गया कि मैडम शूटिंग समाप्त हो जाने से दुखी हैं। उन्हें शेर और स्वामी से बिछुड़ जाना अच्छा नहीं लग रहा है।

स्वामी ने इसे एक औपचारिक उद्‌गार समझा। उसे खुशी हुई, इस कद्रदानी पर। यह किसी भी सर्कस आर्टिस्ट के लिए गर्व की बात हो सकती थी। उसके बाद सेक्रेटरी उठ कर चला गया था।

मार्गरेटा के आग्रह पर पीना-पिलाना चलता रहा। दोनों अपनी स्थितियाँ बदलते जा रहे थे। मार्गरेटा ने उससे कहा, "मैं तुम्हें प्यार करने लगी हूँ। मुझे शेर से बहुत प्यार है, उसके सम्पर्क में मुझे अलौकिक आनंद और उत्तेजना मिलती है...वह शक्ति और सामर्थ्य का देवता है। मेरी रूह उसके संसर्ग की प्यासी है..."

उसे कुछ-कुछ समझ में आने लगा था। उसने उठ जाना चाहा, "मैडम, आपकी तबीयत ठीक नहीं मालूम होती।" मगर मार्गरेटा उसे खोने को तैयार नहीं थी। वह हंटर की तरह सपसपाने लगी थी। स्वामी एक आज्ञाकारी शेर की तरह उसके निर्देशों पर लचकता गया।

अस्फुट स्वर में वह अपने को खोलती रही थी। उसकी अभिलाषा थी, किसी सिंह पुरुष का प्रतिरूप धारण करे, अपने में। स्वामी धराशायी हो गया था, क्योंकि उसकी आँखों में वही चमक थी, जो उसने ग्यारह साल के लड़के के रूप में पहली बार मेनन की आँख में देखी थी और बँध गया था। उसे लग रहा था, वह फिर ग्यारह साल का बालक हो गया है। हंटर फटकारता हुआ मेनन उसे ज़ंजीरों से बँधे हुए शेर की पीठ पर बैठने का आदेश दे रहा है।

स्वामी जाग गया है। बीड़ी सुलगा कर धुआँ छोड़ते हुए अपने आप से कहता है, तू अपनी ज़िन्दगी में सिर्फ़ रिंग मास्टर बन सका है, सिर्फ़ रिंग मास्टर। यह कोई चोला नहीं है, वरन् तेरी समूची हस्ती है...आह! कल सर्कस इस शहर से चला जायेगा। अपने मास्टर को छोड़ कर यह ज़िंदा लाश अस्पताल में पड़ी रहेगी।

मार्गरेटा ने उसे स्वीकार करना चाहा था। परंतु किस बेबाकी से!

अगले दिन उसका सेक्रेटरी प्रस्ताव लेकर आया था। उसकी मालकिन उसको और उसके शेर को अपने साथ रखना चाहती है। शेर के लिए वह सर्कस कंपनी को मुँहमाँगा हर्जाना देने को तैयार हैं, बशर्ते स्वामी उसके साथ बतौर रिंग मास्टर बने रहने को तैयार हो, ऊँची तनख्वाह पर।

पहली बार उसके मन में भावनात्मक स्तर पर कमज़ोरी उभरी थी। वह अपने इस क्रूर मूल्यांकन पर आहत होकर रह गया था। उसने इंकार कर दिया। सेक्रेटरी उसे ऊँची तनख्वाह का प्रलोभन देता रहा, मगर उसने उसे कमरे से बाहर खदेड़ दिया था।

मेनन...सावित्री...मार्गरेटा। ये तीनों चेहरे उसके सामने हैं। उसकी ज़िन्दगी के तीन प्रतिरूप। चारों ओर मौत का भयावह अँधेरा छाया है।

नर्स आकर मुझे उठा देती है। दिल के मरीज़ से ज़्यादा बातें नहीं करनी चाहिए।

तीन हिस्सों में बँटा छह खूँटोंवाला तंबू

छह खूँटोंवाला यह तंबू जाने कितना अँधेरा अपने में समेटे हुए है। बाहर चिलचिलाती हुई धूप में फिर कर आने वाले को एकाएक घुसते ही यह अँधेरा घेर लेता है। कुछ देर तो कुछ भी दिखाई नहीं देता। धीरे-धीरे आँखें मिचमिचाते, इस तंबू के अंदर की दुनिया उजागर होने लगती है। अलग-अलग शक्लों वाली बंदूकें, हैट, शिकारी और सर्कसी जूते, खाली जूते, शो वाली ड्रेसें, खाली ड्रेसें, लोहे के पलंग, मेज़ पर लदी एक किचन। यही तो हेलेना की दुनिया है। कम-से-कम पहली नज़र में तो यही लगता है। मगर और कुछ भी, पर्दे के पीछे।

तंबू के दो कोने इस छींटदार पर्दे ने हथिया लिये हैं। एक प्रकोष्ठ बन गया है। इसमें हेलेना का अतीत और उसके अतीत की महान धरोहर साँसें गिनती पड़ी है। वह मिलने आने वालों को उस प्रकोष्ठ में ज़रूर ले जाती है, बल्कि बेताब रहती है। वहाँ पहुँच कर सब चुप हो जाते हैं, हेलेना भी। वहाँ बोलने का माहौल नहीं होता। वहाँ बकौल हेलेना, 'सैडनेस ऑफ़ सर्कस लाइफ़' मुख़र होती नज़र आती है। वहाँ उन एक जोड़ा बड़ी-बड़ी आँखों की उदास चमक एक तकिये पर टिकी-टिकी इस तरह घूमती रहती है जैसे कि सर्कस की सर्चलाइट।

किसी ज़माने में ग्रेट ईस्टर्न सर्कस के हरक्युलिस कहे जाने वाले क्लाइड बीटी के भीमकाय शरीर के ध्वंसावशेष एक लौह शय्या पर पड़े हैं, हेलेना के स्वामित्व में। वही सब कुछ करती है। दवाइयाँ लिखवाना, लाना, सिरहाने सजाना और उन्हें वक्त पर देना। बीटी के शरीर में जोड़ खत्म हो गये हैं। बड़ी मुश्किल से उनकी गर्दन और कमर मुड़ती है।

बीटी को अपनी देह से कोई शिकायत नहीं है। आम बीमार लोगों की तरह काँखते रहने की आदत उन्हें नहीं है। उनके सर्कस जीवन के पचास बरस अपने शरीर पर पूर्ण स्वामित्व के वर्ष थे। उन्होंने जैसा चाहा शरीर को मोड़ा-तोड़ा और मरोड़ा। अपनी छाती पर पटरा रखवा कर बड़े-बड़े रोलर चलवाये। मनों बोझ दाँतों से उठाया। चलते ट्रक को अपने ज़ोर से रोके रखा। और ऐसे-ऐसे काम किये जो मानव शरीर से नहीं लिये जाते हैं। शरीर ने कभी चूँ तक नहीं की। फ़रमाबरदार नौकर की तरह उनका हुक्म बजाता रहा। अब पिचहत्तर साल की उम्र में उसी ने उन्हें बेबस कर दिया तो क्या उसका गिला करना। हाँ, उन्हें इस बात का दुख ज़रूर बना रहता है कि वे अब रिंग तक नहीं पहुँच पाते।

कोई भी उनके पास जाये (पीटर को छोड़ कर) वे अगर जागते होंगे तो रिंग के बारे में बतियाने लगते हैं। जागते से मतलब आँखें खुली होने से है, नहीं तो नींद जैसी कोई चीज़ उनके पास नहीं फटकती। पिछले कई बरस ऐसे ही आँखें मूँदते-खोलते गुज़र गये हैं।

हेलेना को अपने पिता से बहुत मोह है। यह मोह बढ़ता ही जाता है, क्योंकि उसका तन उतरता जा रहा है। अब उसे झुर्रियाँ बिना ढूँढ़े मिलने लगी हैं। मगर वह पीटर से अपनी तुलना नहीं करती। संतोष करने का यह स्वाभाविक तरीका उसे नहीं भाता। उसकी निगाह क्लाइड बीटी की उदास आँखों में कुछ ऐसा पा जाती है कि उसे उतरती सीढ़ियों का खौफ़ नहीं सताता।

हेलेना खुद को सैडिस्ट मानती है। उसे विश्वास है कि उसे दर्दभरी चीज़ों से प्यार है। उसने पीड़ामय अनुभूति को अपनी सहचरी बना लिया है उसके पास कई तरह की त्रासदियाँ जमा हैं। रेकॉर्ड, किताबें, चिट्ठियाँ, यादें, आईना, खाली कारतूसों का संग्रह—और वह अपाहिज, अपंग बिना जोड़ों वाला हरक्युलिस।

पीटर को इस मरते हुए बूढ़े से असीम घृणा है। वह सिर्फ़ हेलेना का दिल रखने के लिए इस ज़िंदा लाश की मौजूदगी को बर्दाश्त करता रहा है। पहले जब यह पर्दा नहीं लगा था तब पीटर और हेलेना के बीच वह कब्र की तरह उठ आया था। पीटर ने काफ़ी कटुता झेल कर यह पर्दा लगवाया। परंतु आनेवाले दिनों की वह भयावह तस्वीर पर्दे की ओट कहाँ हो पाती है। तंबू में रहते हुए पीटर का मस्तिष्क यातना और त्रासदी के बोध से दबा रहता है।

हेलेना की सैडिस्ट मुद्रा और भविष्य की मूर्त विकरालता को समोये हुए यह छह खूँटों का तंबू पीटर को षड्मुख मौत का कुआँ प्रतीत होता है। कभी-कभी वह ज़्यादा पीकर हेलेना के जिस्म के अंदर झाँकने का प्रयास करता है। उसे लगता है कि कुछ ऑपरेशन और झेल कर वह बच्चा जनने लायक हो सकती है। वह अपनी डायरी उठा कर डॉक्टरों और लेडी डॉक्टरों के नाम-पते दोहराने लगता। कुछ देर बाद नशे की ढलान में वह निराश हो उठता और डायरी पटक देता है। उसने शिकार और फ़िशिंग जैसे शौक इसलिए पाले हैं कि दिन के समय वह तंबू से बाहर रह सके।

हेलेना को बीटी से दूर होने का जब भी मौका मिलता है वह खोयी हुई-सी बैठी सोचती रहती है। उसे लगता है कि जो कुछ है और हो रहा है, इसकी जगह दूसरा कुछ भी हो सकता था। वह कुछ और होती और होती चली आती। कॉनवेंट में टीचर या स्टेनो या पत्रकार—कुछ देर तक वह उस हो सक पाने का काल्पनिक सुख उठाती रहती है। फिर एक ठंडी आह, हाय! मैंने ऐसा क्यों किया! यह पछतावा क्षणिक होता है। उसकी दृढ़ता जाग उठती है। हाँ, मैंने जो कुछ किया, ठीक किया। प्यार में यह ज़रूरी होता है...क्या लिज भी इसी आग में नहीं जल रही होगी।

फिर हज़ारवीं बार वह अपने इस निष्कर्ष को दोहरा लेती है कि जीवन शाश्वत रूप से दुखांत होता है। इसका कोई विकल्प नहीं हो सकता।

~

हेलेना का जीवन दो हिस्सों में बँट जाता है। कॉनवेंट की प्रतिभाशालिनी छात्रा और सर्कस की कलाकार कॉनवेंट में पढ़ते हुए उसने कभी नहीं सोचा था कि वह सर्कस में जायेगी। वह तो छुट्टियों में भी माँ-बाप के पास नहीं जाती थी। वे भी यही चाहते थे कि हेलेना रिंग के घेरे से बाहर ही बनी रहे। उसे फ़र्स्ट स्टैंडर्ड से कैंब्रिज तक होस्टल में ही रखा गया। वहाँ वह इतनी रम गयी थी कि उसके अकस्मात् सर्कस में चले आने से सबको आश्चर्य हुआ था।

हेलेना के जहन में कॉनवेंट के नाम पर दो कोमल चेहरे उभर आते हैं। एक मास्टर पेरेरा का, दूसरा एलिजाबेथ का। मास्टर पेरेरा की संकोची चितवन और एलिजाबेथ की खूबसूरत आँखों की अविश्वसनीयता। इन दोनों के बीच किस कदर भटकना पड़ा था उसे।

मास्टर पेरेरा ने उसमें कविता के बीज बोये थे और लिजा ने प्रेम के। मास्टर शायद उसे सर्कस से बहुत दूर ले जाते, मगर लिजा की मोहब्बत को और उसकी बेवफ़ाई को भूलने का उसे यही उपाय सूझा था कि वह सर्कस में चली जाये और लौट कर फिर कभी कॉनवेंट में नहीं आये। कभी नहीं...और वह आयी भी नहीं थी।

लिजा उसके जीवन में मास्टर पेरेरा से पहले आ चुकी थी। वह मास्टर को प्यार न कर सकी। करती भी कैसे! लिजा में जाने क्या था जो उसे आग की तरह जला रहा था। वह उसकी दीवानी हो गयी थी।

मास्टर पेरेरा बहुत ही संकोची किस्म के गोवानी युवक थे। जाने क्यों पहली नज़र में ही हेलेना को महसूस हुआ कि वे उससे शर्माते हैं। वे उसकी क्लास को पोएट्री पढ़ाते थे। कभी भूल कर भी हेलेना से आँखें नहीं मिलाते थे। वह कोई सवाल पूछने खड़ी हो जाती तो उनकी लवें सुर्ख हो उठती थीं वे बोलने का संतुलन खो बैठते थे। यही हाल आते-जाते रास्ते में मिल जाने पर होता। हेलेना मन-ही-मन इस पर सगर्व मुस्कुराया करती। मगर मास्टर के प्रेम को स्वीकारने का अवकाश उसे नहीं मिल पाया था। वह तो हर दिन लिजा के खयालों में डूबी रहती थी।

लिजा के पिता बड़े अफ़सर थे, अंग्रेज़, वह बंबई से आयी थी। जिस दिन वह पहली बार क्लास में आकर बैठी, हेलेना का जी धक् से रह गया। उसे लग रहा था कि इस नयी लड़की को देखते रहने में ही सुख है। क्लास के बाद ये चली जायेगी तब क्या होगा! सचमुच वह उसे देख कर अपने पर से नियंत्रण खो बैठी थी। तभी तो क्लास के बाद उसका पीछा करते हुए उसके रूम तक पहुँच गयी थी।

पहली मुलाकात में उसने पाया कि लिजा बहुत ही मासूम और नाजुक लड़की है। सरल हृदय भी। वह बहुत देर तक उसके पास बैठी रही थी। उसने उसके बारे में सब कुछ जान लिया था। यह कि वह बिना माँ की है, उसके पिता उसे बहुत प्यार करते हैं, वह पहली बार होस्टल में रहने आयी है, घबरायी हुई है, वगैरह।

उस दिन के बाद हेलेना और एलिजाबेथ को कभी जुदा-जुदा नहीं देखा गया। हेलेना साये की तरह उसके साथ रहने लगी थी। बल्कि उसे यह गम कचोटता था कि लिजा उसकी रूममेट क्यों नहीं है। काश, लिजा के पिता उसे

उसके हवाले छोड़ गये होते। मगर उसके बाकी वक्त पर उसने अधिकार पा कर ही छोड़ा।

कभी-कभी हेलेना को अपने आप पर आश्चर्य होता था। आखिर लिजा ने उसे क्यों मोह लिया है! मगर इस सवाल का जवाब वह नहीं पा सकी। उस पर किसी गैर की छाया भी पड़ती तो हेलेना मुर्झा जाती। मगर लिजा भी कुछ वैसा ही अनुभव करने लगी थी। उसका मन भी हेलेना के बिना कहीं नहीं लगता था।

तभी मास्टर पेरेरा हेलेना को छुप कर प्रणय निवेदन करते नज़र आये थे। उसने पहले इसे गंभीरता से नहीं लिया, परंतु धीर-धीरे उसे विश्वास हो चला कि वे उस पर मर मिटे हैं। उसे इस बात से कोई खुशी नहीं हुई। हाँ, थोड़ा आत्मविश्वास ज़रूर जागा। वह इसे दूसरे तरीके से सोचने लगी। ज़ब मास्टर मुझे प्यार कर सकते हैं तो लिजा क्यों नहीं करेगी। उसने प्यार के दांव के रूप में मास्टर को बढ़ावा दिया कि लिजा को ईर्ष्या होने लगे।

इसीलिए वह मास्टर के बारे में सारी बातें लिजा को बताती रही थी। लिजा पर कोई खास प्रतिक्रिया नहीं हुई। हेलेना को इससे कुछ दुख हुआ, मगर वह समय ऐसी बातें सोचने का नहीं था।

राम-राम करके साल बीता। लिजा छुट्टियों में अपने पिता के पास गयी। उसके आग्रह पर हेलेना भी उसके साथ गयी थी। लिजा के पिता हेलेना को देख कर बहुत खुश हुए। छुट्टियाँ बड़े मज़े में गुज़रीं। लौटते समय हेलेना को मुँह-माँगी मुराद मिल गयी थी। लिजा के पिता ने प्रिंसिपल के नाम पत्र लिखा था कि लिजा और हेलेना को एक कमरे में रखा जाये।

लिजा को पाकर हेलेना सब कुछ भूल गयी थी। शुरू में एक-दो दिन पर्दादारी रही, फिर दोनों के तन-मन एक हो गये थे। उनके सारे काम साथ-साथ होते।

रात को पढ़ने के बाद बत्ती बुझा कर दोनों लेटतीं तो हेलेना का शरीर बुरी तरह ऐंठने लगता था। शुरू के कुछ दिन यूँ ही हेलेना का शरीर एक मीठी आँच में सुलगता रहा, उसे किसी करवट भी नींद नहीं आती। मजबूर होकर दबे पाँव उठती और लिजा के सिरहाने बैठ कर उसका चेहरा देखती रहती। नींद में खोयी हुई नाजुक-सी लिजा का सपनीला चेहरा।

एक दिन बेइंतहा पानी गिरा। बादल जैसे फट पड़े। सुबह से रात होने को आयी, मगर पानी थमने का नाम नहीं लेता था। उलटे रात को बौछार का ज़ोर

बढ़ गया। हेलेना का मन अजीब-अजीब-सा हो रहा था। मास्टर पेरेरा ने उसकी स्वरचित कविता का शीर्षक 'डिवोशन' से काट कर 'लव' कर दिया था। कुछ टिप्पणी भी लिखी थी, मगर लिख कर काट दी थी। हेलेना ने यह कविता लिजा को ध्यान में रख कर लिखी थी और जाँचने के लिए उन्हें दी थी। वे समझे कि वह उनके प्यार में लिखी गयी है।

सोने के समय वह बत्ती बुझाने लगी तो लिजा ने बादलों की गरज से आतंकित होकर अनुरोध किया कि बत्ती न बुझाओ, डर लग रहा है। हेलेना ने पूछा, "मैं तुम्हारे पास आ जाऊँ?"

जिस लिजा को इतने जी जान से चाहा, प्यार किया, अपनाया जब उसी ने धोखा दिया तो हेलेना बुरी तरह ध्वस्त होकर रह गयी। उसे होस्टल, कॉनवेंट और अपने आस-पास की दुनिया असह्य हो उठी। उसका जी चाहा कि वहाँ से दूर चली जाये, हमेशा-हमेशा के लिए। उसे एक-एक दिन काटना मुश्किल हो गया था। हर समय वह काँटों पर घिसटती-सी रहती थी।

लिजा मास्टर पेरेरा से प्रेम करने लगी थी। छुपा कर नहीं, ज़ाहिर तौर पर। हेलेना को उसने अपना राज़दां बनाया था। उस बेचारी को कहाँ खबर थी कि वह हेलेना को अनबुझ आग में जलने के लिए छोड़ रही है।

हेलेना के स्वाभिमान ने उसे कुछ कहने नहीं दिया। अंदर-ही-अंदर वह घुटती रही। कविताएँ लिखती रही, टीस भरे छंद और आँहों से बोझिल चरण, लिखती और लिजा को दिखाती। मगर लिजा को नहीं समझना था वह नहीं समझी। यहाँ तक कि एक दिन अचानक ही अपना बोरिया-बिस्तर बाँध कर हेलेना सर्कस की दुनिया में चली गयी।

हेलेना के पिता उसके इस निर्णय पर खुश हुए और माँ दुखी। हेलेना तो अपने आप से प्रतिशोध लेने पर उतारू थी। उसने बंदूक के खेल खेलने शुरू कर दिये। दिन-रात निशाना साधे गोलियाँ चलाती रहती। धीरे-धीरे उसके निशाने सही बैठने लगे थे।

अपने प्रथम प्रेम में पायी हताशा ने हेलेना को स्टेनो या टीचर नहीं बनने दिया। उसे सर्कस क्वीन बना कर छोड़ा।

हेलेना की माँ सर्कस जीवन से निवृत्त हो चली थी। उसका स्वास्थ्य गिरने लगा था, तभी उसने सर्कस में प्रवेश किया। बंदूक का काम सीखने में समय लग रहा था। सर्कस के मालिक उसे घुड़सवारी के खेल में डालना चाहते

थे। उसने पीटर-दंपत्ति से घुड़सवारी सीखना शुरू किया। उन दिनों पीटर दूसरे सर्कस में काम कर रहा था।

हेलेना ने देखा सर्कस के तंबुओं में नौ साल से लेकर तीस साल तक की लड़कियाँ कॉनवेंट के होस्टल की तरह पाबंदियों के घेरे में रहती हैं। वह अपने अभिभावकों के साथ थी, इसलिए फ़ैमिली-कैम्प में रहती थी, जहाँ ज़्यादा आज़ादी थी। पूरे सर्कस में इतनी आज़ादी सिर्फ़ उसे हासिल थी, बाकी लड़कियाँ अपने घरों से दूर थीं। उन्हें सख्ती और हिफ़ाज़त से रखा जाता था।

हेलेना के मन से लिजा की छवि नहीं उतरी थी। उसे हर समय उसकी याद टीसती रहती थी। मजबूर होकर वह लड़कियों के कैम्प में उस चेहरे से मिलता-जुलता चेहरा ढूँढ़ने लगी। उसकी यह छानबीन बमकसद थी। घोड़े की पीठ पर बैठते-बैठते उसकी मांसपेशियाँ लचीली होने लगी थीं। रात को उसका बदन बुरी तरह दुखता था। एक अभाव महसूस करता था।

लड़कियों के कैम्प में उसे बहुत कुछ सीखने को मिला। उसे देह धर्म के बारे में ठोस जानकारियाँ मिलीं। उसे पता लगा कि कैसे तीस-तीस साल की सीनियर लड़कियाँ पूरे कैम्प को मुट्ठी में रखती थीं। हरेक का सुख-दुख उनकी चिंता का विषय था। जल्दी ही हेलेना उन लोगों के बीच घुल-मिल गयी। दिन भर की मशक्कत से पैदा हुई पीड़ दूर करने के लिए वह प्रायः कैम्प में ही सोने लगी।

हेलेना साइकिल और घुड़सवारी के आइटमों में रिंग में उतरने लगी। मगर उसकी स्थिति बहुत सामान्य थी। उसके पास कोई महत्त्वपूर्ण आइटम नहीं था। बंदूकवाले खेल में कुछ हो सकता था, मगर इतना खतरा उठाने को अभी सर्कस के मालिक तैयार नहीं थे। उसके पिता की वजह से लोग उसे महत्त्व देते थे, यह बात उसे खलती थी। पिता बूढ़े होते जा रहे थे। उनके बाद उसी के कंधों पर सारा बोझ आना था। उसने कई तरह के आइटम आज़मा कर देखे। ट्रपीज़ में उसे सफलता नहीं मिली। बैलेंस के कुछ खेल उसने सीख लिये। एक्रोबैटिक्स के लिए उसकी उम्र ज़्यादा हो चुकी थी। शरीर पक गया था। अब जानवरों वाले खेल ही बचते थे। तभी उसका ध्यान साइमन की ओर गया।

वह जानवरों का ट्रेनर था। घोड़े और हाथियों के आइटमों का विशेषज्ञ। वह हेलेना को बहुत जल्दी सिखा सकता था। मगर वह अपने कांइयांपन के लिए मशहूर था। वह बिना मतलब किसी से सीधे मुँह बात नहीं करता था।

हेलेना ने उसके चक्कर काटने शुरू किये, मगर उसने ज़रा भी बढ़ावा नहीं दिया। एक दिन पीटर की बीवी ने उसे सब-कुछ बताया। साइमन बिना वसूले नहीं सिखायेगा। उससे सीखना है तो उसके सम्मुख आत्मसमर्पण करना ही होगा। वह खुद अपने समय पर उसे भुगत चुकी थी। हेलेना बुझ कर रह गयी।

तभी एक दिन माँ का साया उसके सिर से उठ गया। शोक में संतप्त बीटी दो-तीन दिन रिंग में नहीं गये तो उसने अनुभव किया कि बिना काम यहाँ कितना हल्का हो जाना पड़ता है। उसे घोर आशंका हुई कि पिता के बाद उसका क्या होगा। उसने उन्हीं दिनों साइमन के पास जाने का फ़ैसला कर लिया।

साइमन ने बहुत मेहनत से जानवरों के आइटम उसे सिखाये। वह अपने को पूरी तरह उसके हवाले कर चुकी थी। किसी ने कोई एतराज़ नहीं किया, उँगली तक नहीं उठायी, बल्कि उसे आदर की दृष्टि से देखने लगे। काम सीखने के लिए सर्कस के कलाकार को बड़े से बड़ा त्याग करने को तैयार रहना चाहिए। साइमन बूढ़ा हो चला था, मगर वह जंगली भैसें की तरह बलिष्ठ था। उसका स्वभाव जानवरों से काफ़ी मेल खाता हुआ था। हेलेना के मन में बैठी हुई वह नाजुक लड़की बुरी तरह आहत हो गयी थी। मगर उसने परवाह नहीं की।

एक दिन वह सर्कस-क्वीन बन गयी। वह ग्रीजपेंट की महक और दर्शकों के शोर में जीने लगी थी। बहुत चुस्त, सजीली और 'हॉट' ड्रेस पहन कर चमकती-दमकती वह रिंग में आती। उसके चाबुक के इशारे पर जानवरों की पंक्तियाँ बनतीं और बिगड़तीं। उसने गैंडे जैसे भयंकर जीव के साथ आना भी शुरू कर दिया था। दिनोदिन उसकी लोकप्रियता बढ़ती गयी।

उधर क्लाइड बीटी उर्फ़ हरक्यूलिस की भूमिका सर्कस में हल्की पड़ती जा रही थी। जरावस्था उसको खतरनाक शक्ति-प्रदर्शन की इजाज़त नहीं देती थी, परंतु उसे समझाना कठिन था। वह शख्स रिंग में आये बिना जीवित नहीं रह सकता था। एक दिन छाती पर पटरा रखवा कर रोलर चढ़वाते समय दो पसलियाँ चिटख गयीं। लौ थरथरा उठी। महीनों बिस्तर पर पड़े रहना पड़ा। हेलेना ने पिता से कहा कि सर्कस में काम करना बंद कर दो, मगर उसे चैन कहाँ! वह तो बिस्तर पर पड़े-पड़े बेचैन हो रहा था, कब प्लास्टर खुले और कब वह रिंग में उतरे।

उन्हीं दिनों पीटर उस सर्कस में आया। उसके परिवार के लोग पहले से ही यहाँ थे। वह जिस सर्कस में काम करता था, वह टूट गया था।

पीटर-दंपत्ति बीटी के करीबी लोगों में से थे। ज़ाहिर था कि पीटर को हेलेनो के समीप आने का मौका मिलता। उसे सर्कस में काम मिलते कुछ देर हुई। उन खाली दिनों में वह प्लास्टर में जकड़े बीटी के पास बैठा गपशप करता रहता था। हेलेना सारे दिन व्यस्त रहती थी। प्रैक्टिस, परिचर्या और शो। पीटर के उनके तंबू में बने रहने से उनका काम कुछ कम हुआ था। घायल पिता अकेले नहीं पड़े हैं, यह उसके लिए एक बड़ी तसल्ली थी। वह पीटर के प्रति अनुगृहीत हुई। पीटर मार्के का निशानेबाज़ था, मगर सर्कसवाले इस खेल में बिना समझे-बूझे नये आदमी को नहीं डालते। फिर उसके लिए मॉडल कौन बने। काफ़ी कोशिश करने पर पीटर को क्लाउन का काम मिल गया। वह निशानेबाज़ होने के साथ-साथ शौकिया तौर पर क्लाउन भी बनता रहा था। बहरहाल यह फ़न उसके काम आ गया।

सर्कस में हरेक क्लाउन का मेकअप अलग नमूने का होता है। एक का मेकअप दूसरा नहीं कर सकता। एक तरह का कॉपीराइट है यह भी। पीटर के सामने यह समस्या आ खड़ी हुई कि वह कौन-सा मेकअप अपनाये। कैसी ड्रेस पहने। हेलेना ने इस काम में उसकी काफ़ी मदद की। वह सर्कस के मैनेजर से ढेर-सी सर्कस संबंधी पत्रिकाएँ और किताबें ले आयी। उनमें ज़्यादातर विदेशी पुस्तिकाएँ थीं। उनमें छपे क्लाउनों के चित्रों में से बटोर कर पीटर के लिए एक नमूना तैयार किया गया। यही नहीं, हेलेना ने उसे लीप-पोत कर उस नमूने का बना कर छोड़ा।

पीटर को चमकते ज़्यादा दिन नहीं लगे। उसे निशानेबाज़ी का आइटम मिल गया। हेलेना उसका मॉडल बनने को तैयार जो हो गयी थी। यह जोड़ा दर्शकों के आकर्षण का केंद्र बनता गया। पीटर की तनख्वाह बढ़ गयी। उधर हरक्यूलिस फिर मैदान में आ गया था, मगर उसके मशहूर आइटम नहीं रहे। उसे लोग धड़ल्ले से 'बीटी' कह कर पुकारने लगे थे।

कुछ दिनों बाद दो बड़े परिवर्तन हुए। पीटर के माँ-बाप उस सर्कस को छोड़ कर दूसरे सर्कस में चले गये। और क्लाइड बीटी को छोटे लड़कों का मास्टर बना दिया गया। इस समय तक पीटर और हेलेना पूरे निखार पर आ गये थे। पीटर ने जीप कुदाने वाला आइटम भी शुरू कर दिया था।

एक दिन दोनों ने अपने विवाह की घोषणा कर दी। किंग पोलों के बीच, रिंग में बड़ी धूमधाम से उन लोगों का सर्कस के रीति-रिवाज़ों के अनुसार विवाह हुआ। क्लाइड बीटी ने अपने दामाद को एक राइफ़ल भेंट में दी।

उनकी सुहागरात को बीटी पीटर वाले तंबू में जाकर सोये। पीटर की बाँहों में उसकी नयी नवेली दुल्हन थी, जो यह सोच रही थी कि इससे तो लड़कियों के कैम्प में होती तो अच्छा था। पीटर को होश नहीं था। उसे क्या मालूम था कि लिजा क्या बला है!

उनका दांपत्य जीवन शुरू के दिनों में कुछ तकलीफ़देह रहा। परंतु पीटर ने सप्रयत्न हेलेना को आत्मसात कर ही लिया। वह समझ गया था कि पत्नी कुंठाओं और अनुभूतियों के व्यतिक्रम से ग्रसित है। एकांत क्षणों में वह कहीं खो जाती थी। उसका शरीर निःचेष्ट और ठंडा हो जाता था। इस आत्मलीनता से पीटर को जूझना पड़ा। अपनी व्यवहारकुशलता और वाक्पटुता के कारण, वह काफ़ी हद तक सफल रहा।

क्लाइड बीटी गुज़ारे लायक रकम पा रहे थे। दिन में इस तंबू में रहते, रात में दूसरे में। रिंग तक अभी भी जाते थे। मगर बतौर हरक्यूलिस नहीं, बल्कि लड़कों के ट्रेनर के रूप में। तीनों अपनी-अपनी स्थितियों से संतुष्ट थे।

हेलेना ने माँ बनने की संभावना बतायी तो पीटर विचलित हो उठा। शादी हुए मुश्किल से एक साल बीता था। उसके माँ बनने का मतलब था, रोज़ी-रोटी ठप्प। अपने प्रमुख प्रदर्शनों में वे दोनों एक-दूसरे से जुड़े हुए थे। उनमें यही खेल लोकप्रिय और महत्त्वपूर्ण थे। माँ बनने पर हेलेना को बहुत समय तक रिंग से बाहर रहना पड़ता और पीटर फिर से क्लाउन बन जाता।

एक दिन मौका पाकर पीटर ने हेलेना को काफ़ी ऊँच-नीच समझाई। संतानोत्पत्ति से संभावित कठिनाइयों और मुसीबतों से आगाह किया। उनका सर्कस कैरियर नष्ट होने जा रहा था। हेलेना ने इस रोशनी में सोचा ही न था, वह तो आने वाले मेहमान के स्वागत की तैयारियों में व्यस्त होने लगी थी। पति द्वारा निकाले गये निष्कर्ष को सुन कर वह आसमान से गिरी। वह अपने आपको छुटकारा पाने के लिए तैयार नहीं कर सकी। उसने दृढ़तापूर्वक मना कर दिया। पीटर चुप लगा गया।

तभी दूसरी मुसीबत मुँह बाये सामने आ खड़ी हुई। क्लाइड बीटी को लकवा-सा मार गया था। उठने-बैठने से मजबूर हो गया। उसको वे लोग अपने तंबू में उठा लाये। इलाज करवाया, मगर बूढ़ा एक बार जो चित्त हुआ तो फिर उठ नहीं पाया। अभी तक वह कमाता-खाता आया था, इसलिए किसी पर बोझ नहीं था, परंतु अब वह अपने हाथों पानी पीने से जाता रहा। उसके इलाज पर

काफ़ी पैसा खर्च हो रहा था। हेलेना इस दूसरी मुसीबत का सामना करने के लिए पहली मुसीबत से छुटकारा लेने को तैयार हो गयी। मगर समय बहुत गुज़र गया था। छुटकारा पाना आसान नहीं रहा था। एक बड़ी रकम और हेलेना की ज़िन्दगी दांव पर लगायी गयी।

काम हो गया था, मगर हेलेना के प्राण संकट में पड़ गये थे। राम-राम करके मुश्किल से जान बची। महीने भर बिस्तर पर पड़ी रही।

उन्हें उस समय क्या पता था कि वे हमेशा के लिए संतान के सुख से हाथ धो बैठेंगे?

~

सर्कस के लोगों की खानाबदोश ज़िन्दगी होती है। एक शहर से दूसरे, दूसरे से तीसरे, चलते रहना इनकी नियति है। छोटे-बड़े हर तरह के शहर, कस्बे और यहाँ तक कि गाँव। पीटर और हेलेना शहर-दर-शहर, डॉक्टर-दर-डॉक्टर आज़माते-दिखाते रहे। कोई जगह नहीं छोड़ी मगर हेलेना चिरवंचिता बन चुकी थी। पीटर की डायरी के सफ़े डॉक्टरों के नाम-पतों से भरते गये। एक बड़े डॉक्टर ने सर्जरी का सहारा लेने की सलाह दी। एक बड़ा ऑपरेशन किया जाना था, मगर हेलेना तैयार नहीं हुई।

वह अपने लाचार बाप को दुनियावालों की दया का मोहताज छोड़ कर मरना नहीं चाहती थी। उसने ऑपरेशन के लिए इंकार कर दिया। दोनों मन-ही-मन टूटने लगे। उनका जीवन कतई यांत्रिक और रस्मी होकर रह गया। पीटर को क्लाइड बीटी से घृणा हो गयी, जो दिनोदिन बढ़ती ही गयी। हेलेना ने कविताएँ लिखनी शुरू कर दीं। उसे लिजा का पता मिल गया था। वह अँधेरे तंबू में लिजा के खतों को लिये थरथराती हुई बैठी रहती, किसी बेहद अविश्वसनीय संभावित जीवनक्रम के ख़यालों में डूबी हुई। छुट्टी के दिन घंटों वह बैठी लिजा को लंबे-लंबे खत लिखती रहती।

लिजा का वैवाहिक जीवन असफल रहा था। वह तलाकशुदा थी और वहीं कहीं कॉनवेंट में पढ़ा रही थी। हेलेना का मन विचलित हो उठा। वह सब कुछ छोड़-छाड़ कर अपनी प्रिय लिजा के पास जाना चाहती थी। मगर अब वह बंधनों में बेतरह जकड़ी हुई थी। उसके लिए ज़रा हिलना भी संभव नहीं था। उसकी सारी व्यथा और निराशा उसके लिजा के नाम लिखे जाने वाले खतों में

और दर्दभरी कविताओं में ढलती गयी। उसे दुखांत चीज़ों में रूमानियत दिखाई देने लगी।

~

क्लाइड बीटी पिछले दस सालों से इसी षड्मुख तंबू में पड़े हैं। जाने कब तक इसी तरह पड़े रहेंगे और जीवित कहे जाते रहेंगे।

पीटर के बाल पकने लगे हैं और हेलेना को शीशे के सामने बैठकर लाजवाब होना पड़ता है। उसके चेहरे पर झुर्रियाँ बढ़ती जा रही हैं। रिंग के लिहाज़ से अभी दोनों के शरीर ठीक-ठीक काम कर रहे हैं, मन चाहे जिस दिशा में हों।

यह छह कोनों वाला तंबू उन तीनों ने बाँट लिया है। यह किसी को मालूम नहीं कि पहले कौन से खूँटे उखड़ जायेंगे।

वे कवितामयी आँखें

छोटे लड़के अचरजभरी आँखों से मुझे देखते रहते हैं। मैं उनके लिए एक तमाशा बन गया हूँ। जिस-तिस को घेरता रहता हूँ। घेर कर बतियाता हूँ या फिर किसी तंबू में अकेला बैठा डायरी में आड़ी-टेढ़ी लकीरें खींचा करता हूँ। क्यों, आखिर क्यों?-लड़कों के मन में यह सवाल उठता है। जो उनके चेहरे पर पढ़ा जा सकता है। इनमें ग्यारह से लेकर अट्ठारह साल तक के लड़के हैं। इन्हें मालूम है कि मैं बारह नंबर टेंट में रोज़ाना आता हूँ। और शारदा मेरा दोस्त बन गया है।

यह सच है। शारदा का तंबू मेरा पहला या आखिरी पड़ाव बन गया है। इसमें उसके अलावा तीन और लड़के रहते हैं। पहले-पहल मुझे इसी तंबू में लाया गया था। मुरुगन का ख़याल था कि मुझे अपना काम लड़कों से शुरू करना चाहिए। मुझे याद है उस दिन जबकि और लड़के मुझे घेरे बैठे थे और मेरे सवालों के जवाब दे रहे थे, शारदा कंबल में मुँह छुपाये लेटा रहा था। वह बेहद शर्मा गया था। उसे उठाने का प्रयत्न कई बार लड़कों ने किया, मगर वह मेरे सामने आने को तैयार नहीं था।

मैं मुरुगन के साथ आया था। मुरुगन सर्कस का एक बहुमुखी व्यक्तित्व है। वह डॉक्टर, कंपाउंडर है या कोई पेटेंट नुस्खा है, जिसकी ज़रूरत हर एक को पड़ती है। उसने अपनी उम्र के पिछले चालीस बरस सर्कस की दुनिया में बिताये हैं, कलाकार न होते हुए भी, उसने सर्कस को सही तरह से समझा है। न शादी, न ब्याह, न कोई नाते-रिश्ते, जो कुछ है, जैसा है, यहीं है। इस चालीस बरस लंबे इतिहास में कितनी कहानियाँ जुड़ी हुई हैं, कहना मुश्किल है। क्योंकि मुरुगन मुस्कुराता अधिक है, खुलता कम है।

उस दिन के बाद मैं स्वच्छंदता से तंबुओं में फिरने लगा। मुरुगन की सहायता की आवश्यकता एक-दो बार ही पड़ी (ख़ासतौर से, लड़कियों के कैम्प में प्रविष्ट होने के लिए)। बारह नंबर तंबू मेरा पहला पड़ाव क्यों बना, इसके कई कारण हैं। जो इस तंबू की भौगोलिक स्थिति के फलस्वरूप उत्पन्न हुए हैं। सबसे महत्त्वपूर्ण बात यह है कि यह सर्कस के वर्जित क्षेत्र के ऐन दरवाज़े पर है। कॉलेप्सेबुल गेट पर एक नज़र डाले रहने से 'शो' के लिए आती-जाती सर्कस कन्याओं की झलक बराबर मिलती रहती है। दूसरी बात यह कि कैंटीन बिलकुल नज़दीक है। कुछ नहीं मिलता तो चाय ही सही। यहाँ बैठ कर चाय पीते हुए कोई-न-कोई टकरा ही जाता है।

शारदा हमेशा यहीं मिलता है। इन दिनों लेटे रहने के सिवा उसे कोई काम नहीं है। उसकी बाँह में फ्रेक्चर हो गया है, प्लास्टर चढ़ा हुआ है। वह मुझसे काफ़ी खुल गया है, बल्कि उसे मेरी प्रतीक्षा रहने लगी है। मेरे आने के समय वह अपनी चारपाई के एकदम सिरे पर बैठा ऐरिना की दायीं तरफ़ ताकता रहता है। मुझे आया हुआ देख कर वह इस तरह की मुद्रा बना कर लेट जाता है, मानो उसे मेरी आमद का आभास तक नहीं है। अपने आपको छिपाना इस लड़के की आदत है।

इस ज़ख्मी लड़के से मुझे प्यार हो गया है। कैम्प भर में वह अपने ढंग का अकेला लड़का है। यूँ तो उसकी रगों में सर्कस ही दौड़ता-फिरता है मगर उसकी आँखें सबसे जुदा हैं। ऐसी आँखें, जिनमें कविता बसी रहती है। जिनका सामना करते हुए लोग भावुक हो उठते हैं। दरअसल आँखों में यह बात क्यों आती है, इसका ज़िम्मेदार कौन है? निश्चय ही एक सरल निश्छल हृदय, जो शारदा के पास है।

सर्कस के लोगों में एक बहुत ही प्रचलित रिवाज़ है, फ़ोटो एलबम रखने का। छोटे-बड़े हर आदमी के पास चित्रों का निजी संग्रह होता है। हर एलबम में कुछ कॉमन फ़ोटो होते हैं, ग्रुप फ़ोटो, अपने-अपने आइटमों के फ़ोटो और फ़िल्मी सितारों के फ़ोटो। इसके अलावा जगह-जगह के मनोरम स्थलों पर सिविलियन वेशभूषा में फ़िल्मी नायक-नायिकाओं की मुद्राओं में खिंचवाये गये चित्र। मसलन ताजमहल की पृष्ठभूमि पर लिये गये चित्र हर एलबम में हैं। शारदा के एलबम में कुछ अलग नमूने के चित्र हैं। उसने न तो ग्रुप फ़ोटो जमा किये हैं, न ही फ़िल्मी सितारों के चित्र। उसके पूरे एलबम में विजया छायी हुई

है—विजया यानी उसकी बड़ी बहन। वह भी इसी सर्कस में है। अभी तक उसे देख नहीं पाया हूँ, क्योंकि आजकल उसका नंबर रिंग में नहीं होता है, शायद चेंज प्रोग्राम में आये। मैं शारदा से उसके बारे में इतना कुछ सुन चुका हूँ कि उसे देखने की अदम्य इच्छा हो आयी है। इसके लिए वर्जित क्षेत्र में जाना ही होगा। चाहे जैसे भी हो। मुरुगन काफ़ी हीला-हवाली करने के बाद मुझे वहाँ ले जाने को राज़ी हो गया है।

तस्वीरों के माध्यम से विजया को जितना देख पाया हूँ उससे यह कह सकता हूँ कि उसके पास भी वही खूबी है जो शारदा में है। यानी वही बड़ी-बड़ी भावुक आँखें। ऐसी आँखें जो सर्कस में नहीं हुआ करतीं। होनी भी नहीं चाहिए। भाई-बहन दोनों का चेहरा इस कदर मिलता-जुलता है कि मैं शारदा से बातें करने लगता हूँ। हालाँकि विजया से मैं कभी मिला नहीं। इससे क्या होता है, कृष्णन से तो मिला हूँ।

मेरा अनुमान है कि कृष्णन और विजया की शादी होकर रहेगी। तब शारदा का क्या होगा! वह किसके सहारे इस यातना घर में रहेगा।

शारदा वहीं से आया है, जहाँ से सर्कस के अधिकांश कलाकार आते हैं। केरल के उसी सर्कसोपजीवी ज़िले से, जिसके बालक इस देश के सैकड़ों सर्कस रिंगों की सा-डस्ट में खेल रहे हैं। वह उसी तेलियर संप्रदाय का है, जिस पर भगवान नटराज की कृपा दृष्टि रहती है। मगर उसके संस्कार सर्कस के नहीं हैं। जाने क्यों! ग्यारह साल की उम्र में जब उसे सर्कस एजेंट के हाथों सौंपा गया था, वह बिलकुल नहीं रोया था। बल्कि उसे खुशी थी कि वह सर्कस में जा रहा है। और अपनी बहन के पास रह सकेगा। जो साल में एक बार मृगमरीचिका की तरह आती है और चली जाती है।

सर्कस कंपनियाँ निरंतर दस-ग्यारह की उम्र वाले स्वस्थ लड़के-लड़कियों को भर्ती किया करती हैं। उन्हें प्रशिक्षण देकर बहुत कम तनख्वाह पर रखा जा सकता है। सीखे-सिखाये कलाकार लेना बहुत महँगा पड़ता है। किशोरों की भर्ती सर्कस-एजेंटों के माध्यम से होती हैं। ये एजेंट रिक्रूटिंग अफ़सरनुमा दलाल होते हैं। इनकी दोनों तरफ़ से मौज है। सर्कस कंपनी से मिलता है कमीशन और लड़कों के माँ-बाप की खुशामद या शिकार की तलाश में तो रहते हैं, परंतु उसके पास नहीं जाते। शिकार खुद इनके पास चला आता है। इस क्षेत्र में

गरीबी और बेरोज़गारी का साम्राज्य है। न उद्योग-धंधे हैं, न ही जीवनयापन के दूसरे साधन यहाँ एक ही पुरुषार्थ होता है, ऐसा लड़का या लड़की पैदा करो, जो सर्कस में जाकर खूब पैसा कमाये। उस पैसे से लोग ज़मीन खरीदते हैं और छोटे-मोटे बिज़नेस लगाते हैं। शारदा को भर्ती कराने के लिए उसकी माँ बहुत उत्सुक थी। एक तो यह कि दोनों बच्चे साथ रह सकेंगे, दूसरे ज़मीन खरीदी जा सकेगी। उसके बाप को यह बिलकुल पसंद नहीं था। वह बहुत शान्त और गंभीर आदमी था। वह शारदा को अपने पास रखना चाहता था, मगर पत्नी के आगे उसकी एक नहीं चली। शारदा को भर्ती करा दिया गया।

शारदा पर शुरू के दिन बहुत भारी पड़े। उसकी सुहानी कल्पनाएँ एक-एक करके टूटती गयीं। उसे विजया का सान्निध्य मिल कर भी नहीं मिला। लड़के, लड़कियों के कैम्प में नहीं रखे जाते, चाहे वे कितने ही छोटे क्यों न हों। उसे एक बड़े तंबू में रखा गया। जहाँ उसके साथ के और बच्चे थे। उनके मास्टर उनके साथ ही रहते थे। दिन-रात उन्हीं की निगरानी में रहना पड़ता। सुबह तीन-चार घंटे अभ्यास और शरीर बनाने के लिए नियत थे। शुरू-शुरू में शरीर बनाने की प्रक्रिया इतनी मारक प्रतीत होती है कि सिर्फ़ छोटी उम्र के विवश और भयभीत लड़के ही सहन कर पाते हैं। इसके दौरान शरीर की एक-एक हड्डी ठोंक-बजा दी जाती है। बदन के गोश्त को मैदा की तरह गूँथ दिया जाता है। और रक्त, पहले जमाया जाता है—फिर पिघलाया जाता है। इस चक्की में दो-तीन बरस के बाद लड़का पक्का हो जाता है। रीढ़ की हड्डी को छोड़ कर किसी भी हड्डी का टूटना झेल सकता है। रीढ़ की हड्डी में सर्कसी कलाबाज़ों की जान होती है। ज़्यादातर कलाबाज़ और फ़्लायर इसी के टूटने के साथ दम तोड़ते हैं।

शारदा को कुछ महीनों बाद लगा कि विजया मात्र उसकी बहन ही नहीं है, उसके साथ और भी लोग जुड़े हुए हैं। यूँ तो उसके सामने कोई कुछ नहीं कहता था, परंतु कभी-कभी भनक उसके कानों में पड़ जाती थी। धीरे-धीरे वह पकता गया और उसका दुनियावी ज्ञान काफ़ी बढ़ गया। यह सहज ही जल्दी से पक जाना सर्कस के लड़के-लड़कियों की नियति है। खासतौर से लड़कियाँ, जो अपने यौवन के आगमन का स्वागत यहीं आकर करती हैं, बिना बताये हर चीज़ जान जाती हैं।

शारदा एक दिन कृष्णन को देखने गया। यूँ तो रोज़ ही देखता था, परंतु उस दिन आक्रोश में भर कर गया था। आखिर क्या हक है उसे उसकी बहन को बरगलाने का। वह इस तथाकथित 'नायक' तथा विजया को लेकर बहुचर्चित व्यक्ति को करीब से देखना चाहता था।

उस दिन लौटते समय शारदा भी कृष्णन से प्रभावित होकर लौटा था।

तंबू नंबर एक।

इस तंबू में ऐसे लोग रखे गये हैं या संयोगवश साथ हो गये हैं जिन्होंने अपनी जवानी में ही टूटना शुरू कर दिया है। इसमें तीन आदमी हैं। तीनों के पास शानदार अतीत की स्मृतियाँ हैं। इनके व्यक्तिगत इतिहास के कुछ अच्छे और महत्त्वपूर्ण अध्याय पीछे छूट गये हैं। यह तो इनकी समझौता करने की विवशता है, जो इस तंबू में डेरा डाले पड़े हैं। नहीं तो...

कृष्णन एक प्रियदर्शी व्यक्ति है। और पूरे सर्कस में अत्यधिक लोकप्रिय। किसी समय वह एक छोटे सर्कस का मालिक था। या यों कहिए सर्कस के मालिकों में से एक था। इस सर्कस की स्थापना सहकारिता के सिद्धांतानुसार की गयी थी। देश का पहला कोऑपरेटिव सर्कस, साल भर से अधिक नहीं चल सका। कृष्णन के आदर्शोन्मुख स्वप्न टूटे सो टूटे, सारी जमा-पूँजी भी डूब गयी। वह प्रथम श्रेणी का कलाकार है। उसने एक नामी सर्कस के साथ विदेश जाकर काफ़ी पैसा कमाया था। सब सहकारिता के प्रयोग में स्वाहा हो गया।

जब पहली बार साक्षात्कार हुआ तो मैं चौंक उठा था। कृष्णन की विशुद्ध हिन्दी और हिन्दी बोलने की अदा देख कर। वह बड़े प्रेम से मिला। उसकी बातों में मुझे उन आदर्शों की झलक मिली, जो स्वतंत्रता प्राप्ति के पहले दस सालों में अधिकांश युवकों में देखने को मिलती थी। यह जान कर कि वह एक कट्टर राष्ट्रवादी संस्था का सदस्य है, मुझे और भी आश्चर्य हुआ था। कहाँ तो वह भड़कीली सलमे-सितारों वाली पोशाकों वाला दिलेर रॉकेट-झूलेवाला कलाकार और कहाँ यह राष्ट्रवादी, सीधा-सच्चा युवक जो भी हो उससे मिलना और उसका मित्र बनना एक सुखद अनुभूति थी। इस अनुभूति के पीछे विजया की बड़ी-बड़ी और कवितामयी आँखों का बहुत बड़ा हाथ था। यद्यपि मैंने विजया को उस समय तक देखा नहीं था।

कृष्णन के एक झूलेवाले नंबर (खेल) में विजया उसके साथ होती है।

इस खेल को डेंटल ऐक्ट कहते हैं। इसमें एक झूलती हुई सीढ़ी पर एक सिरे पर कृष्णन बैलेंस बनाये खड़ा रहता है, दूसरे पर दो लड़कियाँ बाइट लैदर को दाँतों में पकड़े पूरे शरीर का वज़न लटकाये फिरकनी की तरह घूमती रहती हैं। उसके बाद पूरा यंत्र ही घूमने लगता है। दर्शक रोमांचित हो उठते हैं।

कृष्णन एक तरह से सर्कस कलाकारों का मनोनीत नेता है। वह अक्सर लोगों के बीच सर्कस जीवन की कठिनाइयों का वैज्ञानिक ढंग से ज़िक्र किया करता है। प्रॉविडेंट फ़ंड और इंश्योरेंस को कानूनी तौर पर लागू किये जाने की बातें करता है। यही नहीं, उसने सर्कस में ट्रेड यूनियन बनाने की काफ़ी कोशिश की, मगर यह हो न सका। बहरहाल सर्कस के मालिक उससे चौकन्ने हो उठे। यदि वह बहुत अच्छा कलाकार न होता तो उसे कभी का निकाल दिया गया होता। उसकी संगठन प्रतिभा अद्‌भुत है। वह अपने किसी भी नंबर को बिलकुल नये लड़के-लड़कियाँ लेकर महीने-बीस दिन में सेट कर सकता है। इन्हीं विशेषताओं के कारण ज़रूरत से ज़्यादा प्रगतिशील होने के बावजूद वह टिका हुआ है।

उसके साथ अंतरंगता स्थापित होने पर मुझे ज्ञात हुआ कि उनके प्रणय का आधार उन दोनों की गहरी संवेदनशीलता है। एक फ़्लायर की रिंग में हुई मौत ने दोनों को करीब ला दिया था। वह छोकरा ट्रपीज़ के खेल में नया-नया पैठा था। स्पॉट लाइट्स बुझा कर धुँधली नीली रोशनी में होने वाले हवाई कलाबाज़ी के खेल में वह अपने हाथ कैचर तक पहुँचाने में असमर्थ रहा और सिर के बल नेट में जा गिरा। यूँ तो नेट में ट्रपीज़ वाले कलाकार गिरते ही रहते हैं, परंतु वह असावधानी से गिरा था। चोट सुषुम्ना पर पहुँची और अस्पताल जाते-जाते उसके प्राण पखेरू उड़ गये।

उसके गिरने के बाद दर्शकों को कुछ भी पता न चला। वे मज़े से खेल देखते रहे। सर्कस के कलाकार खेल दिखाते रहे और वह बेचारा भगवान भरोसे पड़ा रहा। उसके लिए दवा तो दूर की बात रही एक गिलास दूध का भी इंतज़ाम सर्कस की तरफ़ से नहीं किया गया। कृष्णन और उसके साथी अपने खर्चे पर एक डॉक्टर बुला कर लाये, मगर उसने जवाब दे दिया। आखिर को उसे अस्पताल ले जाया गया। वहाँ कुछ किया जा सके, इससे पहले ही उसने दम तोड़ दिया।

इस मौत से एक दिन कैम्प में सन्नाटा छाया रहा। कृष्णन एक

प्रतिनिधिमंडल लेकर मालिकों के पास पहुँचा और मृतक के आश्रितों को हर्जाना दिये जाने की माँग की, जिसे फ़ौरन ही ठुकरा दिया गया। कृष्णन ने सारे कलाकारों को इकट्ठा करके एक मार्मिक भाषण दिया और मृतक के परिवार को आर्थिक सहायता देने के लिए उदारतापूर्वक चंदा देने की अपील की। लड़कियों से चंदा उगाहने का भार लिया विजया ने।

इस घटना के बाद कृष्णन विजया के लिए प्रात:स्मरणीय बन गया था। उनका साथ अभ्यास के तीन घंटों और शो के पंद्रह मिनट तक ही नहीं रहा, वरन् मानसिक रूप से वे चौबीसों घंटे एक-दूसरे के करीब रहने लगे। विजया की यह श्रद्धा और मोहावस्था कृष्णन की आँखों से छिपी न रह सकी। उसने अपने आदर्शवादी विचारों का जादू उस हमेशा खामोश रहने वाली गंभीर लड़की पर चलाना शुरू कर दिया।

विजया पूरी तरह कृष्णन के रंग में रंग चुकी है। वह खाली समय में उसके द्वारा सुझाई गई पुस्तकें पढ़ती है। या पत्र लिखा करती है। शारदा का उसे ध्यान आता है, मगर वह उसे अपना मुक्त समय नहीं दे पाती। कभी-कभी इस बात पर उसे ग्लानि होती है, परंतु अवशता है। कुछ भी तो अपने हाथ में नहीं होता।

शारदा, कृष्णन का आदर करता है। यह समझता है कि वह सर्कस का सर्वोत्तम व्यक्ति है। परंतु विजया का छिन जाना उसे उदास कर देता है, क्योंकि भाई होते हुए भी वह कभी विजया को पा नहीं सका है। उसकी बाँह टूटी तो कृष्णन उसे उठा कर ले गया था। मरहमपट्टी, प्लास्टर होने के पूरे वक्त वह उसके पास ही बैठा रहा था, मगर विजया शो छोड़ कर नहीं आयी थी। मानो कृष्णन के हाथों उसे सौंप कर निश्चिंत हो गयी हो, शारदा को यह अच्छा नहीं लगा।

कृष्णन कहता है, आप वहाँ जायें तो उससे ज़रूर मिलें। वह बहुत अच्छी लड़की है। कौन कहता है, सर्कस में सद्चरित्र लड़कियाँ नहीं होती हैं। आप उसके चेहरे को देख कर उसकी आत्मिक पवित्रता को अनुभव करेंगे....उसे यह मत बताइएगा कि मैंने आपसे उसके बार में...।

तंबू नंबर बारह।

तंबू नगरी में और दिनों की अपेक्षा अधिक अँधेरा है। पॉवर सप्लाई फ़ेल हो जाने के कारण सर्कस के जेनरेटर द्वारा प्रदत्त अधिकतम ऊर्जा सर्कस एरिना

में ही खर्च की जा रही है। कैम्प भर में मुश्किल से दस-बारह लट्टू मंदी आग में जल रहे हैं। कुछ गैस-पेट्रोमैक्स के हंडे हैं। शारदा के तंबू में कतई अँधेरा पड़ा है। उसके साथ के लड़के शो में गये हैं। वह बराबर मुझे देखे जा रहा है। उसे शायद मेरी बेचैनी का अनुमान हो गया है। मैं मन-ही-मन इलेक्ट्रिक सप्लाई वालों को कोस रहा हूँ। कमबख्त, आज ही के दिन करना था ब्लैक आउट। बड़ी मुश्किलों के बाद मैं मुरुगन को मना सका हूँ। वहाँ ले जाने के लिए। और आज ही...।

शारदा नहाया हुआ और ताज़ा लग रहा है। उसके सँवारे गये केश चमक रहे हैं। आज दिन में विजया उसको देखने आयी थी। वह बताता है। उसे मालूम है कि आज मैं मुरुगन के साथ लड़कियों के कैम्प में जाने वाला हूँ। उसकी विजया को देखने जाने वाला हूँ। वह अटपटे ढंग से जाने क्या-क्या कहे जा रहा है। मैं मुरुगन को लेकर चिंतित हो उठता हूँ। क्या वह नहीं आयेगा? बहुत मुमकिन है अँधेरे और संभावित खतरों की वजह से टाल जाये। तब? तब मैं जा नहीं पाऊँगा। मेरे सामने मुरुगन को छोड़ कर दूसरा विकल्प नहीं है। टीन की बाउंड्री फांदना मेरे वश का नहीं और माना कि वहाँ पहुँच भी गया तो घास कौन डालेगा? उनमें से कोई भी मुझे अच्छी तरह जानती नहीं है।

शारदा सहसा पूछ उठता है, आपका काम खत्म हो जायेगा तो फिर आप नहीं आया करेंगे ना? मैं उसे याद दिलाता हूँ, मेरा काम खत्म होने से पहले ही सर्कस अपने तंबू-खेमे उखाड़ कर दूसरे शहर को चल देगा। मुझे लगता है कि शारदा यह सोच कर उदास हो जायेगा। उसे सर्कस में आने के बाद से लेकर अभी तक कोई ऐसा हमराज़ नहीं मिला होगा, जो उसकी राई-रत्ती बात खोद-खोद कर पूछे। उससे मिलने रोज़ आये, उसके संबंध में सारी बातें याद कर ले। मुझे मुरुगन की फ़िक्र है...निराशा में डूबते-उतराते मैं सिगरेट जलाता हूँ, तो मुरुगन आता हुआ दिखाई देता है।

घोर अँधेरे के बावजूद मैं दावे से कह सकता हूँ कि मेरा दोस्त और गाइड मुरुगन ही है, और कोई नहीं। और वह मुझे उस तरफ़ ले जाने के लिए आया है।

हम दोनों ने उस रोशनी के नाले को लपक कर पार किया जो कलाकारों को रिंग तक ले जाता है और उनका आइटम समाप्त होने पर वापस ले जाता है। इस रास्ते पर सावधानीपूर्वक लाल बजरी बिछायी गयी है। इसे रोज़ धुरमस से दबा कर समतल किया जाता है। ताकि रिंग की ओर पहुँचने वाले पाँव सधे

रहें और सही रहें। और दिनों यह रोशनी का पनाला बड़े वेग से बहता दिखायी दिया था। आज ब्लैक आउट न हुआ होता तो हम उस ओर जाते हुए अवश्य ही देख लिये जाते।

लड़कियों के कैम्प में आने-जाने के लिए एक ही गेट है। इस कॉलेप्सेबुल गेट पर बराबर पहरा रहता है। नाइट शो खत्म होते-होते इस पर ताला पड़ जाता है। बकौल मुरुगन के इसमें बिना इजाज़त पंछी भी पर नहीं मार सकता, मर्द की तो बिसात ही क्या। मुरुगन मेरी दायीं तरफ़ चल रहा है, क्योंकि चौकीदार या पहरुआ दायीं तरफ़ ही स्टूल डाले बैठा है। हमारे गेट पार करने से पहले मुरुगन और पहरुए में कुछ गुफ्तगू होती है, दक्षिणी ज़ुबान में, जिसका एक शब्द भी मेरे पल्ले नहीं पड़ता। शायद मुरुगन कोई बहाना (मुझे ले जाने का) दर्शा रहा है।

यहाँ भी काफ़ी अँधेरा है। दो जगह बल्ब जल रहे हैं, कुछ हंडे हैं बाकी सब तंबू अँधेरे पड़े हैं। एक अर्धवृत्ताकार तंबुओं की पंक्ति है, जिसमें पंद्रह-बीस तंबू हैं। ये तंबू अपेक्षाकृत अच्छे मालूम पड़ते हैं।

अँधेरा ही नहीं, सन्नाटा भी है। शायद ज़्यादातर लड़कियाँ रिंग की ओर गयी हैं। मुरुगन चुपचाप चला जा रहा है। मेरी हिम्मत नहीं होती कि उससे कुछ पूछूँ। वह मेरे लिए एक गैरकानूनी काम कर रहा है, यही काफ़ी है। आखिर को हम एक तंबू में प्रवेश करते हैं, यह वही तंबू है, जिसमें बिजली का बल्ब जल रहा है। अंदर घुसते ही स्त्रैण खुशबुओं से नथुने भर जाते हैं। मेकअप की खुशबुएँ। इस तंबू में तीन चारपाइयाँ पड़ी हैं। इस समय तीनों खाली हैं।

मैं उनके साफ़-सुथरे बिस्तरों को टटोलने लगता हूँ। उन पर तौलिये, शार्ट्स और सर्कस की चुस्त कसीली ड्रेसें बिखरी पड़ी हैं। एक कोने पर पुराने ढंग का घटिया ड्रेसिंग टेबल है, जिसके ऐन ऊपर ही एक बिजली का बल्ब लटक रहा है। पॉवर फ़ेल्योर न होता तो वह पूरी ताकत से जल रहा होता।

मुरुगन तंबू के पार्श्व में बनी एक गैलरी में घुस गया है। उधर कुछ हो रहा है। शायद कुछ लड़कियाँ हों। मैं फिर से तंबू के अंदर अन्वेषण करने लगता हूँ। एक कोने में तीन स्टील के, पुराने ढंग के बने, पुराने ट्रंक एक के ऊपर एक रखे हुए हैं। सब से ऊपर दो कंचुकियाँ बेतरतीब पड़ी हैं। एक मैली, एक साफ़ ड्रेसिंग टेबल के आले में कुछ दवाइयों और प्रसाधनों के पैकेट रखे हैं। एक के हाथ में एक प्लेट है, गोश्त की पकी हुई बोटियाँ उसमें हैं। वह खाती-खाती चली आयी है। दोनों स्कर्ट और कमीज़ में हैं। लगता है, अभी-अभी रिंग से लौटी हैं।

इन दोनों लड़कियों के नंबर मैं देख चुका हूँ। ये साइकिल के नंबर करती हैं। इनके बदन खंभों की तरह पुश्ता पाँवों पर खड़े हुए हैं। बेपनाह सेहत है इन दोनों की। स्कर्ट और कमीज़ में तो कुछ शान्त लग रही हैं नहीं तो खेल के समय स्विमिंग सूट टाइप ड्रेस में दोनों ज्वालामय मालूम पड़ती हैं। मुरुगन के समझाने पर वे मेरे प्रश्नों का उत्तर देने के लिए तैयार हो जाती हैं।

उनके माँ-बाप सर्कस में ही थे। जन्म से ही वे कैम्प में रहती आयी हैं। उन्हें सर्कस की ज़िन्दगी अच्छी लगती है। शादी करने का कोई इरादा नहीं है। फ़्लाइंग नंबर सीखे हैं, परंतु बदन भारी होने के कारण...उम्र चौबीस और बाइस। पहला आइटम ग्यारह और तेरह बरस की उम्र में दिया था। कुकिंग का शौक है, निटिंग-एंब्रॉइडरी का भी। मगर बहुत ज़्यादा दिलचस्पी नहीं है। हॉबी? कोई नहीं...कोई भी नहीं? फ़िल्में देखने का बेहद चाव है। हफ़्ते में कम-से-कम दो। यहाँ कोई तकलीफ़ नहीं है। शॉपिंग का समय और सुविधा मिलती है।

यह बातचीत ऊपरी तौर पर चल रही है, इंटरव्यू के संतोषजनक रूप में, मगर मेरा मन कहीं और भटक रहा है। मेरे सामने बारी-बारी से शारदा और कृष्णन के चेहरे आ-जा रहे हैं। मैं विजया को देखने के लिए बेचैन हूँ। या मेरे मन में दूसरी ही बातें हैं। वे बातें जो मैंने खुफ़िया तौर पर, सर्कस के कुछ कच्चे लोगों से जानी हैं। खास तौर पर लड़कियों के कैम्प के बारे में। यहीं इसी कैम्प के मेस में मेरा एक इन्फ़ार्मर इस समय खाना बना रहा होगा। कुट्टी, लड़कियों के मेस का कुक। उसने इस वर्जित क्षेत्र के बारे में कई गुप्त बातें मुझे बतायी हैं। किस चीज़ के एवज में,...छोड़िए इस बात को।

लड़कियों के लिए बनायी गयी इस कैनवास की चहारदीवारी के अंदर क्या-क्या होता है और क्या नहीं होता, यह कोई भी ठीक से नहीं बता सकता। इसके लिए लड़की बन कर किसी तंबू में कुछ वर्ष गुज़ारना निहायत ज़रूरी है।

इस कुदरती तौर पर बन गये कंसन्ट्रेशन कैम्प में ज़्यादातर लड़कियाँ अपनी ज़िन्दगी के, सबसे खूबसूरत बरस काट देती हैं, दस से लेकर बीस तक यौवन वर्ष। यह कैम्प किसी भाप के इंजन वाले जलयान की तरह एक बंदरगाह से दूसरे बंदरगाह तक मंद गति से बढ़ता रहता है, और इसमें कैद लड़कियाँ कोई कूल-किनारा पाने के लिए छटपटाती रहती हैं।

बस पिंजरों में नहीं रखते, नहीं तो उन्हें हिंस्र पशुओं की तरह हिफ़ाज़त से रखा जाता है। इन्हें उससे मज़बूत इंतज़ाम के साथ रखा जाता है। यानी कैनवास

के इस अभेद्य गढ़ में, जिसे गर्ल्स कैम्प कहते हैं। सर्कस की तीन चौथाई जान इसी में होती है। स्मार्ट, स्वस्थ और सुंदर लड़कियों से विहीन सर्कस की कल्पना भी नहीं की जा सकती। इनके फुर्तीले, सुडौल, दमकते-चमकते, खुले हुए अंग अपने अभ्यस्त संचालन के मायाजाल में वयस्क दर्शकों को मुग्ध भाव से, आँखें बाँधे बैठे रहने को मजबूर करते हैं। मांसल जीवित सौंदर्य अपना जीवन दांव पर लगाये हुए प्रदर्शित किया जाता है। मौत के साये में रूप की छटा बिखरते हुए देखना कितना उत्तेजक होता है। यह उत्तेजना और रोमांच के क्षण पाने के लिए ही तो अधिकांश दर्शक सर्कस की खिड़की पर आकर पर्स खोलते हैं।

यहीं किसी ने मुझे एक रजिस्टर के बारे में बताया है, जिसमें लड़कियों के कुदरती डाटा चढ़ाये जाते हैं। उनकी सब तरह की दैनिक और माहवारी खैर खबर। सर्कस के शो का प्रोग्राम बनाते समय इस रजिस्टर को सामने रखा जाता है। लाल निशान लगे हुए नामों को सूची से पृथक रखने के लिए। सर्कस के कार्यक्रम इतने उलझे हुए और लंबे होते हैं कि अक्सर दो बार लड़कियों को गोलियाँ लेनी ही पड़ती हैं। वैसे स्पेयर आर्टिस्ट रखने की पूरी कोशिश की जाती है। परंतु बहुत से आइटम ऐसे हैं कि उनके आर्टिस्टों की बदल नहीं मिल पाती।

लड़कियों का एक्रोबैट दल आ गया है। वे सब चिड़ियों की तरह चहक रही हैं। कैम्प उनके शोर-शराबे से भर उठा है। मुरुगन और मैं बाहर निकल आते हैं। बाहर बहुत मामूली प्रकाश है। लड़कियाँ मुरुगन को घेर लेती हैं। वह उन दो-चार मर्दों में से एक है, जो इस कैम्प के अंदर आ सकते हैं। मुझे देख कर लड़कियाँ हैरत में पड़ गयी हैं। मैं देख रहा हूँ, सर्कस की ड्रेसों में लड़कियों के अनावृत्त अंग उतने नहीं चमक रहे हैं, जितने कि रिंग में चमकते हैं।

मुरुगन के हाव-भाव से लग रहा है कि वह किसी क्षण भी वापसी की घोषणा कर देगा। हम लोगों का यहाँ ज़्यादा समय तक रुकना उसके लिए संकट बन सकता है। मैंने आस-पास जमा लड़कियों में विजया का चेहरा ढूँढ़ने की आखिरी कोशिश की है। निश्चय ही वह इनमें नहीं है। अब मुझे मुरुगन से कहना ही होगा, विजया से मिलवाने के लिए। भले ही इससे मेरी स्थिति उसकी नज़रों में संदेहास्पद हो उठे। वह मुझे एक निरीह और हार्मलेस जंतु समझ कर यहाँ लाया है, या जानबूझ कर बिना कुछ कहे; बहुत कुछ कह देने को—कहना मुश्किल है। मैं तो इतना जानता हूँ कि वह अपनी ज़िम्मेदारी पर मुझे लाया है।

विजया के तंबू की ओर जाते समय हम दोनों तेज़ी से सोच रहे हैं, अलग-अलग दिशाओं में। मुरुगन को जाने दें, मैं ज़रूरत से ज़्यादा सेंसेटिव और उमड़ता हुआ हो आया हूँ। उन कवितामयी आँखों का नशा छाने लगा है। प्राय: अँधेरे में उस तंबू के द्वार पर खड़े हो कर मैं पल प्रतिपल, शारदा और कृष्णन होता जाता हूँ।

वह अंदर ही है। मुरुगन के पुकारने का उत्तर उसने दिया है और हम लोगों की ओर बढ़ रही है। उसके आ जाने पर प्रकाश की कमी मानो दूर हो जाती है। देखने की प्रतिक्रिया में वातावरण का धुँधलापन व्यवधान नहीं बनता। मैं तो उसे पिछले कई दिनों से दूसरे माध्यमों से देखता रहा हूँ। आज वह रू-ब-रू है, उसके साथ एक नारियल की गंधवाला झोंका भी चला आया है।

मेरा इस तरह दीवानावार उसकी मोहक आँखों को देखना उसे किंचित झेंपा देता है। वह मुझे देख कर अभी तक कोई धारणा नहीं बना पायी है। मगर खामोश है। खड़ी है और कोई लड़की होती तो मुरुगन से दक्षिणी भाषा में पूछताछ करने लग जाती। मैं अनचाहे ही अंदर पड़े बिस्तरों में से एक पर बैठ जाता हूँ। मुरुगन अपने आप उसे मेरे बारे में बताने लगा है। मैं इस बताये जाने के बारे में ज़रा भी चिंतित नहीं हूँ। जो मर्ज़ी हो बताये, मैं तो देखने आया हूँ। क्यों, मैं नहीं जानता, शायद मुझे उससे मोह हो गया है, इसलिए।

पूछिए, क्या पूछना चाहते हैं—मुरुगन कहता है। विजया मेरी ओर ध्यान से देख रही है। मैं अगर उसकी ओर देखता रहूँ तो कुछ भी नहीं पूछ पाऊँगा। और स्थिति काबू से बाहर भी हो सकती है। मैं मुरुगन की ओर देखते हुए पूछता हूँ—शारदा आपका भाई, बहुत प्यारा लड़का है। आप उससे दूर कैसे रह लेती हैं? वह संकोच में पड़ गयी प्रतीत होती है। मुझे लगता है, मैंने गलत सवाल कर डाला है। मगर वह बहुत संयत स्वर में कहती है, "क्यों, उसने आप से कुछ कहा है?" मैं हँस कर बात टालता हूँ, नहीं, नहीं। मैं तो अपने आप से पूछ रहा हूँ...उसको चोट लगी हुई है न, इसलिए।

सर्कस में तो ऐसा ही होता है। यहाँ पर घर की तरह रह नहीं सकते... फिर उसे तो अभी बड़े होकर बहुत काम करने हैं।

सर्कस में मेरा मतलब है कि कैम्प में रहते हुए आपको कैसा लगता है? क्या यहाँ रहते हुए भी घर में रहने जैसी संतुष्टि मिल सकती है?

सर्कस में जो है वह तो आप देख ही रहे हैं क्या है यहाँ, घर जैसा...कोई

अपने शौक से तो यहाँ आता नहीं। सब को रुपया खींच लाता है।

आप जानती हैं कि आपका और शारदा का भविष्य कैसा होगा?

नहीं। मैं सोचती भी नहीं...हम सर्कसवाले सिर्फ़ आज में जीते हैं। बीते हुए कल और आने वाले कल के विषय में सोचते रहने से यहाँ बहुत मुश्किलें पैदा हो सकती हैं। देखिए न, एक कलाकार सौ फ़ीट की ऊँचाई पर जोखिमभरी छलांगें और कलाबाज़ियाँ खा रहा है, उसे कतई पता नहीं है कि आने वाला क्षण उसके लिए मौत का क्षण हो सकता है...समझे न आप!

सचमुच कृष्णन का बहुत असर पड़ा है इस लड़की पर। इसके बोलने-चालने का लहज़ा हू-ब-हू वैसा ही है। साथ ही उसी तरह परिष्कृत भाषा बोलते रहने का प्रयास। सर्कस की लड़कियों के बारे में वह बताती है कि वे अपनी उम्र से पहले ही परिपक्व हो जाती हैं। जीवन व्यापार के गोपनीय रहस्य सर्कस की छोटी-छोटी लड़कियों पर बहुत शीघ ज़ाहिर हो जाते हैं। इसलिए यह सोचना गलत होगा कि सर्कस की लड़कियाँ बरगला कर पथभ्रष्ट की जाती हैं। सर्कस की लड़कियाँ गलत कदम उठाने की आदी नहीं होतीं। खेल में और जीवन में भी। ज़रा फ़ेमिली कैम्प तक जाइए, वह कहती है, वहाँ आपको पचासों लड़कियाँ मिलेंगी जो कल तक इस कैम्प में थीं। वक्त आने पर घर बसा लिया। समझे न आप...।

विजया को मैं किसी भी ओर से नहीं तोड़ पा रहा हूँ। वह बातचीत की राजनीति से वाकिफ़ मालूम पड़ती है। मुरुगन के चेहरे पर कुछ अप्रसन्नता के भाव आने लगे हैं। हमें इस 'हरम' में घुसे काफ़ी समय हो चुका है। अब बाहर निकल लेना चाहिए, मगर मुझे संतोष नहीं हुआ है।

क्या आप नहीं चाहती हैं कि शारदा किसी स्कूल में पढ़े-पढ़ लिख कर बजाय सर्कस के कोई और धंधा करे? मेरा विचार है वह इस लाइन में अधिक उपयुक्त नहीं है।

आप ठीक कहते हैं। वह ज़्यादा नाज़ुक है। सुनिए, क्या यह संभव है कि वह अब स्कूल में पढ़ने लगे, पढ़-लिख कर कोई और नौकरी पा जाये। क्या पढ़ाई शुरू करने के लिए उसकी उम्र ज़्यादा नहीं हो गयी है?

मैं उसके प्रश्नों का उत्तर नहीं देता। फ़िज़ूल में झूठ बोलने की मेरी इच्छा नहीं है। अव्वल तो पढ़ना ही काफ़ी महंगा और कठिन काम है, फिर उसके बाद नौकरी मिल जाये, यह गारंटी कौन दे सकता है। मैं शारदा को ऐसे झगड़े

में डालने का सुझाव नहीं दे सकता। विजया अपने आप ही अपने प्रश्नों का उत्तर दे डालती है। वह अंत में यही दोहराती है कि शारदा के लिए और कोई रास्ता नहीं है। उसे परिवार का बोझ एक दिन उठाना ही है। सर्कस के अलावा और कोई काम ऐसा नहीं है, जो उसे घर का पोषण करने की सामर्थ्य दे सके।

मुरुगन खड़ा हो गया है। मैं समझता हूँ, चलने का वक्त हो गया है। अँधेरे में दूसरे बिस्तर पर बैठी हुई विजया मुझे काफ़ी मज़बूत लग रही है। उसके बारे में मैंने जिस ढंग से सोचा था, वह गलत था। वह नाममात्र भी छुई-मुई नहीं है। न ही भावुक। बौद्धिकता भी उसमें है।

सर्कस में चल रहा संगीत मानो तंबुओं से छन कर आ रहा है। कोई मार्मिक धुन बज रही है। बिजली आ गयी है। विजया मेरे सामने मूर्त हो उठती है। उसका चेहरा प्रकाश में काफ़ी विस्तृत दिखाई दे रहा है। आँखों के नीचे स्याह निशान हैं। चेहरे पर विष रेखाएँ हैं। उसे देखने से लगता है इसने किसी लंबी कटुता को सहा है। मैं उससे कृष्णन के बारे में कुछ पूछना चाहता हूँ, परन्तु वह अपने विचारों में निमग्न है। उसे छेड़ने की इच्छा नहीं होती।

विजया हमें छोड़ने बाहर तक आती है। अब बाहर का दृश्य बदल गया है। सभी तंबुओं में से रोशनी फूट रही है। फ़िजा में सर्कस-संगीत बहुत स्पष्ट है। कुछ लड़कियाँ तैयार होकर लगभग दौड़ती हुई रिंग की ओर जा रही हैं। सहसा विजया कह उठती है—देखिए, मैं खुद शारदा के बारे में बहुत सोचती हूँ उसके लिए क्या करूँ, कैसे उसका जीवन सुधारूँ, मगर कुछ समझ में नहीं आता।...वह मेरे को जाने क्या समझता है। उसे लगता है कि मैं उसे प्यार नहीं करती। आप ज़रा उसे ठीक से समझाइएगा।

कैम्प से बाहर आकर हम देखते हैं ईवनिंग शो छूट गया है। मैं मुरुगन को विदा करता हूँ। उसे ज़रूरी कामों के लिए जाना है। मैं बारह नंबर तंबू की ओर बढ़ रहा हूँ।

शारदा को कहने के लिए मेरे पास कुछ नहीं है। मेरा वहाँ जाना बेकार होगा। मुझे अनुभव हो रहा है, एक बड़ा दृढ़ त्रिकोण है—शारदा, विजया और कृष्णन। इसे किसी तरह भी कोण में नहीं बदला जा सकता। मतलब मैं किन्हीं भी दो भुजाओं के बीच नहीं अंट सकता। मुझे लौट चलना चाहिए।

❑❑❑